KB004553

울랄라 가족

울랄라 가족

"넌 돈이 있어야만 가족이 되는 거냐?"
"돈 때문이 아냐."
"그럼?"

김상하 장편소설

창해

이제야 '살림'이 사람을 살리는 일이란 걸 알았습니다.

저에겐 '살림'을 베풀어 준 두 여인이 있습니다.

평생 여섯 남매의 버팀목으로 사시다가

돌아가신 어머니와 함께 사는 내내 불평 대신

기꺼이 내 인생의 필터가 돼 준 아내입니다.

자신의 모든 시간을 '살림'에 바친 수많은 분들,

정말 고맙고 또 고맙습니다.

[차례]

가족 탄생

'엄마는 원더우먼, 형은 아이언맨,

누나는 블랙위도우. 셋 중에 하나만 돼도 해결되는데.'

'아버지는?'

'누가 납치해줬으면 좋겠어.'

♥

낙원연립은 골목 끝에 있었다.

회색의 낡은 건물은 땅에 주저앉아 숨이 끊어지기를 기다리는 늙은 코끼리 같았다. 사십 년이 넘은 데다 허술한 지반공사 탓으로 바닥 곳곳에 부동침하가 나타났고, 옥상도 원형탈모처럼 거죽이 듬성듬성 벗겨졌다. 땜질하듯이 이루어지는 콜타르 방수작업은 연례행사였다. 금이 간 창문을 삼 년 넘도록 교체하지 않고 청테이프로 덕지덕지 붙여 놓은 집도 있었다. 좁아터진 주차장은 크레도스, 투스카니, 엘란트라, 소나타II 같은 단종된 차들이 진을 치고 있었다. 집과 승용차는 운신과 떼어놓을 수 없는데 낙원연립의 주민들은 아직도 IMF 터널에서 빠져나오지 못한 듯싶었다. 낙원과 현실 사이에서 인지부조화를 겪지 않으려고 그랬는지 사람들은 그냥 연립이라고 불렀다. 빌라? 그건 다른 동네 얘기였다.

- 저 연립은 값도 안 오른다며?

- 연립이 오래됐잖아.

- 연립에 용한 무당이 산다던데.

- 지 에밀 두들겨 팬 호로자식도 저그 연립에 산디야.

누구든지 주저하지 않고 단호하게 낙원을 도려냈다.

골목으로 조금 들어가면 이발소가 있다. 출입문에는 빨간색과 흰색과 파란색의 띠가 나선을 그리며 하루 종일 빙글빙글 돌았다. 손님이 없을 때 해병대 마크가 찍힌 러닝셔츠를 걸친 이발사는 무림을 주름잡는 협객처럼 보라색 파리채를 야무지게 휘둘렀다. 영화 〈가위손〉의 주인공처럼 파리채가 태어날 때부터 오른손에 딱 붙어 있는 것 같은 착각이 들었다. 손놀림이 매우 빨랐다. 파리채를 내리치는 순간 속도를 스피드건으로 측정하면 메이저리그의 사이영상 후보로도 전혀 손색이 없었다.

기술도 다양했다. 단순하지만 아주 치명적인 단방 후려치기 타법, 조금 떨어져 앉아 있는 두 마리를 동시에 죽이는 일타쌍피(一打雙皮) 타법, 날아다니는 파리마저 추풍낙엽으로 만드는 공중 갈라치기 타법, 어둠 속에서도 파리날개의 진동을 감지하고 정확하게 가격하는 영춘권(詠春拳) 타법에 이르기까지 일일이 나열하기 어려울 정도였다. 그러니 눈치 백단에 고도로 진화된 정교한 비행술도 이발사의 파리채를 피하는 데는 소용없었다. 탁! 탁! 경쾌한 소리가 날 때마다 벽면에는 장렬하게 죽은 파리의 명부들로 채워졌다. 터진 창자와 피가 뒤섞인 자국은 기하학적인 무늬처럼 보였다.

이발소 건너편에는 오래전에 문을 닫은 양장점이 있다. 양장점에는 '임대문의'라고 쓴 문구가 일 년 가까이 붙어 있다. 양장점 옆의 문방구는 간판도 없고, 그 흔한 뽑기조차 놓여 있지 않았다. 그야말로 1980년대가 스톱모션으로 멈춰 있는 골목이었다. 촬영 세트장 같은 분위기를 물씬 풍겼다. 유일하게 뻥튀기 가게의 '뻥이오' 하는 외침이 적막을 깨웠다. '뻥' 소리와 함께 하얀 김이 터져 나오면 구수한 냄새를 맡느라 지나는 사람들은 코를 킁킁댔다. 뻥튀기 조각을 쪼아 먹느라 비둘기가 몰려들기도 했다.

정각이 막 골목으로 들어섰을 때 한강을 건너온 바람이 당나귀 떼처럼 몰려왔다. 7월의 바람은 뜸이 덜 든 밥처럼 눅눅했다. 잘 구워진 쿠키 같은 마른바람은 아직 때가 아니었다. 두어 달쯤 지나면 바삭바삭한 바람이 목덜미를 쓱 훔치고 지나갈 터였다. 그때는 총각들의 불알이 부숭부숭하고, 빠릿빠릿해지기 때문에 연애질하기 딱 그만이다. 홀로 사는 아주머니 사타구니에서는 구운 김이 바스러지는 소리가 나는데 벽간에서 우는 귀뚜라미 소리만큼 서글펐다.

골목 중간쯤에서는 오래됐지만 푸른 나무가 되지 못한 가로등 하나가 켜졌다 꺼졌다를 지루하게 반복했다. 간당간당한 불빛이 어룽거렸다. 수명을 다한 외할아버지의 숨결도 그랬다. 숨이 금방 끊어지는가 싶었는데 다시 이어지곤 했다. 허겁지겁 택시에서 내려 헐레벌떡 병실로 올라와 누워 있는 외할아버지 얼굴에 귀를 쫑긋이 세운 이모가 인상을 쓰면서 고개를 끄덕거렸던 게 기억났다.

- 아버지 팔자 상팔자, 내 팔자 조진 팔자.

악다구니의 임종이었고, 너무 늦은 복수였다. 사는 것에 대한 인격의 완성, 아니 시작은 죽음이 아닐까. 더 이상 망나니짓은 할 수 없잖아. 이제 막 인생의 달음질을 시작한 정각의 뇌리에 파고를 겪고 있는 자와 종착지에 다다른 자의 조우가 흑백사진처럼 인화되어 지워지지 않았다.

정각은 그 조진 이모 때문에 죽음으로도 갈음하지 못하는 미움이 있다는 불쾌한 경험을 일찍 체험했다. 시간이 꽤 지난 뒤에도 '감정의 골이 워낙 깊어서 그랬겠지' 하는 추측과 '가족인데 꼭 그래야 했나' 하는 생각이 날카롭게 부딪치며 들끓었다. 정리되지 않는 망상이 마치 과자부스러기에 몰려드는 개미 떼처럼 득시글거렸다. 머리가 터질 것 같았다. 그렇다고 누구한테도 이모가 외할아버지한테 왜 그렇게 말했는지 묻지 않았다. 물었다고 해도 피식 웃고 말았을 게 뻔했다. 그 많던 재산 다 말아먹고 빚과 배다른 자식만 서넛 남기고 쭈그렁이가 된 외할아버지의 허랑방탕한 인생을 요약한 비웃음이었기에.

- 제발 머리 아프지 않게 해주세요.

정각은 괄약근에 힘을 주면서 격렬하게 기도했지만 하늘에서는 어떤 신호도 주지 않았다. 이틀 내내 비가 내렸지만 그게 하늘의

응답이라고 애니미즘의 시각으로 해석하기에는 뭔가 부족했다. 공중파, 종편 할 것 없이 기상캐스터가 전하는 날씨예보 때문이었다.

- 이번 주말까지 장마전선의 영향으로 전국에 많은 비가 내리겠습니다.

북태평양기단과 오호츠크해기단이 한반도 상공에 정체해 있다는 정언적 선언과 지도 위에 펼쳐 놓은 기상학 기호 사이로 초자연적인 정령이 파고들 틈은 거의 보이지 않았다. 과학은 그게 문제다. 세계를 사실로만 판단하는 거. 그럴듯하게 보이는 건 진실이라고 믿었고, 아무리 진실이라고 해도 눈에 보이지 않는 건 믿지 않았다. 누구든 가시적인 성과를 들이대지 못하면 루저로 낙인찍히는 건 예삿일이다. 그러니까 교묘하게 속이기도 하고, 간사하게 핑계를 대는 거다. 어떤 이는 진실을 왜 알아주지 않느냐고 목을 맸고, 투신도 했다.

정각의 고민은 끝이 없었다. 새로운 고통을 가져올 신호는 벼락치듯 불쑥 나타나기도 하지만 입영통지서처럼 예의를 갖춰서 한 달 전에 배달되기도 했다. 골목이든 집 안이든 정각의 발길이 닿는 곳에는 불길한 신호가 지뢰처럼 깔려 있었다. 숯불 위에 올려놓은 마른오징어처럼 온몸을 아무리 오그려도 그건 피할 수 없었다. 정각은 혼자 중얼거렸다.

'엄마는 원더우먼, 형은 아이언맨, 누나는 블랙 위도우. 셋 중에 하나만 돼도 해결되는데.'

'아버지는?'

'누가 납치해줬으면 좋겠어.'

현실이 막막하면 기적을 꿈꾸기 마련이다. 책가방을 메고 걷는 정각이 뒤뚱거렸다. 사냥을 하지 못해 어깨를 움츠리고 동굴로 돌아가는 베이징원인 같은 걸음이었다. 생각은 말이 되고, 말은 행동이 되며, 행동은 습관이 되기 마련인데 수백 가지의 망상이 이리 끌어당기고 저리 잡아당기니 비틀거리는 건 당연했다. 각이 잡힌 직립보행은 뚜렷한 목적과 균형이 잡힌 정신에서 이루어지는 거다. 술 취한 사람이 의장대처럼 절도 있게 걷는 걸 본 적 있니?

몇 달째 골목에 버려진 봉고차 옆을 지나치다가 정각은 발걸음을 멈추었다. 차 안에서 뭔가 움직이는 게 언뜻 보였다. 노란 드레스를 입은 여자였다.

'엄마?'

그냥 지나치면 안 될 것 같았다. 가까이 다가가 고개를 빼고 안을 들여다보는 순간, 바로 그때 누군가가 정각의 목을 옥죄고 다리를 걸어 바닥에 쓰러뜨렸다. 단 몇 초 사이에 일어난 일이었지만 정각은 그게 누군지 금방 알아챘다. 콧속으로 훅 들어오는 로즈마리 향의 샴푸 냄새. 채리였다. 채리 옆에는 거구의 똘마니가 서 있었다. 미키마우스가 그려진 팬티를 입은 아이.

'미키마우스가 고추를 보호해줄까?' '팬티 사이즈가 얼마나 클까?' 하는 궁금증이 부글거렸다. 그가 정각의 멱살을 잡고 연어를 사냥하는 불곰처럼 인상을 썼다. 정각은 저항하지 않고 그대로 있었다. 조금이라도 움직이면 발길질이 더 드세질 게 뻔했다. 여러 번 당하다 보면 인체공학적으로 고통을 줄이는 자세도 자연스럽게 터득하기 마련이다. 수많은 시행착오를 겪고서도 깨닫지 못하면 몸만 더 고달파지는 거다. 코피가 주룩 흘러내렸다. 채리가 껌을 질겅질겅 씹으며 내뱉은 말이 귀를 간질였다.

"이 새낀 비겁하게 코피 나는 걸로 때우려고 해."

채리가 정각의 가방을 들어 능숙하게 뒤졌다. 공항 출입구의 공안요원 같고, 마약단속반처럼 보이기도 했다. 한두 번 해본 솜씨가 아니었다. 정각의 가방에서 지갑을 꺼낸 뒤, 안에 들어 있는 지폐를 한 장도 남김없이 잽싸게 훑었다. 그리고 이내 의아한 표정을 지었다.

"장미꽃은 뭐냐? 개지랄이 쩐다."

채리가 가방 안에 있던 장미꽃을 들어 향을 한 번 맡고는 바닥에 팽개쳤다.

"씨발, 버거킹 먹으러 가자."

정각은 백 번도 더 이해했다. 가냘프게 생긴 얼굴에서 쇠꼬챙이처럼 전투적인 말들을 쏟아내는 건 조물주가 스피커를 잘못 꿰맞춘 실수 때문이다. 그러니까 무조건 받아들여야 한다. 거구의 똘마니가 오른발에 하중을 실어 정각의 사타구니를 지그시 밟으며 말했다. 모욕감이 드는 작별 인사였다.

"얘 쌍꺼풀 좀 봐. 트랜스젠더 같아."

'난 왕족이야' 하는 소리가 입안에서 웅얼거렸다. 정각은 바닥에 누워 채리와 똘마니가 사라지는 걸 바라보다가 별일 아닌 듯 자리에서 일어나 코피를 쓱 닦아냈다. 땅바닥에 팽개쳐진 장미꽃을 집어 들고 입으로 호호 불어 흙을 털어내고 가방에 넣었다. 돈을 뺏긴 억울함과 사타구니의 풀리지 않은 고통보다 굴욕적인 관계가 쉽게 끝날 것 같지 않은 불길한 예감이 무겁게 짓눌러 왔다. 그렇다고 누구한테 도움을 청해야겠단 생각은 결코 하지 않았다.

'운명인 거지. 아니, 인과응보야.'

정각은 발걸음을 옮기다가 돌아서서 다시 봉고차 안을 들여다보았다. 아무도 없었다. 한숨이 나왔다.

- 열네 살부턴 사는 게 전쟁인 거야.

형이 방귀 뀌듯이 내뱉은 엉터리 말이 어떤 때는 딱 들어맞았다. 정각은 그냥 지나칠까 주춤거리다가 결심한 듯 이발소 문을 열었다. 이발을 해야 할 이유가 있었고, 이발을 하면 기분전환도 될 것 같았다. 이발소 안에는 파리채를 든 늙수그레한 이발사와 흰 가운을 입은 젊은 이발사가 있었다. 문을 열고 안으로 들어섰을 때 채리한테 빼앗겨 돈이 하나도 없다는 사실이 떠올랐다. 정각은 파리채 이발사한테 미리 말했다. 머리를 다 깎고 난 뒤에 돈이 없다고 하면 그건 무전이발이 되는 거다.

"아버지가 이발비는 내일 준대요."

이발사가 파리채를 흔들며 말했다.

"단골이니까 오늘은 서비스다."

"서비스요?"

"돈 안 받는다 이 말이야."

"그래도 돼요?"

"홍군아, 한 번 깎아봐라."

"넵, 알겠습니다."

홍군은 이제 막 들어온 신참내기 이발사였다. 정각은 그가 이발사관학교를 우수한 성적으로 졸업했을 거라고 믿었다. 깔끔한 흰 가운과 각진 얼굴, 그리고 딱 부러진 군대식 대답과 날카로운 눈빛이 그런 느낌을 들게 했다. 잘 깎아줄 거라는 확신이 들었다. 그가 물었다.

"어떻게 깎으면 되겠습니까?"

"정국이 스타일로 깎아주세요."

"정국이?"

"비티에스요."

"비지에스. 알겠습니다."

비지에스? 정각은 조금 의아했지만 자신이 잘못 들은 것으로 여겼다. 비티에스를 모를 리가. 그가 가위를 들이대고 머리카락을 싹둑싹둑 잘라댔다. 커트보 위로 잘린 머리카락이 뚝뚝 떨어졌다. 정각은 불안했지만 말하기가 어려웠다. 공짜로 깎는 머리인데 이래라저래라 하는 말이 나오지 않았다. 바리캉이 몇 번 쓱쓱 왔다 갔다 하고, 가위질을 열댓 번 정도 했나 싶었는데 이발사가 등을 툭 쳤다. 이발이 다 끝났다는 뜻이었다. 오 분이나 됐을까. 의자에 앉자마자 속전속결로 금방 끝났다. 정각은 거울에 비친 자신의 모습을 보는 순간, 비명을 지르고 싶었다. 완벽한 바가지 머리였다. 얼굴이 일그러졌다. 그런 표정을 눈치챘는지 파리채 이발사가 한마디 했다.

"머릴 깎고 나니까 얼굴이 훤하구만. 여자들이 줄줄 따르겠다."

정각은 이발소를 나서면서 두 번 다시 여기서 머리를 깎지 않겠다고 다짐했다. 새로운 이발사를 데려오려면 기술이 좋은 사람을 데려오든가 할 것이지. 정각이 나간 뒤 파리채 이발사가 신참내기한테 물었다.

"야, 연변에선 바가지 머리를 비티에스라고 하냐?"

"비지에스 아니었습니까? 비지 바가지, 에스 스타일."

"모르면 물어봐. 깎새가 묻는 건 쪽팔린 게 아냐. 머릴 잘못 깎은 건 짜장면을 시켰는데 간짜장이 나온 거랑은 달라. 한 번 잘못 깎으면 머리에 멍청하다고 문신을 새긴 거나 같거든. 그리고 여긴 논산훈련소 아니니까 좀 천천히 깎고."

이발사의 파리채가 허공을 갈랐다. 탁! 이번에는 교미 중인 파리 두 마리가 황천길로 떨어졌다. 복상사가 아닌 배후사였다.

정각은 머리가 목에서 댕강 잘려 나간 것처럼 허전했다. 손이 자꾸 머리로 갔다. 노래를 들려주고 춤을 추려면 딱 정국이 스타일로 깎았어야 했는데 엉망이 돼버리고 말았다. 되는 일이 하나도 없다. 엿같은 하루다.

정각이 낙원연립 202호의 도어락 번호를 꾹꾹 누르자 굳게 잠겨 있던 후크가 드르륵 소리를 내며 풀렸다. 후크가 풀리는 소리는 '웰컴 투 파라다이스'가 아니라 '당신은 지금 막 지옥에 도착했습니다' 하는 것처럼 들렸다. 문을 열고 집 안으로 들어섰을 때 퀴퀴한 냄새가 일시에 온몸을 휘감았다. 위층의 누수로 인해 천장에서 나는 악취, 불량 체크밸브 때문에 역류하는 하수관 냄새, 화장실의 암모니아 가스, 라면을 끓여 먹고 개수대에 그대로 둔 냄비에서 나는 냄새가 마구 뒤섞여 집 안을 꽉 채우고 있었다. 고약한 냄새가 좀비처럼 들끓었다. '엄마가 있었으면 절대 그냥 두지 않았을 텐데' 하는 생각이 절로 들었다. 엄마는 거실 소파 밑에 떨어진 밥풀 한 알, 머리카락 한 올도 그냥 두지 않았다. 정각은 코를 쥐며 중얼거렸다.

"적당히 좀 하자."

정각은 마치 좀비들에게 하소연하듯 말했다. 집 안은 허름했다. 목련꽃이 그려진 연두색의 빛바랜 벽지는 볼품없는 가난과 완벽한 조응을 이루었다. 스무 평 남짓한 면적에 거실과 부엌, 화장실과 작은 방 세 칸이 있는 구조. 동선의 기능성 고려, 공간의 효율성 극대화, 전통과 현대가 어우러진 아름다움 창조 같은 얘기는 건축학개론서에나 있는 거였다. 붕어빵 찍어내듯 뚝딱 지어낸 연립주택은 방을 최대한 많이 쪼개는 게 설계의 최우선 조건이었다.

거실 한쪽에는 스텝퍼가 있고, 나란히 체중계가 놓여 있다. 모서리 구석에는 신문과 잡지들이 수북이 쌓여 있다. 거실의 중앙 벽면에는 QLED 텔레비전이 자리를 잡았고, 텔레비전 바로 위에는 가족사진이, 가족사진 위에는 가훈이 걸려 있다. 가훈과 가족사진, 그리고 텔레비전의 수직적 구도는 그것들이 갖는 중요도와 관계가 있다. 가훈이야말로 삼각형의 꼭짓점이고, 카스트제도의 브라만 같은 존재였다.

가훈은 검은 궁서체로 정도(正道) 정아(正雅) 정각(正覺)이라고 쓰여 있다. 정도는 바른 길로 가고, 정아는 바르고 아름답게 크고, 정각은 바르게 깨우치라는 뜻이다. 선이 곧고 아담한 궁서체는 가훈의 뜻을 효과적으로 드러냈다. 정도 정아 정각을 가로로 나란히 배열해놓은 것도 깔끔하고 단정했다. 정도는 형이고, 정아는 누나다. 중2병을 앓으면서 조금은 염세적으로 세상과 전쟁을 치르고 있는 아이는 정각이다. 삼남매의 이름이 바로 가훈이고, 가훈이 삼남매의 이름인 것이다. 이름이 먼저인지 가훈을 먼저 정했는지는 정확히 알 수 없다. 즉흥적으로 만든 걸 따지면 곤란하다.

- 이름대로만 살면 불행 끝 행복 시작!

가훈을 걸면서 아버지는 혁명공약을 선포하듯이 말했다. 정각은 세상에 태어나면서부터 자신을 잃어버렸다고 생각했다. 그렇게 말할 수밖에 없다. 태어난 건 결코 자신의 뜻이 아니었고, 이름도 마찬가지였다. 자신이 선택한 일이 아닌데도 책임을 져야 하는 모순덩어리가 인생의 본질이란 걸 일찍 깨달았지만 그렇다고 달라지는 건 없었다. 뜻대로 되는 일이 없었다. 인간관계도 그렇고, 머리를 깎는 것도 그런데 더 말할 게 뭐 있겠는가. 그래도 살아야 하는 게 비극이고, 자신은 운명적으로 슬픈 드라마의 주인공일 수밖에 없다는 결론을 내렸다. 아버지는 그것도 모르고 허튼소리를 늘어놓기 일쑤였다.

- 우린 알에서 깨어난 왕족이야. 그걸 잊지 마.

신라 박혁거세의 후손. 반남 박씨 판관공파. 동네의 삼류 건달이 주먹자랑 하듯이 아버지는 툭하면 왕족 혈통을 들먹거렸다. 은행에서 돈을 빌릴 때도, 동사무소에서 주민등록 초본을 뗄 때도, 마트나 아이스크림 가게에서도 자신의 가슴을 툭툭 치며 밑도 끝도 없이 '내가 왕족의 후예요'라고 말해 직원들을 어안이 벙벙하게 했다. 경희궁의 아침이란 브랜드의 오피스텔 모델하우스를 개관하던 날에 있었던 해프닝은 전대미문 사건으로 남아 있다. 지역의 기관장과 유력인사들, 그리고 회사 관계자들이 테이프를 커팅 할 때 아버지가 박혁거세의 후예를 들먹거리며 불쑥 끼어들었다. 혁거세(赫居世)라는 이름은 세상을 빛으로 다스린다는 뜻인데, 그 의미가 경희궁의 아침과 딱 맞아떨어지니까 당연히 자신에게도 커팅 가위를 달라고 했다. 혁거세의 의미를 처음 들어보는 사람들은 고개를 갸웃했지만 왕족의 후예라는 말에 한자리 끼워줘도 괜찮을 것 같다는 표정을 짓는 이들도 있었다.

'경희궁의 아침.' '세상의 빛.' '경희궁의 아침과 세상의 빛.' '아, 경희궁의 아침과 세상의 빛.' 몇 번 읊조려보니 정말 어감이나 의미가 통하는 느낌이 들었다. 더구나 오피스텔 한 채를 그냥 달라는 것도 아니고 커팅 하는데 끼워달라는 요구를 거절하는 게 야박해 보였다. 결국 모델하우스 오픈 축하행사에 당당히 참석하게 됐고, 그때 찍은 사진은 마을소식지에 실려 지금도 기록으로 남아 있다. 기념품으로 준 물휴지를 세 통이나 챙겨서 집으로 돌아온 아버지는 의기양양했다.

- 이제야 왕족을 알아보는 모양이다.

- 근데 왜 박씨지?

- 박처럼 생긴 알에서 나왔거든.

- 알에서 왜 나왔는데?

- 거긴 너무 좁아. 손에 잡히는 게 없어.

- 알을 깨고 나와 맨 처음 뭘 했죠?

- 가마솥을 걸어놓고 달걀을 삶았지.

- 왜?

- 마을사람들에게 나눠줬거든. 한 집에 열 개씩.

- 뇌물?

- 그게 아니고 정치 메커니즘이야.

- 아, 함께 나눠 먹는.

- 넌 아직 멀었다. 하긴 고추가 여물지 않았으니 세상을 알 턱이 있나.

- 에이 씨발, 달걀 나눠주는 거랑 고추가 익지 않은 거랑 뭔 상관인데.

아버지의 손바닥이 정각의 등때기를 후려갈겼다. 220볼트에 감전되듯이 온몸이 저릿했다. 눈물이 핑 돌았다.

- 말은 습관이고, 습관은 인격이 되는 거니까 말을 조심해야 돼. 그 따위로 살다간 패가망신한다.

정각이 자리를 피하려고 일어서려니까 아버지의 손이 이번에는 등짝을 부드럽게 어루만졌다. 그리고 진지한 어조로 말을 이어갔다.

- 삶은 달걀은 조명탄 같은 거야. 실탄을 쏘기 위해 목표물을 찾는 거지. 이 집은 뽕나무 서른일곱 그루에 댑싸리가 스물여덟 개. 마늘밭은 아홉 고랑이고, 콩밭은 서른세 고랑. 소 한 마리에 돼지는 세 마리이고, 닭은 열다섯 마리. ♂은 넷이고, ♀은 셋이니까 도합 일곱. 삶은 달걀을 나눠주면서 집집마다 살림 정도가 얼마나 되는지 주도면밀하게 살폈던 거지.

- 훔치려고?

- 통계는 국가경영의 기본이야. 기본을 아는 자만이 지도자가 될 수 있어. 그걸 모르면 모래 위에 집을 짓는 거지. 그러니까 네가 어디에서 무엇을 하든 사실에 기초해 상황판단을 하는 게 중요해. 지금 무엇을 얼마나 가지고 있는가를 확실히 파악해야 그걸

로 뭔가 할 수 있거든. 손에 쥐고 있는 게 그 사람의 존재가치야. 그건 예나 지금이나 변함없으니까 잊지 마.

- 열 번도 더 들은 얘기잖아.

- 진리는 백 번 말해도 부족해.

정각은 자리를 박차고 일어서지 않은 걸 후회했지만 이미 이야기는 다 끝난 뒤였다. 언뜻 들어도 사실과 전혀 관계가 없지만 그럴듯하게 썰을 푸는 건 자기 신념에 대한 합리화를 넘어 어떤 도의 경지에 다다른 것처럼 보였다. 실증주의 역사이론에 의한 고증된 학설 같았다. 아버지 화법에는 어떤 마력 같은 게 있었는데 빈말인 줄 뻔히 알면서도 워낙 단호한 말투와 진지한 표정 때문에 듣는 사람은 자신의 생각이 잘못된 게 아닌가 하는 착각마저 들 정도였다. 아버지가 주머니를 뒤적뒤적했다. 담뱃갑을 꺼내 들여다보곤 입맛을 쩍쩍 다셨다. 남아 있는 담배가 한 개비도 없었다. 담뱃갑을 이내 우그러뜨려 집어던졌다. 아버지의 목소리가 나긋해졌다.

- 네가 요즘 어려운 건 충분히 알고 있지만 혹시 돈 있냐?

구차한 속물근성을 드러내는 것도 치졸했다. 지적인 풍미를 장황하게 밑밥으로 깔고 은근슬쩍 담뱃값을 낚으려고 했던 거다. 이미 한두 번이 아니었다. 정각은 콧구멍을 벌름거렸다.

'굳이 알을 깨고 나올 필요가 있었을까?'

정각은 알 속에서 그냥 사는 게 훨씬 편했을 거란 생각이 들었지만 신화를 다시 쓸 수는 없었다. 알에서 깨어난 왕족의 후예라고 하지만 아버지는 모래에 함정을 파고 숨어 있는 개미귀신 같았다. 남이 가지고 있는 건 낚아채고, 자신의 것은 꽉 움켜쥐고 절대 놓지 않았다. 심부름센터를 운영하는 게 세상이 구렁텅이에 빠지지 않도록 감시하는 일이라고 했지만 똥개가 하품할 말이었다. 틈만 나면 뭐 뜯어먹을 게 없나 여기저기 두리번거리기 일쑤였다. 알에서 깨어난 새끼들도 다 제각각이었다. 정아 누나는 말이 많은 앵그리 버드였고, 정도 형은 염소 같았다. 푸른 풀을 뜯어먹고 까만 똥을 싸는 불가사의한 염소의 소화기 구조와 형의 두뇌 구조가 비슷했기 때문에 그렇게 말할 수밖에 없다. 형과 누나는 물과 기름처럼 달랐지만 왕족의 후예라는 말에는 똑같이 신경질적인 반응을 보였다.

- 왕족? 놀고 자빠졌네. 똥쌍피가 더 좋아.

정각은 형과 함께 쓰고 있는 방으로 들어가 가방에서 장미꽃과 초코파이를 꺼냈다. 그것을 책상 위에 놓여 있는 은숙의 사진 액자 앞에 나란히 놓았다. 정각은 거울을 들여다보고 바가지 머리를 마구 흐트러뜨렸다. 차라리 흐트러진 스타일이 더 나았다. 그리고 핸드폰을 꺼내 유튜브의 뮤직비디오를 켰다. BTS의 〈작은 것들을 위한 시〉였다. 정각은 노래에 맞춰 스텝을 밟고 몸을 움직여 춤을 추기 시작했다. 노래를 몇 번이고 반복듣기로 재생했고, 칼군무가 아닌 칼독무도 계속 이어졌다. 정각은 한참 동안 추던 춤을 멈추고 은숙에게 말을 걸었다.

"엄마, 생일 축하해. 근데 집에 언제 와? 카레 먹고 싶은데."

슬픈 목소리였다.

왕족의 사냥터

- 네 옆에 있으면 내가 투명해지는 느낌이 들어. 심장이 터질 것 같아. 나 한번 안아주면 안될까?

정아는 여지없이 남자를 단호하게 밀쳐냈다.

- 너한테 꼭 해주고 싶은 말이 있어.

- 모텔에 가서 하면 안될까. 좀 편하게.

- 수작 부리지 마. 난 느낌 없으니까.

- 돈 줄게.

- 이 새끼가 정말. 그건 안는 게 아냐. 학대하는 거지.

넌 누구를 안아본 적이 한번도 없지?

심부름센터 사무실 안이 갑자기 소란스러웠다. 선글라스를 낀 사모님이 불쑥 쳐들어왔기 때문이다. 기획부동산을 하는 황사장 부인이었다. 인공보형물을 넣었는지 가슴이 풍만했다. 금방이라도 미사일이 발사될 것처럼 빵빵했다. 립스틱을 두툼하게 칠한 빨간 입술보단 가슴이 먼저 눈길을 잡아끌었다. 강팀장은 누가 왔는지 관심 없다는 듯 컴퓨터 모니터에 시선을 고정했고, 여직원도 에어팟을 낀 채 DM 발송할 봉투를 정리했다. 황사장 부인을 소 닭 보듯 했다.

강팀장과 여직원이 딴청을 부리는 거 같지만 그건 톱니바퀴가 맞물려 정교하게 돌아가는 심부름센터의 시스템이었다. 업무 삼매경에 빠져 있는 사무실의 분위기는 고객에게 신뢰감을 주기 마련이다. 동시에 모른 척해 주는 자연스런 행동과 시선 처리는 오랜 경험과 숙련으로 쌓은 노하우인 만큼 고객을 심리적으로 편안하게 했다. 물론 서너 평 남짓한 좁은 공간을 함께 쓰다 보니 자연선택처럼 환경적응이 그렇게 된 측면이 컸다. 그녀는 소파에 앉자마자 인국을 몰아세웠다.

"대표님, 실망이네요. 이 정도면 이중간첩 아닌가요? 내가 먼저 부탁했는데 오히려 내 뒤통수를 치고. 아무리 뒷조사하는 게 일이라고 해도 최소한의 직업의식은 있어야죠. 그게 없으면 괴물이죠. 괴물 알죠?"

인국은 당황해서 말을 더듬거렸다.

"그게 그러니까 어떻게 된 거냐면."

"변명은 필요 없고 왜곡된 정보나 바로잡아주세요."

"바로잡으라뇨?"

"선수끼리 왜 이래요. 내가 그 남자랑 만나는 거 찍은 사진. 당장 없애주세요."

"황사장님한테 착수금을 받은 게 있어서 그건 좀."

황사장 부인은 현금인출기에 금방 뽑은 지폐가 들어 있는 봉투를 테이블 위에 슬며시 올려놓았다. 황사장은 제쳐놓고 단도직입적으로 자신과 거래를 하자는 신호였다. 황사장한테 아직 사진을 넘기기 전이기에 거래는 충분히 유효했다. 봉투는 꽤 두툼해 보였다. '만 원짜리일까.' '아니지.' '저 정도면 오만 원짜리일 거야.' 인국의 시선이 자꾸 봉투로 갔다. 그녀가 선글라스를 벗으며 말했다.

“햇빛 환한 데서 살고 싶어요.”

“네?”

그녀가 고갯짓으로 맞은편 벽면에 붙어 있는 표어를 가리켰다.

‘우리는 음지에서 일하고 양지를 지향한다!’

군더더기 없이 단아한 의지를 담은 검정색의 궁서체였다. 황사장 부인이 중얼거렸다.

“나도 양지를 좋아하거든요. 특히 강남요.”

돈이면 뭐든지 할 수 있는 세상이다. 안 되는 일도 있다고? 돈으로 안 된다면 방법은 단 하나, 돈을 두 배로 더 먹이는 거다. 그래도 안 되면 네 배로. 그래도 안 된다면 그건 신도 해결 못하는 일이다. 인국과 황사장 부인은 다시 계약서를 썼다. 모텔로 젊은 남자랑 들어가는 장면을 찍은 사진은 즉시 폐기하고, 황사장의 뒷조사를 하는 거 등등. 착수금은 삼백만 원이고, 일이 끝나면 오백만 원을 더 받는 조건이었다. 드문 일이긴 하지만 부부가 서로 상대의 뒷조사를 부탁할 경우 가격은 껑충 뛰었다. 심부름센터에서 요구하는 게 아니라 뒷조사를 맡기는 쪽에서 어떻게 하든지 상대의 약점을 잡기 위해 먼저 액수를 높여 디밀었다. 치명적인 장면을 포착해야 상대로부터 위자료를 많이 받기 때문에 이상할 게 없었다. 물론 어느 한쪽이 상대의 뒷조사를 하는 사실을 몰라야만 가능한 일이었다. 아주 드문 경우지만 이번 케이스가 딱 그랬다.

인국은 황사장 부인을 배웅한 뒤 화장실로 가서 봉투 속의 오만 원권 지폐를 꺼내 다시 세어보았다. 삼백만 원. 마음이 푼푼해졌다. 재킷 속주머니에 돈봉투를 넣으며 휘파람을 불었다. 잔뜩 들뜬 표정이다. 발걸음도 가뿐했다.

"기다려라, 짜식들아. 왕이 나가신다."

여직원에게는 현장에 나간다는 핑계를 대고 인국이 강팀장과 함께 간 곳은 화상경마장이었다. 은행에서 대출받은 돈을 경마장에서 다 날린 뒤에 은숙에게 다시는 절대로 가지 않겠다는 각서를 쓰고 수장까지 찍었지만 소용없었다. 주말이면 여지없이 경마장은 참새 방앗간이었다. 과천경마장의 경주를 직접 중계하는 곳을 한국마사회에서는 공식적인 명칭으로 장외발매소라고 했지만 사람들한텐 경마장이다. 과천경마장도 장외발매소도 그냥 경마장일 뿐이다. 불빛을 환하게 밝힌 10층 건물이 전부 화상경마장인데, 집어등에 몰려든 오징어 떼처럼 언제나 경마꾼들로 꽉 들어찼다. 경주로에 입장하는 말처럼 고개를 끄덕끄덕하며 건들건들 걸으면서 들어서는 노인도 있고, 경마예상지를 돌돌 말아 손에 꽉 움켜쥐고 결의를 다지는 대머리 아저씨도 있다. 전대를 차고 씩씩거리며 들어서는 아줌마 몸에선 생선냄새가 풍겼다. 인근 병원의 환자는 링거를 꽂은 채 휠체어를 타고 왔고, 앞을 못 보는 시각장애인은 도우미를 대동해서 찾아왔다. 기필코 대박을 터뜨리겠다는 눈빛이 곳곳에서 번뜩였다. 하긴 베팅만큼 짜릿한 것도 없다. 암 말기 환자도 베팅을 하는 순간 눈빛이 변한다고 하지 않던가.

요즘은 여름철 혹서기라 야간경마가 시행되는 때였다. 경마 레이스 거리는 1,000m부터 2,300m에 이르기까지 다양했다. 열 마리가 뛰는 레이스도 있고, 열네 마리가 뛰는 레이스도 있는데 말의 숫자가 고정돼 있는 건 아니다. 일등을 맞추는 단승식이 있고, 일등과 이등, 두 마리를 맞추는 복승식도 있다. 일등, 이등, 삼등을 모두 맞추는 건 삼승식이다. 그 밖에도 연승식, 복연식, 삼쌍식이 있다. 고객들이 창구의 여직원에게 현금을 주면 낸 돈만큼 구매권으로 바꿔주었다. 구매권은 십만 원이 최고 액수다.

그런데 구매권을 자세히 보면 디자인이나 인쇄 상태가 엉성했다. 지질도 형편없다. 구내식당 식권이나 쇼핑몰의 경품응모권 수준이었다. 오만 원권 지폐나 십만 원권 자기앞수표와 비교해보면 연립주택과 타워팰리스, 펜트하우스만큼 차이가 났다. 여기에는 한국마사회의 음모가 숨어 있다. 현금으로 직접 베팅을 하면 아무래도 손에 쥔 지폐의 감촉이 심리적으로 잠시대기의 브레이크 역할을 하게 된다. 베팅 액수를 줄이고, 베팅을 하더라도 한 번쯤 망설이기 마련이다. 오백만 원의 현금 뭉치를 들고 있으면 그와 등가한 일상이 파노라마처럼 떠오르기 때문이다. 오백만 원이면 마을버스 운전기사의 두 달 치 급여가 되고, 서민아파트 십 년 치 전기세에 가깝다. 초등학교 다니는 두 아이의 가정학습지 이 년 치 회비로도 충분하고, 매일 점심으로 설렁탕을 먹는다면 일 년 하고도 넉 달 정도가 걸린다. 동네 분식집에서 메뉴를 바꿔가며 라면, 쫄면, 떡볶이, 오므라이스를 먹어도 물경 오백만 원을 다 쓴다는 게 쉽지 않다. 이걸 한 번에 베팅한다고? 망설이는 건 당연하다. 근데 조악하게 인쇄된 구매권으로 베팅을 하게 되면 지폐의 생생한 부피감이 일시에 사라진다. 돈이 아니라 아이들이 가지고 노는 딱지 같은 느낌이 든다. 카지노에서 칩을 사용하는 원리와 같다. 허술하게 디자인된 구매권 속에는 경마꾼들의 돈에 대한 감각을 흐트러뜨려 매출을 올리려는 마사회의 음모가 아주 정교하게 숨어 있었다. 고객제일주의 마인드를 가진 창의적인 신입사원이 구매권의 지질을 높이고 디자인도 세련되게 하자고 제안한 계획안을 보자마자 마사회 임원이 그의 면상에 집어던진 사건은 이미 널리 알려진 일이다.

- 너 새꺄, 누구 망하는 꼴 보려고 그래!

십만 원짜리의 구매권. 삼백만 원이면 서른 장이다. 인국은 삼백만 원을 모두 구매권으로 바꾸었다. 이때 기분은 가장 절정 상태에 이르게 된다. 몇 배가 더 늘어난다는 기대감이 애드벌룬처럼 부풀어 오른다. 불행한 결과를 애써 외면하는 건 바로 눈앞에 있는 배당판 때문이다. 배당판의 숫자는 어느 걸 보아도 그야말로 노다지다. 35배 배당에 삼만 원을 베팅했을 때 그게 들어오면 순식간에 백만 원이 넘는다. 들어올 확률이 아주 높은 2.4배의 낮은 배당에 백만 원을 베팅하면 백사십만 원이 쉽게 생긴다. 200배의 고배당에 오천 원만 베팅해도 그게 들어온다면 백만 원으로 뻥튀기가 되는 것이다. 배당이 높든지 낮든지 결국 눈이 돌아가는 건 마찬가지다. 로또 당첨은 기적이지만 경마는 눈앞에서 펼쳐지는 생생한 현실이다. 숫자의 마력에 사로잡힌 사람들은 자신이 베팅한 말은 반드시 들어온다는 도박사의 오류에 빠질 수밖에 없다. 욕심이 집단최면에 걸리게 하는 거다.

구매권과 함께 사인펜으로 경기방식과 금액을 마킹한 구매표를 자동발매기에 넣으면 '드르륵' 하는 경쾌한 기계음을 내면서 마권이 툭 튀어나온다. 그 기계음을 번역한다면 '호갱님 어서오세요'쯤 된다. 능력이 좋은 말들은 배당이 낮았고, 등수에 들어올 가능성이 없는 똥말의 배당은 엄청나게 높았다. 사람들은 경마예상지를 들여다보며 어떤 말이 들어올까 고심에 고심을 거듭했지만 말의 능력을 간과한 채 배당이 높은 곳에 시선이 꽂히기도 했다.

마권발매가 끝나고 발주대에 들어선 말들이 스타트를 하면 사람들은 자리에서 일어나 일제히 소리를 지른다. 코너를 돌아서 직선주로에 들어서면 말들의 우열이 드러나기 시작하고, 결승선에 가까워 올수록 환호성의 데시벨은 급격히 높아진다. 거의 광란의 도가니가 된다. 꼴찌로 달려오는 말한텐 엄청난 욕설이 쏟아진다.

"저 똥말 새끼는 마구간으로 가고 자빠졌네."

"히로뽕을 처먹였나. 왜 저렇게 비틀대는 거야."

도착 순위가 결정되고, 결승선에 도착하는 장면을 리플레이로 보여주면 마권을 찢거나 구겨서 바닥에 팽개치는 사람들이 거의 대부분이다. 모든 말들이 동시에 일등이 될 수 없기에 자신이 베팅한 말이 들어올 거라는 확신은 이내 실망으로 돌아온다. 대박의 기대가 오류와의 교감이었다는 게 금방 드러난다. 말은 능력에 따라 기수가 조정하는 대로 뛸 뿐인데 사람들은 모든 걸 건다. 낮은 배당의 말은 들어올 확률이 높지만 반드시 그 말이 들어오는 것도 아니고, 역으로 배당이 엄청 크다고 해서 그 말은 안 들어온다는 보장도 없다. 서너 권의 경마예상지를 뒤적거리고, 자칭 경마박사가 주는 정보를 가지고 베팅을 해도 결과는 늘 꽝이기 십상이다. 가장 확실한 걸 가지고 최악의 불확실한 것에 걸다가 마지막에는 목에 끈을 거는 사람까지 있다. 그러니까 경마장을 나설 때는 사막을 걷는 고독한 순례자의 표정을 짓는 거다.

인국은 깊은 한숨을 내쉬었다. 단 네 경주만을 했을 뿐인데 삼백만 원을 다 날렸다. 스포츠만큼 극적인 것도 없다. 단 1cm 차이로 금메달이 결정되는 쇼트트랙, 점수 차이가 워낙 커 패색이 짙던 경기를 9회말에 뒤집는 야구, 20점이 넘는 차이를 4쿼터에서 대역전하는 농구, 그리고 마라톤까지도 결승선 바로 앞에서 순위가 바뀌는 극적인 상황이 일어난다. 경마에서도 아슬아슬 코끝 차이로 순위가 결정되는 일이 빈번했다. 하지만 그게 인국의 편은 아니었다. 돈을 잃는 건 말을 보는 안목이 부족해서가 아니라 욕심 때문이었다. 욕심은 채워지는 게 아니라 가진 것마저 기어이 다 거덜내버리고 만다.

인국이 가지고 있던 삼백만 원은 한국마사회 금고로 고스란히 들어갔다. 그렇다고 차비를 주는 것도 아니었다. 결과는 냉혹했다. 아, 삼백 만원. 다리의 힘이 쫙 빠지고, 정신은 아득해졌다. 목구멍이 바짝 마르고, 입에서는 단내가 났다. 욕심으로 부풀려진 기대치는 달콤했지만 현실은 천 원짜리 한 장 남지 않았다. 남들은 다 따는데 자신만 빈털터리가 된 것 같았다. 강팀장이 조심스럽게 낮은 목소리로 물었다.

"몇 장 샀어요?"

"돈 가진 거 있지?"

강팀장이 고개를 절레절레 흔들었다.

"딱 한 방이면 돼."

"한 방에 갔잖아요. 지난주에도. 지지난 주에도. 내일모레가 봉급날인데 그거까지 베팅한 거 아니죠?"

"통장에 결혼자금 있다고 했지? 그거 좀 뽑아 와라."

"대표님."

"이자까지 쳐줄게. 십 프로, 아니, 이십 프로."

"나랑 더 이상 같이 일하기 싫은 거죠?"

"여기서 일 얘기가 왜 나와."

"그게 그거죠."

"알았다. 알았어. 짜식, 치사하긴."

인국이 얼굴을 잔뜩 찡그리고 경마장을 나섰다. 처음 겪는 일도 아니었다. 백마 사이에 있던 알에서 태어난 박혁거세의 후손. 그의 신화적인 유전자도 경마에서는 별 소용이 없었다. 말을 잘 탔던 주몽의 후예였더라면 예지력이 더 낫지 않았을까, 생각했지만 허망했다. 인국은 경마장을 빠져나와서도 발길을 쉽게 떼지 못하고 자꾸 뒤를 돌아보았다. 강팀장이 들으라는 듯 뇌까렸다.

"다음 경주, 딱 꽂히는 말이 있는데. 아깝다, 아까워. 그 말이 메니피 혈통이거든."

강팀장이 걸음을 멈추고 인국을 쏘아보았다. 인국이 확신에 찬 소리로 말했다.

"진짜라니까."

"나 먼저 갈게요."

인국은 힘없이 강팀장의 뒤를 따랐다.

"결혼할 그 여자 귀청소방에서 만났다고 했지?"

강팀장은 대꾸하지 않고 걸었다.

"귀 하나는 시원하게 잘 파주겠다."

강팀장은 들은 척 만 척했지만 못마땅한 표정이 역력했다. 인국은 걸으면서 아쉬운 듯 지갑을 꺼내보았지만 이미 속은 텅 비어 있었다. 꽁지돈을 빌려 더 베팅해볼까 싶었지만 호되게 당한 전력이 있었던 터라 거기까지 손을 뻗지는 못했다. 꽁지돈도 아무나 주는 게 아니다. 핸드폰에 가족의 번호가 세 개는 저장돼 있어야만 그걸 담보로 빌려준다. 꽁지돈을 쓰는 순간 가족들은 인질이 되는 거다. 사 년 전, 꽁지한테 당했던 수모를 떠올리면 지금도 몸서리가 쳐졌다. 시도 때도 없이 찾아오고, 목에 회칼까지 들이대기도 했다. 악마보다 더한 찰거머리였다. 정신적 압박과 신체적 고통을 동반한 학습효과만큼 강력한 건 없다. 다른 건 다 해도 꽁지 돈은 쳐다보지도 않았다.

"설렁탕 한 그릇 사 줘라. 그 정도는 할 수 있잖아."

박인국. 그의 부친께서 친히 지어준 이름이다. 어질 인(仁) 자에 나라 국(國) 자. 나라에 어진 사람이 되란 뜻과는 달리 그가 사는 걸 보면 무개념의 세계챔피언이다. 이럴 땐 오만 원만 줘도 청부살인까지 할 판이다. 오직 돈만 밝히다 보면 괴물이 되고, 돈에 무모하게 전부를 거니까 이상해지는 거다.

* * *

테이블 위에는 오토바이 헬멧이 놓여 있다. 검은 가죽바지에 검은 재킷을 걸친 청년이 정아에게 커피 잔을 내밀었다. 정아는 고맙다고 고개를 한 번 까딱하고는 카톡 문자를 보내는 데 여념이 없다. 결혼소개소와 맺은 옵션 때문에 마지막 세 번째로 만나는 거였지만 '넌 아무리 봐도 아니다'라는 신호였다. 바이크 청년은 그걸 눈치채지 못했다. 혼자서 잔뜩 들떠 있었다. 땜빵용 알바이긴 했지만 상대가 마음에 들지 않는 건 어쩔 수 없는 노릇이었다.

청년은 구레나룻을 기르고 있었는데, 양쪽의 균형이 맞지 않았고 어딘가 좀 부실했다. 덜 야성적이기보다는 조립이 잘못된 불량품 인형 같았다.

그에 반해 청바지에 빨간 티셔츠를 입은 정아는 세련돼 보였다. 치렁치렁한 생머리를 간간이 뒤로 젖힐 때마다 남자들의 한숨과 탄성으로 커피숍이 들썩거렸다. 웬만한 여배우보다 훨씬 섹시했고, 《구운몽》의 팔선녀가 한꺼번에 온다 해도 상대가 되지 않았다. 당연히 일당백의 섹시걸이었다. 정아라는 이름은 괜한 게 아니었다. 바이크 청년은 봉황을 안은 것 같은 표정이었다. 둔한 감각은 그렇다 치더라도 짜식들아 난 이런 여자를 만난다는 과시적인 표정이 역력했는데, 그건 다른 남자들과 비교우위로 인해 생긴 일종의 정신적 착란증세였다. 순진한지 바보인지 모를 바이크 청년은 오토바이 다이어리를 읊어댔다.

"새벽에 바이크를 타고 경춘국도를 달리면 속이 확 뚫리는 그 느낌 아십니까?"

정아는 태연하게 맞받아쳤다.

"난 오토바이가 정말 싫어요. 오토바이를 타다가 죽은 친구가 셋이나 되거든요. 한 친구는 택배, 또 한 친구는 가스배달을 했는데 둘 다 사고로 죽었어요. 나랑 네 달쯤 사귀었던 친구는 오토바이를 훔쳐 타고 도망가다가 덤프트럭이랑 충돌해서 바로 갔구요. 정말 잘생긴 얼굴이었는데 사고 난 뒤에 보니까 그거 다 소용없더라구요."

바이크 청년은 당황한 듯 말을 더듬거렸다.

"저는, 아, 그러니까 뭐야, 수영강사구요, 바이크는 취미입니다."

"내가 수영 트라우마가 있단 걸 말 안 했구나."

"트라우마요?"

"작년 여름에 홍천강 놀러갔다가 남자친구가 밤에 수영하다가 익살 했어요. 지금도 이해가 안 돼요. 수영선수였거든요. 날이 샌 뒤에 시신을 찾았는데 등짝에 다슬기가 새까맣게 붙어 있더라구요. 그렇게 많이 달라붙은 건 어디서도 못 봤어요. 다슬기가 친구를 저승까지 바래다준 게 아닌가 싶어요. 참, 락스 한 통 마시고 자살 시도했던 친구 얘기 했던가요?"

바이크 청년은 마시려고 들었던 커피 잔을 슬며시 내려놓았다.

"그런 얘기 안 했습니다."

"아, 안 했구나."

"정아 씨는 젊은 나이에 특별한 경험을 참 많이 했네요."

"그런 건 경험이 아니라 아픔이죠."

"제가 그 아픔을 치유해드리고 싶습니다."

정아는 '어쭈 놀구 있네' 하는 표정을 노골적으로 지어 보였다.

"그 아픔과 이별하게 해드릴게요."

"아뇨, 딱 여기까지. 내 인생 슬픈 드라마에 끼어들지 마세요."

정아는 양손을 내밀어 바이크 청년의 손을 슬며시 잡았다. 그리고 오른손으로 그의 손등을 톡톡 치며 속삭이듯 말했다.

"좋은 사람 만나세요."

왕족의 기품은 아니었지만 그렇다고 천박하지도 않았다. 어딘지 모르게 오랜 시간과 고도의 숙련으로 다듬어진 기술처럼 보였다. 아니면 천부적이거나. 남자를 후려치는 데 있어선 거의 국가대표 수준이었다. 당한 남자가 한둘이 아니다. 남자한테도 문제는 있다. 만난 지 일주일 만에 모텔로 잡아끄는 녀석도 있었다. 정아가 손을 야멸치게 내치고 쏘아보면 남자는 제법 심각한 표정으로 하소연했다.

- 네 등에 장미 타투 한 거 보고 싶어서 그래. 단순히 섹스를 원하는 게 아냐. 너의 모든 걸 원한다구.

- 니가 원하는 나는 내가 아냐. 딴 데 가서 알아봐.

테스토스테론이 넘쳐흐르는지 남자의 표정은 갑자기 헐크로 돌변했다.

- 야, 내가 만진다고 닳는 것도 아니잖아!

- 화는 의미 있을 때 내는 거야. 괜히 아무 때고 감정 쏟아놓지 마. 싸구려처럼 보여.

- 넌 정말 나쁜 년이야. 괜히 줄 것처럼 약만 올리고.

- 오늘은 주고 싶어도 못 줘. 섹시한 엉덩이를 집에 두고 왔거든. 노리는 놈들이 많아서.

차를 타고 한적한 외곽으로 나가 데이트를 할 때도 마찬가지였다. 굳이 외제차가 아니라도 차 안에서는 장황하게 설명하지 않아도 자연스럽게 남녀 사이의 교감이 이루어지게 돼 있다. 타이밍만 맞으면 연애감정은 자연스럽게 분출되기 마련이다. 남자는 정아를 그윽하게 바라보다가 몸을 서서히 밀착한다. 그다음은 어깨에 손을 얹는다. 순서는 정해져 있다.

- 네 옆에 있으면 내가 투명해지는 느낌이 들어. 심장이 터질 것 같아. 나 한 번 안아주면 안 될까?

정아는 여지없이 남자를 단호하게 밀쳐냈다.

- 너한테 꼭 해주고 싶은 말이 있어.

- 모텔에 가서 하면 안 될까. 좀 편하게.

- 수작 부리지 마. 난 느낌 없으니까.

- 돈 줄게.

- 이 새끼가 정말. 그건 안는 게 아냐. 학대하는 거지. 넌 누구를 안아본 적이 한 번도 없지?

오랫동안 길게 사랑하지 않을 걸 전제로 여자를 품으려는 남자들의 취미를 정아는 결코 내버려두지 않았다. 또한 침대에 있을 때만 자신의 존재가치를 인정하는 상대에 대해선 거침없이 일갈했다.

- 그렇게 하고 싶으면 혼자 해. 만져줄까?

정아는 바이크 청년에게 한 방 먹이고 커피숍에서 나와 뒤도 돌아보지 않고 전철역 방향으로 직진했다. 완벽하게 다듬어진 섹시한 직립보행이다. 밖으로 나온 바이크 청년은 헬멧을 든 채 휘청거렸다. 갈 방향마저 잃어버렸다. 정아는 경쾌하게 걸었다. 수많은 남자들이 뇌리를 스쳐갔지만 그들은 한결같았다. 영화 〈매트릭스〉에서 똑같이 생각하고, 똑같은 행동을 하는 무한 복제 캐릭터인 스미스 같은 존재였다. 그저 어떻게 해서든 모텔로 끌고 가서 침대에 자빠뜨리려는 게 전부였다. 조물주의 실수로 생각 없는 남근이 불량품으로 대량생산이 된 게 아닐까. 정아를 이상한 여자로 만든 건 바로 남자들이었다.

* * *

정도는 회사주차장에 택시를 세운 뒤 차 문이 부서져라 하고 세게 밀어 닫았다.

"아, 씨발."

미간 사이로 짜증이 줄줄 흘러내렸다. 박노인은 물걸레로 차를 닦던 걸 잠시 멈추고 정도를 힐끔 쳐다보았다. 남의 일에 참견하는 데 빠지지 않는 박노인이 백미러를 닦으며 물었다.

"뭐가 그렇게 못마땅한데?"

"오늘 일당 조졌어요. 강남 사거리에서 천안까지 손님을 태우고 갔는데 그냥 튀었거든요. 편의점 현금인출기에서 뽑아준다고 했을 때 눈치챘어야 하는데."

"뒷문으로 튀었구나."

"내가 바보죠 뭐."

"그게 왜 자네 잘못인가? 돈 안 내고 튄 사람이 나쁜 거지."

그때, 입에 전자담배를 문 사무장이 정도한테 어슬렁어슬렁 다가왔다. 출산을 보름쯤 앞둔 임산부같이 배가 짐볼(gym ball)처럼 불룩했다. 혁대 위로 뱃살이 툭 삐져나와 넘칠 정도였다. 그가 행정우편물을 내밀었다.

"자네한테 이런 게 왔어."

"뭡니까?"

"읽어보면 알 거 아냐."

사무장은 관심 없다는 듯이 퉁명스럽게 말을 툭 내뱉고는 사라졌다. 박노인이 궁금증을 참지 못하고 물었다.

"뭔가?"

"국민권익위원회 청원 결과 통지? 이게 뭐지?"

"아, 그건가 보네."

"뭐요?"

"지난달에 자네가 태운 흑인 손님, 여기까지 찾아와 항의하고 청와대에 청원하겠다고 난리쳤잖아."

정도는 어이없다는 표정을 지었다.

"하, 자식들. 남의 나라까지 와서 웃기고 있네."

"웃을 일이 아니지."

"차 세워놓고 친구랑 통화하다가 흑인 두 명이 타서, 연탄 두 장이 탔다고 장난삼아 말한 건데 그걸 가지고 청원해?"

정도는 행정우편물을 뜯어 훑어보았다.

"벌금 내라는 거 아니지?"

"관광 온 외국인들한테 친절한 서비스를 부탁한다네요. 인종차별 하지 말고."

"탑골공원 옆 쪽방에 사시는 정재 형님께서 한 말이 있네. 인간차별 하지 마라."

"또 그 얘기시네. 자유당 때 김두한이랑 한판 붙었던 이정재, 그 사람 죽었잖아요. 5·16 혁명 나고서 사형 받지 않았나?"

박노인은 버럭 소리를 높였다.

"죽긴 왜 죽어? 멀쩡하게 살아계신데. 오늘 저녁 낙원상가 빈대떡 집에서 막걸리 한잔하기로 했구만."

"정말요?"

정도는 혹시 박노인이 치매증상이 있는 게 아닌가 싶었지만 그렇다고 직접 물어볼 수는 없는 노릇이었다.

"두한이 형님만 살아 있어도 정재 형님을 쪽방에 내버려두진 않았을 텐데."

"그럼 아저씨도 이정재 부하였어요?"

"부하라기보단 동대문이 싹 다 정재 형님 거였지. 내가 일곱 살 때부터 정재 형님 구두를 닦았어. 그때 모든 걸 다 봤지. 그런 형님 같은 분 세상천지 어디에도 없어. 아랫사람한텐 공손했고, 높은 놈들한텐 당당했지."

박노인의 정재 형님에 대한 헛소리는 한두 번이 아니었다. 그렇다고 어른을 대놓고 면박을 주기도 그랬다. 어쩌면 그 시절이 너무 좋아 벗어나고 싶지 않은 일종의 네크로필리아일 수도 있었다. 박노인은 할 말을 다 했다는 듯이 택시에 올라 시동을 걸었다. 그리고 이내 차 문을 내리고 정도에게 물었다.

"참, 어제 자네 차에 탔던 여자 손님이 놓고 내린 분홍색 핸드폰 못 봤나? 사무실로 몇 번씩 연락 왔다고 하던데."

정도는 고개를 돌려 박노인의 시선을 피했다.

"그런 거 못 봤어요."

박노인이 택시를 몰고 주차장을 빠져나가자 정도는 주위를 두리번거렸다. 그리고 트렁크에서 가방에 꺼내 어깨에 걸었다. 주차장을 빠져나가면서도 연신 주위는 살폈다. 이내 걸음 속도가 빨라지기 시작했다. 이십여 분쯤 전투적으로 걷다가 쌈지공원 벤치에 앉아 숨을 돌렸다. 여전히 고개를 좌우로 돌려가면서 주위를 살폈다. 자신을 주시하는 시선이 없다는 걸 확인한 정도는 가방의 지퍼를 열었다. 안에는 핸드폰이 무더기로 들어 있었다. 대부분 택시에 탔던 취객이 두고 내린 것이었다. 정도는 박노인이 말한 분홍색 케이스의 핸드폰을 꺼내 전원을 켜고, 패턴 풀기를 시도했다. A, B, C, D, L, M, N, O, Z자형을 그려보았지만 풀리지 않았다. 이번에는 순서를 바꿔 ㄱ, ㄴ, ㄷ 순서로 그려보았다. ㄹ자형을 그렸을 때 패턴이 풀리면서 화면이 떴다. 정도는 혼잣말로 중얼거렸다.

"이걸 패턴이라고 걸어놨네."

액정 화면에 분홍색의 토끼 모자를 쓴 여자가 떴다. 정도를 보고 환하게 웃음을 지었다. 예쁘다. 갑자기 심장이 쿵쿵 뛰었다. 정도는 이내 전원을 끄고, 가방에 넣었다. 그리고 자리에서 일어나 천천히 걷기 시작했다. 좀 전의 포르테 걸음이 안단테의 걸음으로 바뀌었다. 토끼 모자가 머리에서 지워지지 않았다. 게임오락실 입구에서 발걸음을 멈추었다. 펀치머신 앞에 서서 가방을 내려놓고 호흡을 가다듬었다. 천천히 양어깨를 돌려서 근육을 충분히 풀어주고, 오른손의 다섯 손가락을 꽉 조여 단단하게 주먹을 만들었다. 그리고 상체를 뒤로 젖혔다가 힘껏 펀치를 날렸다. 주먹을 강타하자 펀치머신의 숫자가 빠르게 올라갔다.

띠디디디디디딕. 띠디딕.

숫자는 980에서 멈추었다. 가장 높은 점수로 기록되었다. 주위 사람들도 놀란 표정이었다. 정도는 바닥에 내려놓았던 가방을 메고, 결투가 끝났다는 듯 주먹에 입김을 후후 불었다.

택배, 피시방 알바, 대형마트 배달원, 중국집 주방보조, 편의점 알바까지 아홉 번이나 직업을 바꾼 반남 박씨의 장남인 정도. 바른길을 찾지 못하고 아직도 헤매는 중이다. 개념 같은 거, 별로 없다. 하루하루, 순간순간, 되는 대로 산다. 택시운전도 오래할 거 같지 않다.

식탁 위의 반란

"경쟁자가 둘이나 있어."

"그래? 전쟁하려면 실탄이 있어야지."

정도는 지갑에서 돈을 꺼내며 약간 음흉하게 웃음을 지었다.

"키스는 했냐?"

"형!"

"너 겨드랑이 털, 아직 안 났지?"

♥

정아는 바이크 청년과 헤어진 뒤 제리코 베이커리로 출근했다. 오후 타임이라 마음은 느긋했다. 문을 열고 베이커리 안으로 들어서자 주방에 있던 덕환이 고개를 빼고 눈짓을 했다. 요주의 고객이 있으니 신경 좀 쓰라는 신호다. 단골 고객이긴 하지만 늘 불평을 늘어놓는 재연배우였다. 그녀는 가련한 며느리 역할을 했다가 심술 맞은 올케가 되기도 했다. 어떤 때는 불륜녀로 변신했다. 그녀는 큐 사인을 받고 연기하듯이 매대 주위를 왔다 갔다 했다. 빵을 들여다보다가 손끝으로 꾹꾹 찔러보았다. 시식용으로 잘라놓은 빵을 몇 조각 집어서 맛을 보기도 했다. 입에 맞는 빵이 없는 건지 살 마음이 없는 건지 불만스런 어조로 중얼거렸다.

"이 유자빵은 달콤한 건지 새콤한 건지 단 건지 알 수가 없네."

정아가 바로 쏘아붙였다.

"유자빵은 원래 새콤달콤한 거예요."

재연배우는 정아의 말에 기분이 상했다는 듯이 힐끗 한 번 쳐다보고는 이내 문을 거칠게 밀치고 나가버렸다.

"안 사면 그만이지 꼭 더러운 성질을 부려야 하나. 어쩐지 싸가지 연기만 하더라니."

덕환이 주방에서 나오며 말했다.

"악역의 이미지를 연기하면 악역의 이미지를 얻는 거고, 선량한 이미지를 연기하면 선량한 이미지를 얻는 거죠. 그게 본인의 모습이겠어요?"

"팬인가 봐요."

"팬이든 아니든 손님한테 그렇게 맞대응하면 안 되죠."

"석고대죄라도 해요?"

"우리는 빵만 파는 게 아니라."

"욕먹어도 참는 거, 그런 서비스까지 파는 거다?"

"잘 아시네."

덕환이 불쑥 한지로 만든 봉투 하나를 건넸다.

"뭔데요?"

"허브차요. 마시면 정신이 맑아져요."

"정신 차려라 이거죠?"

"뭐 좋을 대로."

"저번엔 국화차를 주더니. 날 낚으려는 미낀 아닌 거죠?"

"다른 알바생한테도 다 줬어요."

정아가 손으로 투망 던지는 흉내를 냈다.

"한꺼번에 다 잡으시겠다?"

덕환은 어이없다는 듯 고개를 좌우로 흔들었다.

"가족들한테 잘해줄 것 같아요."

덕환은 힘없이 대답했다.

"그런 거 없습니다."

"정말요?"

덕환은 대답 대신 고개를 끄덕였다. 슬픈 표정이 얼핏 묻어났다. 정아의 얼굴에 엷은 미소가 돌았다. '역시 그랬군' 하는 표정이었다.

"내가 관상을 조금 볼 줄 아는데 금방 가족이 생길 얼굴이에요."

덕환은 대꾸하지 않고 판매대 위에 있는 빵을 집어 들고 들여다보았다. 그리고 이내 구겨버렸다.

"왜요?"

"흑임자 쭉정이가 박혀 있네요."

"그거 편집증이에요. 주인도 아니면서."

"편집증인지는 몰라도 집중하는 건 맞아요. 사람들이 먹는 거니까 꼼꼼하게 신경 써야죠."

덕환이 주방으로 들어가려고 돌아섰을 때, 정아의 따뜻한 시선이 그의 넓은 어깨에 듬뿍 얹어졌다. '멸종한 줄 알았는데 사람 냄새 나는 남자를 오랜만에 보네' 하는 눈빛이었다. 며칠 전부터 덕환에게 은근히 그런 눈빛을 보냈다.

저녁 7시가 넘자 제리코 제과점의 실제 주인인 강사장이 너무 덥다고 툴툴대면서 들어섰다. 하루의 매출을 정리할 겸 새벽에 출근하는 지점장인 덕환과 교대해주기 위해서였다. 강사장은 제과점을 네 곳이나 소유하고 있었는데, 지점장 형태의 책임자를 두고 운영했다. 덕환이 매장을 나서서 오 분쯤 걸었을까. 정아가 불쑥 다가와 팔짱을 끼었다. 그 바람에 덕환의 겨드랑이에 끼어 있던 책이 땅바닥에 떨어졌다. 정아가 먼저 재빠르게 책을 집어 들었다.

"《우리 몸에 좋은 약용식물활용법》? 아, 유자빵도 여기서 힌트를 얻은 거구나."

"꼭 그렇다기보단 약초에 관심이 있어서."

"사람한텐 관심 없구요?"

"사람은 너무 힘들고 어려워요."

"약초도 어려울 거 같은데."

"사람 상대하는 것보단 나아요. 정성껏 키우면 보답해주니까."

"불길한 예감이 드네요."

덕환은 갑작스럽게 일어난 이 상황이 이해되지 않는다는 표정으로 정아를 쳐다보며 물었다.

"뭐가 불길해요?"

"내가 어쩌면 약초가 될 것 같아서요."

정아는 더 바짝 달라붙으며 다정하게 말했다.

"집에 가면 차 한잔 줄 수 있죠?"

정아의 돌발적인 행동에 덕환의 눈빛이 순간적으로 흔들렸다. 당황한 기색이 역력했다. 하지만 그녀의 팔을 내치지 않는 걸 보면 아주 싫은 마음은 아닌 듯싶었다. 덕환은 오피스텔 문 앞에서 도어락의 번호를 누르려다 말고 멈칫거리며 정아를 쳐다보았다.

"왜요? 안에 누구 있어요?"

"누가 더 떨릴까요?"

"떨리다뇨?"

"잘 모르는 남자의 방으로 들어가는 여자와 잘 모르는 여자를 방으로 들이는 남자 가운데 누가 더."

정아는 과장되게 몸을 떠는 척했다.

"들이는 쪽보다 들어가는 쪽이 더 떨리죠. 안에 괴물이 있을지도 모르는데."

"들여놓는 쪽 아닌가요? 들어와서 뭔 일을 벌일지 모르는데."

"지금 떨려요?"

"약간."

"다행이다. 안 떨린다고 했으면 여기서 그냥 돌아가려고 했거든요."

현관문을 열고 들어섰을 때 심플한 노마드 스타일의 분위기가 확 느껴졌다. 낙원연립 202호와는 차원이 달랐다. 벽면과 천장은 화이트로 연출했고, 바닥은 원목을 깔아 따뜻하고 정갈한 느낌이 들었다. 특히 블랙라인 몇 개로 포인트를 준 천장과 노란색 한지로 만든 펜던트에 시선이 갔다. 단선 미학을 보여주는 설치미술 같았다. 산만하게 흐트러져 있는 게 하나도 없었다. 가지런히 놓여 있는 신발, 신발장 위의 선인장 화분 하나, 모던한 테이블과 그 위에 놓여 있는 노트북, 극히 실용적인 패브릭 소파에 이르기까지 그의 성격이 고스란히 드러나 있었다. 창가 벽면에 붙은 수납장에는 난 화분 몇 개와 공기정화 식물인 산세베리아와 아레카야자 화분이 놓여 있었다.

덕환은 거실 장식장에 놓여 있는 작은 액자를 들어 슬며시 서랍에 집어넣었다. 아주 자연스러워 정아도 그게 무엇인지 전혀 눈치를 채지 못했다. 그의 아내와 딸이랑 그랜드캐니언에서 찍은 사진이었다. 부엌의 식탁에는 녹차와 다기가 가지런히 놓여 있었다. 덕환이 셔츠의 팔소매를 걷어 올렸다. 그리고 주전자에 생수를 붓고, 인덕션레인지 위에 올려놓았다. 정아가 창가에 있는 화분을 가리키며 덕환한테 물었다.

"이 대나무 통 화분에 있는 건 뭐죠?"

"아, 그거 장뇌삼입니다."

"장뇌삼은 산에서만 키우는 줄 알았는데 집 안에서도 잘 크네요."

"온도랑 습도를 맞춰주면 되니까."

"그게 아니라 정성 때문인 거겠죠."

"그것도 빼놓을 순 없죠."

"장뇌삼 비싸죠?"

"사용가치가 아니라 교환가치로 따지면 걔네들한테 미안하죠."

덕환이 녹차를 다기에 담을 때 정아가 뒤에서 다가와 불쑥 끌어안았다. 덕환은 한숨을 내쉬었다.

"푸우."

"왜요?"

"나 아직 마음의 준비가 안 됐어요."

정아는 더 힘껏 안으며 말했다.

"몸만 있으면 돼요. 마음의 준비 같은 거 필요 없어요."

덕환이 돌아서면서 정아의 팔을 풀었다.

"혹시 선수 아녜요?"

"진짜 선수를 만나려고 연습경기를 좀 한 거뿐이에요."

정아는 어린아이 같은 표정을 짓는 덕환이 귀엽다는 듯 더욱 바짝 얼굴을 들이댔다. 덕환은 시선을 피하려는 듯 몸을 돌려서 인덕션의 전원을 껐다.

"밖으로 나가죠. 여긴 답답하네요."

* * *

정도는 에스컬레이터를 타고 용산전자상가의 3층 건물로 올라갔다. 중고 IT기기를 수집해서 외국으로 수출하는 사무실이다. 알

음알음으로 하는 영업이었기에 소수의 관계자들만 아는 그런 곳이다. 사무실의 위치도 맨 구석에 자리를 잡고 있었다. 정도는 가방을 다시 고쳐 메고 사무실 안으로 들어갔다. 책상 위에는 중고 노트북과 핸드폰들이 수북이 쌓여 있다. 노트북을 분해해서 들여다보던 미스터 곽이 건성으로 인사를 건넸다. 정도도 고개를 끄덕여 인사를 한 뒤 가방에서 핸드폰을 꺼내 테이블 위에 올려놓았다. 익숙한 행동이었다. 핸드폰을 다 꺼내놓자 미스터 곽이 다가와 개수를 셌다.

"여덟 개네요. 갤텐 두 개까지 합해서."

정도의 시선이 분홍색 케이스의 핸드폰에 머물러 있었다. '저걸 어떻게 할까' 하는 눈빛이다. 미스터 곽이 테이블 위의 핸드폰을 박스에 담으며 말했다.

"잘 줍는 거 보면 무슨 비법이라도 있나 봐요."

"잠깐만요."

정도가 박스에서 분홍색 케이스의 핸드폰을 집어 들었다.

"이건 뺄게요."

"그럼 모두 일곱 갭니다. 실장님이랑 상의해서 바로 현금으로 드릴게요."

정도가 처음부터 취객들이 택시에 두고 내린 핸드폰을 IT기기 중고상에 넘긴 건 아니었다. 그도 택시에 두고 내린 핸드폰을 처분할 경우 점유이탈물 횡령죄가 된다는 걸 알고 있었다. 처음에는 수원 영통까지 찾아가서 주인에게 돌려줄 정도로 택시운전사의 기본 매너와 양식을 가지고 있었다. 하지만 돌려주는 쪽의 선의가 다 그대로 전해지지는 않았다. 바쁜 영업시간에 김포 신도시까지 찾아가 되돌려줬지만 주인으로부터 무시를 당한 이후로는 정도의 태도가 바뀌기 시작했다.

- 일도 못하고 한 시간이나 걸려 여기까지 왔는데 그래도 성의 표시는 해주셔야죠.

- 제 핸드폰 맞구요, 분실물을 돌려주지 않으면 점유이탈물 횡령죄라는 거 아시죠?

- 유실물법 보상청구권도 있거든요.

- 아, 오 퍼센트 주는 거요. 그럼 그거 청구하세요.

구청공무원이라는 젊은이의 말투는 풀 먹인 것처럼 빳빳했다. 정도는 솟구쳐 오르는 화를 억누르며 길가에 세워둔 자신의 택시 쪽으로 발길을 걷다가 도저히 참을 수 없었는지 휙 돌아서서 그에게 다가갔다. 손가락을 휘감아 쥐자 오른손 주먹에 힘이 들어갔다. 정도의 표정이 심상치 않았는지 구청공무원은 몇 발짝 물러섰다.

- 우리 집이 동방예의 집안인데 너 같은 새끼 때문에 내 성질 다 망가졌어. 이걸 그냥.

정도가 주먹을 바로 코앞에 들이대자 그도 지지 않겠다는 듯이 능글거렸다. 그가 미안하다거나 고맙다는 말 한마디만 했어도 주먹을 내뻗지는 않았다.

- 한 번 치시게? 어디 돈 좀 벌어볼까.

그는 오히려 빈정거렸다. 화를 참지 못한 정도의 주먹이 결국 앞니 두 개를 부러뜨렸다. 그걸 합의하느라 거금 팔백만 원이 들어갔다.

일부러 분당까지 가서 핸드폰을 돌려주고 받은 수모는 팔백만 원을 물어준 것보다 더 큰 모욕감을 안겨주었다. 백화점 앞으로 친구와 함께 나온 여자는 장갑을 낀 채 정도가 건네준 핸드폰을 받아 비닐봉지에 넣었다. 청결강박증이 아니라 노골적인 무시였다. 고맙다는 말도 없었다. 오히려 선의에 대한 대가는 비난과 돌팔매질이었다.

- 나 성추행 당했던 거 알지? 택시운전사는 조심해야 돼.

- 맞아. 바퀴벌레 같아.

선택적 경험을 일반화시켜 원죄의 굴레를 뒤집어씌우는 행동만큼 비합리적이고, 잔인한 것도 없다. 첫 번째 맞닥뜨렸을 때는 어이가 없어 감정을 주체하지 못해 주먹이 나갔지만 두 번째 겪고 보니까 잘못된 걸 알면서도 받아들일 수밖에 없는 무력감이 온몸을 옴짝달싹 못 하게 만들었다. 정도는 생각했다.

세상에는 예상치도 못했던 일이 일어나기도 하는 거. 근데 도저히 이해가 되지 않았는데 지나고 나서 생각해보면 그런 일이 일어난 건 다 이유가 있다는 거. 괜히 일어난 게 아니라는 거. 특정 직업에 대한 선입관이 없을 때 인간적인 관계가 가능해지는 법인데 애초부터 모든 게 돈과 세속적인 명예로 수렴되다 보니 그럴 수밖에 없다는 거. 아, 세상이 이런 거였구나. 그걸 끝까지 모르고 사는 건 무지가 아니라 죄악이라는 거. 택시운전사는 변비와 설사가 반복돼 똥구멍이 너덜너덜해져도 편견의 원죄를 짊어지고 살아야 한다는 거.

그런 일이 반복되자 임계점에 다다른 것처럼 정도의 태도도 변하기 시작했다. '마음이 상하고 돈 물어주면서까지 돌려주느니 그냥 내버려두자.' '아니지, 그냥 내버려두면 낭비가 되는 건데. 중고 핸드폰을 수출하면 나라경제에도 좋고, 살림에도 보탬이 되는 일이잖아.' '술 처먹느라 정신없었으니 잃어버려도 싸지 뭐.' 죄책감이 없지는 않았지만 그런 식으로 합리화했다.

정도는 미스터 곽이 계산해주는 돈을 받은 뒤 사무실에서 빠져나왔다. 지갑이 두툼해지자 갑자기 피자를 먹고 싶다는 생각이 들었다. 집에서 혼자 있는 정각의 얼굴도 떠올랐다.

* * *

인국과 강팀장은 무인모텔 주차장에 차를 세우고 차 안에서 입구 쪽을 뚫어져라 응시했다. 주말이라서 그런지 모텔 안으로 들어가는 젊은 남녀들이 줄줄이 들어왔다. 'saturday is sex day'라는 것처럼. 빈방이 거의 없을 정도였다.

강팀장이 중얼거렸다.

"여긴 노났네. 노났어."

"사람들이 스트레스로 꼭지가 도니까 미어터지는 거야."

"스트레스랑 모텔이랑 무슨 상관인데요?"

"한판 하고 나면 머리가 개운해지잖아."

"에이, 무슨. 서로 좋아하니까 오는 거죠."

"놀구 있네. 여긴 불륜텔이야"

얼마 후 양복을 입은 중년 사내가 젊은 여자의 허리를 휘감고 밖으로 나왔다. 기획부동산 황사장이었다. 인국이 손으로 가리키자 강팀장은 카메라를 들어 초점을 맞추고 셔터를 눌렀다. 차에 탈 때까지 여자는 황사장의 볼에 쪽쪽 키스를 해댔다. 강팀장은 연속 촬영을 했다. 그들이 주차장을 빠져나가자 인국은 부러운 건지 비꼬는 건지 중얼거렸다.

"얼마나 쑤셔댔는지 얼굴까지 해쓱해졌어."

"꼭 저래야 즐거운 겁니까?"

"야, 음양의 원리가 그런 거야."

"근데 이 모텔로 오는 거 어떻게 알았어요?"

"쟤 마누라가 차에다 지피에스 위치추적기를 달아놨거든. 그거 달아놓으면 어디 가는지 위치는 말할 것도 없고, 속도에 운행거리까지 다 나와. 부처님 손바닥 안에 있는 거지."

"아까 설렁탕 먹을 때 온 메시지가 그거였구나. 무섭다. 그래도 부부인데."

"부부니까 그런 거야. 남이면 어딜 가서 뭘 하든 신경 쓰겠냐?"

"부부라도 그거 불법이잖아요."

"저렇게 붙어먹는 것도 지켜야 할 룰을 어긴 거야."

"불법은 우리도 마찬가진데 좀 미안하네요."

"뭐가?"

"양쪽에서 돈 다 받았잖아요."

"야, 세상이 뒤집어지고, 사람들이 죽어나가고 그런 와중에도 어떤 사람은 돈 왕창 버는 거, 그게 사는 거야."

"돈을 벌면 뭐 해요. 경마장에 가서 다 말밥 주면서."

"줄 때도 있으면 돌려받을 때도 있는 거지."

"돌려받는 건 본 적이 없는데."

"열받게 자꾸 그럴래?"

"적당히 하세요. 경마가 인생 말아먹을 정도가 되면 그건 아니잖아요. 대표님은 가족도 있고, 이미 주식으로도 쓴맛 봤으면서."

"정말 나 죽는 거 한번 볼래?"

"내가 왜 대표님 죽는 걸 봐요. 잘 사시라고 드리는 말씀인데."

강팀장이 카니발에 시동을 걸었다.

"한마디만 더 할게요."

"뭔데?"

"자꾸 귀청소방 귀청소방 하는데, 남의 약점 그렇게 후벼 파지 마세요. 왕족의 후예라면서 치사하잖아요."

"야, 혈통을 왜 여기서 들먹거려."

"말이 그렇다는 거죠. 그 여자 착해요. 살림집 전세금도 반이나 댔거든요."

"그래? 정말 착하네. 근데 일 억, 아니 이 억?"

"하여튼 그렇다는 거 알아주세요."

"너 땡잡은 거다."

"가다가 동네 입구에서 내려드릴게요. 경마장에서 날린 삼백은 아깝지만 그래도 현장사진도 잘 찍었으니까 잊어버리고 편히 쉬세요."

인국은 더 이상 대꾸하지 않았다. 강팀장도 입을 다물고 있었다. 차 안에 흐르는 침묵이 어색했는지 라디오를 켰다. 거리는 한산했고, 도로도 막히지 않아 액셀러레이터를 밟는 대로 속도가 났다. 강팀장이 인국을 동네 편의점 건너편에 내려주었다. 인국이 천천히 걷다가 갑자기 발걸음을 멈추고 눈이 휘둥그레져 한쪽을 쏘아보았다. 정아가 편의점에서 손에 검은 봉지를 들고 나오는 게 보였다. 혼자가 아니다. 덕환과 팔짱을 끼고 있다. 인국은 나설까 하다가 멈칫하고, 인상만 잔뜩 썼다. 정아는 활짝 웃고 있었다. 인국은 얼굴을 더 찡그리며 뇌까렸다.

"저 자식은 뭐야. 얼굴이 완전 삭았네."

인국은 정아의 눈에 띄지 않게 가로수 뒤로 몸을 숨겼다.

* * *

정각은 말없이 식탁에 앉아 있었다. 하지만 얼굴은 잔뜩 불만이 있는 표정이다. 인국이 라면냄비를 가지고 와서 식탁에 놓으며 건성으로 물었다.

"울 아들 이발했네. 학원 잘 갔다 왔지?"

정각은 대답하지 않았다. 정아는 검은 봉지에서 삼각김밥을 꺼내놓았다. 인국이 핀잔을 주었다.

"또 편의점 김밥이냐?"

"원 플러스 원인데 맛도 좋아."

"정각인 뭘 먹을 거야? 라면? 김밥?"

정각은 여전히 말이 없었다. 불만이 있다는 표정이 역력했지만 인국도 정아도 눈치채지 못했다. 그때 정도가 피자 박스를 들고 집 안으로 들어섰다. 정아가 정각의 어깨를 툭 쳤다.

"형이 피자 사 올 줄 알고 기다렸구나."

정도가 피자를 식탁 위에 올려놓았다. 인국이 말했다.

"수입이 좋은 모양이다."

비꼬는 어조였다.

"아무리 좋아도 아버지 사업만 하겠어요?"

인국은 라면을 젓가락으로 집어 올리면서 이번에는 못마땅한 목소리로 말했다.

"밥정이라는 게 식탁 위에서 생기는 건데 다 제각각이네. 참 민주적이다."

정아는 삼각김밥의 비닐포장을 뜯으며 맞받아쳤다.

"꼭 같은 걸 먹으란 법 있나?"

"이건 아니지. 가족이 뭔데?"

정아는 손에 들었던 김밥을 탁자 위에 탁 내려놓았다. 손으로 이마에 흘러내린 앞머리를 다듬은 뒤 고무줄로 뒷머리를 다시 질끈 동여맸다. 그건 화가 폭발하기 직전이라는 신호였다.

"어떤 작자가 멀쩡한 아파트를 팔아먹은 뒤엔 우리한테 가족 같은 거 없어. 산산조각 났어."

정아는 인국을 아버지라고 호칭하지 않았다. 대신에 어떤 작자 혹은 그딴 인간 식의 불특정 대상을 가리키는 3인칭 부정대명사를 썼는데, 그건 정확히 인국을 지칭하는 거였다. 아버지를 어떤 작자 혹은 그딴 인간으로 분류한 건 아직도 원망과 분노가 분해되지 않고 가슴에 쌓여 있다는 증거였다.

"넌 돈이 있어야만 가족이 되는 거냐?"

"돈 때문이 아냐."

"그럼?"

"우리 모두를 구렁텅이에 빠뜨렸잖아."

"그게 뭔 소리냐?"

"그 살기 좋은 동네에서 이사하게 만들고, 외갓집 선산이 신도

시로 수용될 때 엄마가 소송까지 하면서 간신히 분배받은 거로 산 이 집도 우리 몰래 은행에서 대출이나 받고. 그 돈이면 베이커리 열고도 남았어."

"살다 보면 살던 동네에서 이사할 수도 있고, 대출도 받을 수 있는 거야. 다 그렇게 살아."

"이사한 게 아니라 쫓겨난 거지. 그 돈으로 뭘 했더라. 그걸로 뭘 했냐구? 그 아파트가 어떤 집인데."

"엄마가 힘들게 마련했다는 거, 또 그 얘기냐?"

"아니, 내 어린 날들이 다 거기 들어 있는데 그게 싹 없어졌어. 친구나 추억 같은 거 하나도 없어. 아, 그 기억은 남아 있다. 오토바이 타고 빚 받으러 왔던 그 조폭 새끼."

"그래서 그거 복수하려고 나이 많은 놈을 만나냐?"

정아는 인국의 입에서 전혀 예상치 못했던 덕환의 이야기가 나오자 어이없다는 듯 쳐다보았다. 정도와 정각은 이게 무슨 말인가 싶은 표정이었다. 인국의 입에서 침이 튀었다.

"깨가 쏟아지더라. 어떤 놈인지도 제대로 모르면서."

"알아서 사귀는 게 아니라 알고 싶어서 만나는 거지."

"그러다가 신세 조지는 수가 있어. 공금횡령을 한 놈인지 청부살인을 했는지 어떻게 알아. 그리고 한눈에 딱 봐도 사십은 넘은 거 같던데 난 싫다. 형님, 하자고 할까 봐 겁난다."

"에이 정말!"

"나이 든 놈이 뭐가 좋다구."

"나이가 들어서 좋은 게 아니라 좋은 사람을 만나고 보니까 나이가 좀 든 거뿐이야."

"나이가 들면 남자들은 다 도둑놈이 돼. 생물학적으로 그렇게 타고 났어."

"어른은 말이야, 자기희생을 통해서 인생을 완성시키는 거야. 그걸 좀 알았으면 좋겠어. 남한텐 희생하라고 하면서 자기 껀 꽉 움켜쥐는 욕심쟁이가 그런 고상한 걸 이해하긴 어렵겠지만."

"네가 남자 사귀는 걸 보면 선동적인 사랑을 하고 있단 생각이 들어. 그런 놈이랑 사는 건 시한폭탄을 안고 사는 거야."

"나한테 이래라저래라 하지 마. 나도 그런 거 요구한 적 없으니까."

"누구도 널 쳐다봐주지 않을 때가 금방 와. 한순간이야. 그러니까 사람 만나는 거 조심해야 돼."

"보고 싶지 않은 사람, 얼굴 맞대고 사는 게 더 힘들어."

두 사람의 이야기를 듣고 있던 정도가 손에 들었던 피자를 내려놓으며 약간 음침한 목소리로 말했다.

"식사할 땐 집중 좀 하죠."

인국의 목소리가 더 높아졌다.

"다 잊어버려도 괜찮지만 혈통을 잊어선 안 돼. 사람과 동물이 다른 게 뭔데. 사람한텐 도의가 있는 거야."

정아는 콧방귀를 뀌었다.

"흥, 또 그놈의 개소린."

"뭐라고?"

"혓바늘 돋으니까 그만해. 말이 통해야지."

인국도 더 이상 맞대응하지 않았다. 정도는 두 사람의 이야기를 듣는 둥 마는 둥 하다가 피자 한 조각을 정아에게 건넸다. 정아는 못 이기는 척 슬며시 손을 내밀어 받았다. 정도가 인국에게도 한 조각 건넸지만 손을 내저었다.

"난 라면이 좋다."

인국은 라면 때문인지 피자 때문인지 침을 꿀꺽 삼켰다. 정각은 정도가 건네준 피자를 식탁에 그대로 내려놓으며 입술을 깨물었다. 정도가 입에 피자를 한입 베어 물면서 냉장고 쪽으로 시선을 돌렸다.

"냉장고에 콜라 있을 텐데."

정각이 자리에서 벌떡 일어나 냉장고 쪽으로 성큼성큼 갔다. 인국은 냄비에 젓가락을 넣어 신경질적으로 라면을 집었다. 정도와 정아가 피자를 한입씩 베어 먹을 때 정각은 냉장고에서 500ml 페트병의 콜라를 꺼내 마구 흔들었다. 그리고 식탁으로 가져와 탄산가스가 꽉 찬 콜라의 뚜껑을 열었다. 콜라는 화산구에서 마그마가 분출되듯이 펄펄 넘쳐흘렀다. 식탁은 순식간에 난장판이 되었다. 정각이 소리를 질렀다.

"오늘 엄마 생일이야. 생일이라고!"

엄마가 없는 생활이란 아이한테는 사막을 헤매는 것과 같다. 그것도 모른 채 어른들은 자기 갈 길에 정신이 팔려 있었다. 인국은 경마장에서 날린 삼백만 원 때문에 속이 쓰렸고, 정아는 덕환의 오피스텔에서 아직도 서성대고 있었다. 정도는 심쿵하게 만들었던 핸드폰의 토끼 모자 여자한테 정신이 홀려 있었다. 식탁의 난은 십 분쯤 지나서야 정리되었다.

아버지나 정아, 정도까지 미안한 표정을 지었지만 어색한 순간을 적당히 모면하려는 연기 같았다. 이런 가족들이 끼니때가 되면 한 식탁에 둘러앉는 게 신기했다. 거의 습관이었다. 하긴 습관만큼 편한 게 없다. 몸이 하던 대로 하면 된다. 굳이 생각할 필요가 없다. 남이라면 어림없지만 가족은 그냥 그렇게 어우러져 사는 거다.

정각이 책상에 앉아 책을 보고 있는데, 정도가 수건으로 얼굴을 닦으며 들어왔다. 은숙의 사진 액자 앞에 놓인 초코파이와 장미꽃을 보고서는 정각의 어깨에 손을 얹었다.

"잘못했다. 내가 챙겼어야 하는데. 다음 주에 엄마한테 가자."

"아버진 모든 걸 말로만 해. 툭하면 소리 지르고. 정말 싫어. 형도 아버지가 밉지?"

"옛날엔 그랬는데 지금은 아버지가 안됐어. 세상을 어떻게 살아야 하는지 잘 모르니까 소릴 지르는 거지. 그 방법밖에 모르니까."

정각은 정도의 대답이 의외다 싶어 빤히 쳐다보았다.

"나도 아버지랑 비슷하거든."

"형, 나 삼만 원만 줘."

"어디에 쓰려고? 학원비 지난주에 줬잖아."

"여친 선물."

"사랑은 돈으로 사는 게 아냐."

"경쟁자가 둘이나 있어."

"그래? 전쟁하려면 실탄이 있어야지."

정도는 지갑에서 돈을 꺼내며 약간 음흉하게 웃음을 지었다.

"키스는 했냐?"

"형!"

"너 겨드랑이 털, 아직 안 났지?"

정각은 어이가 없다는 듯 대답하지 않고 보던 책으로 시선을 돌렸다. 정도는 등을 벽에 기댄 채 발을 쭉 뻗었다. 가방에서 꺼낸 분홍색 케이스의 핸드폰을 꺼내 전원을 켜고, ㄹ자형의 패턴을 풀었다. 갤러리를 클릭했다. 분홍색의 다양한 리본을 단 고양이, 토끼, 강아지의 사진들이 이어졌다. 커피숍을 배경으로 해서 찍은 사진에 시선이 멈추었다. 며칠 전에 라라를 내려줬던 커피숍이 분명했다. 정각이 손끝으로 사진을 확대하자 유니폼에 부착된 명찰의 글씨가 눈에 들어왔다. 라라였다.

"라라. 라라라고? 아, 그래서 패턴을 리을로 걸어놨구나. 이름 참 특이하네."

메모 노트를 클릭하자 '올해의 목표는 취직하기!!! 노트북 마련하기!!!'가 수없이 반복해서 씌어 있었다. 정도는 혼자 중얼거렸다.

"노트북이 비싼가? 그게 얼마나 한다고."

잠을 깨우는 소음들

"일단 저한테 맡기세요."

"정말 잘 부탁드립니다."

혜정은 인사를 한 뒤 돌아서려다 전혀 관심이 없다는 듯이 지나가는 말투로 물었다.

"근데 보상금액이 얼마나 된다고 했죠?"

♥

요양병원은 국도에서 우회전해서 이백 미터쯤 들어가면 산기슭 아래 자리를 잡고 있었다. 정선 읍내에서 떨어져 있는 한적한 곳이었다. 온통 흰색 페인트로 칠해진 건물은 깔끔한 느낌을 주었고, 규모가 제법 컸다. 6층의 본관 건물 뒤쪽에 자리한 3층의 부속건물은 공중계단으로 서로 연결돼 있다. 주차장도 널찍하다.

4층 복도의 맨 끝, 408호 병상에 은숙이 누워 있었다. 말도 없고, 움직임도 없다. 벌써 사 년이 다 돼가지만 회복될 징후는 전혀 보이지 않았다. 달라진 게 있다면 전보다 더 바싹 마른 팔과 다리, 턱뼈만 앙상한 얼굴, 잔뜩 쪼그라진 뱃살이었다. 생기가 전혀 없었다. 이미 다른 세상으로 한쪽 발을 들여놓았지만 링거와 인공호흡기가 그녀를 붙잡고 놓아주지를 않았다. 간호사 혜정은 링거의 수액이 떨어지는 걸 조절하면서 말을 걸었다.

"생일 축하해요. 근데 올해는 아무도 찾아오질 않네요. 다 바빠서 그런 거니까 너그럽게 이해하세요."

은숙은 여전히 어떤 반응도 없었다. 혜정이 시트 밑으로 손을 디밀어보았다. 약간 축축했다.

"시트 금방 갈아줄게요."

그때 주머니 안에 있던 호출기가 삑삑 소리를 냈다. 병원장의 호출이었다. 혜정은 간병사에게 시트 교환을 부탁하고 병원장실로 들어갔다. 양복을 입은 중년 사내가 자리에서 일어나 혜정에게 먼저 인사를 건넸다. 병원장이 이미 며칠 전에 언질을 주었던 터라 혜정은 그가 누구인지를 금방 알아챘다.

"조간호사, 이쪽은 내가 전에 말했던 오케이보험 한부장님."

"김은숙 환자가 조간호사 애인의 어머니라면서요?"

"아, 네."

병원장은 아주 과장된 몸짓과 목소리로 조간호사의 칭찬을 늘어놓았다.

"여기 공기가 좋다고 서울에서 우리 병원으로 모시고 온 것도 조간호삽니다. 세상에 이런 며느릿감 없죠."

"그렇군요. 제가 조간호사님을 뵈러 온 건 김은숙 환자 때문입니다."

"병원장님한테 대강 이야기 들었어요."

"저희로서도 이런 이야기를 꺼내는 게 참 힘듭니다. 미묘한 문제라서요. 하지만 병상에 누워 있는 환자는 그렇다 치더라도 산 사람은 살아야 하지 않습니까? 환자분 가족도 힘들겠지만 저희 회사도 부담이 많습니다."

병원장은 단도직입적으로 자신의 의중을 드러냈다.

"전에도 말했지만 이건 비인간적인 안락사가 아니라 품위를 지키는 존엄사니까 가족하고 의논해보는 거, 어때?"

한부장이 거들고 나섰다.

"거의 사 년이 된 걸로 알고 있는데 저 정도면 정신적으론 이미 사망한 거라고 봐야죠. 가족들도 거의 포기한 상태잖아요."

"아직 살아계신 분인데 그렇게 말하면 안 되죠."

병원장과 한부장의 말에 혜정은 단호한 어조로 맞받았다. 하지만 마음을 담았다기보다는 상대에게 일방적으로 끌려가지 않겠다는 의지를 내비친 말이었다.

"그 말이 맞긴 한데 현실적으로 회생 불가능하단 건 조간호사도 잘 알잖아. 혈압 당뇨 다 정상이고, 폐질환도 전혀 없으니까 저 상태로 두면 십 년, 이십 년, 아니 삼십 년도 더 갈걸. 해외에선 삼십팔 년이 넘은 사례도 있어."

"그래서 존엄사법이 만들어진 거죠. 가족들만 동의하면 법적으로 아무런 문제 없습니다."

이미 입을 맞춰 연습을 한 것처럼 병원장이 핵심을 말하면 한부장은 거기에 부연설명을 달았다. 한부장이 찾아온 용건은 코마 상태에 빠져 있는 은숙을 존엄사로 유도하려는 회사의 뜻을 전하기 위해서였다. 물론 금전적 보상이 따르는 건 말할 것도 없었다. 보험사의 존엄사 제의는 다달이 들어가는 병원비와 간병사 비용을 줄이려는 속셈인 게 뻔했다. 병원장도 뭔가 생기는 게 있는지 적극적이었다. 한부장은 재차 의도를 명확히 밝혔다.

"저의 회사의 뜻을 일단 말했으니까 가족들과 진지하게 상의해 보셨으면 합니다."

병원장은 다시 거들고 나섰다.

"조간호사랑 결혼하려면 그 집에서도 결혼비용이 필요할 거 아냐?"

순간 혜정은 미간을 약간 찡그렸지만 연출된 것처럼 보였다. '도대체 이 사람들 딜을 하려면 격식을 갖춰야 하는데 그런 매너가 전혀 없네' 하는 불만의 표정이었다.

"살 집은 벌써 마련해놨거든요. 그런 걱정 안 하셔도 돼요."

병원장은 머쓱해했다. 한부장이 혜정을 쳐다보며 말했다.

"제가 찾아온 게 모두한테 좋은 일이 됐으면 합니다."

한부장이 병원장과 인사를 나누고 주차장에 세워놓은 차로 다가가서 문을 열었을 때였다. 혜정이 다가왔다.

"한부장님께 부탁드릴 게 있는데."

"무슨?"

"이번 제의가 공식적인 게 아니라고 했죠?"

"이게 미묘한 문제라서요."

"대외적으로 알려지는 걸 바라진 않겠군요."

"당연하죠."

"그러면 앞으로 모든 건 저하고 상의해주세요. 제가 가족 대표라고 생각하고 병원장님보다 저를 통해서 진행해주세요. 존엄사위원회를 구성하는 건 원장님 권한이지만 보상액수는 우리만 아는 걸로 했으면 좋겠습니다. 만약에 존엄사를 하게 된다면 말입니다."

"저희도 그게 좋습니다. 보상집행도 회사에선 공식적으로 할 수 없어요. 돈으로 주고받았다는 걸 언론이나 인권단체에서 알면 시끄러울 테고, 그건 저희도 원치 않거든요."

"그래서 제가 메신저 역할을 하겠단 겁니다. 쉬운 일이 아니지만."

"저희는 가족의 동의를 받아낼 수 있는지 그게 제일……."

"일단 저한테 맡기세요."

"정말 잘 부탁드립니다."

혜정은 인사를 한 뒤 돌아서려다 전혀 관심이 없다는 듯이 지나가는 말투로 물었다.

"근데 보상금액이 얼마나 된다고 했죠?"

* * *

도로 건너편에 택시를 세워두고 정도는 핸드폰에 있는 토끼 모자 사진과 커피숍을 번갈아 바라보고 있었다. 갤러리의 사진에 있는 커피숍이 분명했다. 일전에 내려줬던 기억을 되살려 찾아온 보람이 있었다. 커피숍 안에서는 라라가 손님의 주문을 받아 커피 머신에서 커피를 내리고 있었다. 커피숍 주인인 남사장이 라라에게 다가가 슬쩍 몸을 부딪쳤다. 라라는 인상을 썼다.

"내가 보낸 카톡은 읽지도 않네."

"핸드폰 잃어버렸어요."

"음, 그랬구나. 오늘 일 끝나고 밤에 뭐 해?"

"학원 가야죠."

"생선초밥 먹으러 가자니까."

"날거 못 먹어요."

"그럼 스파게티 먹으러 갈까? 고든 램지도 감동한 집인데."

라라는 커피를 컵에 부으며 신경질적으로 말했다.

"저 지금 집중해서 해야 하거든요."

"못 이기는 척 좀 적당히 받아주고, 나긋나긋하면 어디 덧나냐? 어떻게 된 게 남자보다 더 드세."

라라는 말없이 주문받은 커피를 내렸다. 정도는 택시 안에서 분홍색 케이스의 핸드폰을 계속 만지작거리다가 약간 긴장한 눈빛으로 커피숍 쪽을 다시 쳐다보았다. 그때, 라라가 문을 열고 밖으로 뛰쳐나오는 게 정도의 눈에 들어왔다. 라라는 화가 난 듯 손으로 자신의 가슴을 몇 번 두드렸다. 정도는 그런 라라를 뚫어져라 쳐다보았다. 핸드폰을 돌려주어야겠다고 생각했지만 이틀이나 지났으니 이미 타이밍을 놓친 뒤였다. 어떻게 해야 할지 아이디어가 딱 떠오르지 않았다. 분명한 건 사진을 보고 난 뒤 그녀를 한 번 만나봤으면 하는 생각이 뜬금없이 들었다는 점이다. 그녀가 커피숍으로 들어가자 정도는 분홍색 케이스의 핸드폰을 글러브 박스에 도로 넣고 택시의 시동을 걸었다. 동네 공원에 가서 바람을 쐬든가 한잠 자든가 해야겠단 마음으로 핸들을 잡았다.

폭염이 쏟아지는 동네 공원은 사람이 별로 없어 조용했다. 채리는 화장실에서 교복을 사복으로 갈아입었다. 벗은 교복은 가방에 넣었다. 밖에선 그의 똘마니가 기다리고 있었다.

"정각이가 돈 가지고 올까?"

"올 거야."

"안 오면?"

"오게 만들어야지."

"겁이 많아서 너한테 꼼짝 못하더라."

"겁이 많은 게 아니라 나한테 빚진 게 있어서 그런 거야."

"빚? 그게 뭔데?"

"그런 게 있어."

정각이 공원으로 들어오자 똘마니가 말없이 다가가 팔로 목을 휘어 감았다. 정각은 저항하지 않고 이끄는 대로 끌려갔다. 똘마니는 정도를 화장실 뒤쪽으로 끌고 가더니 유도하듯이 바닥에 팽개쳤다. 채리가 껌을 씹으며 가까이 다가갔다.

"잘도 피해 다니는데. 비겁한 건 옛날하고 똑같네."

"그런 거 아냐."

"넌 남자 새끼도 아냐."

정각은 주머니에서 만 원짜리를 꺼내 건네주었다.

"자, 이거."

그때 화장실에서 볼일을 마친 정도가 불쑥 나타났다. 전혀 예상치 못한 일이었다. 정도는 눈을 부릅뜬 채 힘 있게 말아 쥔 주먹을 허공에 흔들어댔다. 동생이 삥 뜯기는 현장을 바로 눈앞에서 봤으니 화가 솟구친 건 당연했다.

"야, 핵주먹 맛, 한번 볼래!"

꿈에도 생각지 못한 일이 벌어졌으니 당황한 건 정각이었다.

"형, 그러지 마."

"돈이 필요하면 알바를 해서 벌 생각을 해야지, 삥을 뜯어?"

"그거 아니라니까."

채리도 만만치 않았다. 땅에 침을 뱉으며 어깨를 으쓱했다.

"쌩! 나랑 이종격투기 한번 해보겠다?"

정도는 어이가 없었다.

"이것들이 정말."

"형, 삥 뜯는 거 아냐. 내가 빌린 거야."

정각은 채리에게 어서 받으라는 듯이 돈을 건네주었다.

"이거 받아. 빨리."

채리가 손으로 탁 내쳤다. 지폐는 바닥으로 떨어졌다.

"필요 없어. 내가 준 거니까 먹고 떨어져."

똘마니가 구시렁거렸다.

"졸라 치사하게 형을 데리고 왔네."

"씨발, 여긴 왜 이렇게 똥냄새가 나는 거야. 가자."

채리는 똘마니와 함께 멀어져갔다. 정각은 고개를 푹 떨구었다. 정도는 사라져가는 채리를 멍하니 쳐다보았다.

"쟤네 뭐야? 일진이냐?"

"그런 거 아냐."

"싹수가 노랗다."

정각이 신경질적으로 말했다.

"아, 몰라. 형 때문에 다 망쳤어."

정도는 이 상황이 전혀 이해되지 않는다는 듯 어이없는 표정을 지었다. 뭔가 말 못할 사정이 있다는 걸 직감했다. 하긴 얼핏 보아도 여린 몸매와 예쁜 얼굴이었던 여중생이 일진이라고는 생각되지 않았다. 정도는 화가 잔뜩 난 정각을 구슬려 롯데리아로 데리고 갔다. 이럴 땐 힘으로 누르는 게 아니라 살살 구슬리는 게 효과적이었다. 햄버거를 주문하고 난 뒤에야 정각이 입을 열었다.

"초등학교 오학년 때 그런 거라고?"

정각은 힘없이 고개를 끄덕였다.

"너한텐 그게 계속 빚으로 남아 있단 거잖아."

"그렇다니까."

"걔 돈을 뺏은 철이 녀석이 나쁜 거지 말리지 못한 네가 잘못한 게 아니야. 나도 나쁜 짓 하는 사람 보면 쫄려서 못 본 척할 때 있어. 어벤저스가 아니면 누구나 다 그래. 내 동생 정말 착하네."

"나 지금 충분히 비참하니까 더 비참하게 위로 같은 거 하지 마."

"초등학교 때 일 가지고 너무 심각한 거 아냐?"

"철이가 그 돈으로 사준 걸 먹었잖아. 그것도 맛있게. 그게 더 비겁한 거지."

"하긴 어릴 때 겪은 건 약발이 쎄 쉽게 지워지지 않지. 고해든 화해든 뭔가 하긴 해야겠다."

"내 방식으로 화해 중이었는데 형이 망친 거야."

그때 탁자 위에 놓인 진동기가 부르르 떨었다. 정도는 자리에서 일어나 카운터 쪽으로 갔다. 이내 주문한 햄버거를 가지고 와 테이블 위에 놓으며 말했다.

"걔 예쁘더라. 로즈마리 향도 좋고."

"아, 몰라."

"너 아직 겨털 안 났다 그랬지?"

"형!"

"이거 먹으면 쑥쑥 잘 날 거다."

정각은 고개를 절레절레 흔들었다.

반가운 혹은 괴로운 메시지

"지금 삼억이라고 했나요?"

"네, 삼억입니다."

이번에는 인국이 다시 물었다.

"이 억이 아니라 삼억이 분명 맞습니까?"

"네, 삼억입니다. 저희도 어렵게 결정한 겁니다."

♥

혜정은 자동차 매장을 나와 정도에게 카톡 문자를 보낸 뒤 시외 버스터미널로 발길을 옮겼다. 머릿속에는 화이트 크림의 신형 그랜저가 계속 어른거렸다. 혜정이 관심을 보이자 젊은 딜러는 밝은 색이라 라인도 잘 드러나고, 여성 이미지에 꼭 맞는 컬러라고 적극 추천했다. 혜정도 아주 만족해하는 표정이었다. 꼭 갖고 싶은 차였으니 그런 표정을 짓는 건 당연했다. 새 차를 살 수 있는 기회가 자신한테 손짓하고 있으니 이를 거절할 이유가 없었다. 신형 그랜저를 타려면 계획을 잘 짜는 게 우선이었다. 혜정은 정도에게 존엄사에 대한 말을 어떻게 건넬까 전략을 짰지만 마땅히 떠오르는 게 없었다. 색다르게 할 것 없이 평소처럼 말하고 행동하자였다.

혜정이 동서울터미널에 도착하자 정도가 기다리고 있었다. 혜정은 택시에 오르자마자 밥부터 먹자고 졸랐다.

"배고프다. 우리 늘 먹던 데 거기 가자."

정도는 자주 갔던 고깃집으로 방향을 잡았다. 식당은 점심시간이 지난 터라 한산했다. 주문을 하자 이내 고기가 나왔다. 오인분이었다. 혜정은 불판에서 삼겹살이 노릇노릇 구워지기 무섭게 젓가락으로 집어 입으로 가져갔다.

정도의 시선이 조금 불편해 보였다. 혜정의 얼굴 화장이 약간 뜬 것 같았고, 아이라인도 지워져 있었다. 하긴 거울도 보지 않고 자신을 만나러 오는 혜정이나 그녀를 만날 때 심장이 뛰지 않는 자신이나 다를 게 없었다. 한결같은 연애감정, 아니 연애가 아니라 그냥 일상이었다. 도킹하는 게 아니라 서로 자신의 궤도만 빙글빙글 도는 그런 관계였다. 애인이라 말하기에는 뭔가 부족했다. 그게 서글펐다. 어떤 때는 비참했다. 그래도 자신을 다독였다. '연애하면서 저질이 되진 말자'고 속으로 되뇌었다.

머릿속에는 온통 라라 생각뿐이어서 미안하기도 했다. 핸드폰의 토끼 모자 사진 한 장이 그를 뒤흔들어놓았다. 한 여자와 연애를 하면 다른 여자를 사랑하는 건 포기해야 한다는 룰을 넘나들며 혼자서 속을 끓이는 중이었다. 뜬금없는 연정과 한눈팔면 안 된다는 의무감이 부딪치면서 그의 얼굴에 죄책감의 그늘이 살짝 드리워졌다.

정도는 콧김을 내뿜으며 물었다.

"으흠 흠, 갑자기 웬일이야?"

혜정은 고기를 우걱우걱 씹으며 말했다.

"여기 삼겹살은 온몸이 기억하고 있어서 잊히지가 않아."

"일인분 더 시킬까?"

혜정은 불판 위의 마지막 고기 한 점을 입에 넣었다.

"아니, 냉면 먹을래. 자긴?"

"난 됐어. 근데 오늘 휴일 아니잖아?"

"바쁘지만 자기 얼굴도 볼 겸 어머니 일로 상의할 것도 있고 해서 왔어."

"그러잖아도 엄마 생일에 못 가서 다음 주말에 가족들이 다 함께 가기로 했는데."

혜정은 식사를 마치자 자리에서 일어섰다. 몸을 움직이는 게 조금 굼떴다. 식탁 위의 계산서를 들어 보고는 이내 정도에게 건네며 말했다. 거의 습관이었다.

"얼마 안 나왔네."

어디를 가서 먹든 계산하는 건 정도의 몫이었다. 그게 정도가 존재하는 이유 같기도 했다. 하지만 정도는 불만스런 표정을 짓지 않았다. 혜정이 자신을 찾아오는 것 하나만으로도 고깃값은 충분히 하는 거라고 생각했다. 습관만큼 편한 것도 없다. 하던 대로 하면 된다. 생각할 필요가 없다. 혜정이 정도의 팔짱을 끼며 말했다.

"모텔 갈까?"

"지금?"

"엉."

"좀 그런데. 일도 있고."

"이젠 텐션이 없구나. 잡은 고기다 이거지."

"그런 거 아냐."

"알았어. 나도 그런 거 아냐."

"커피 마시자."

정도는 혜정과 함께 라라가 있는 커피숍으로 갔다. 라라를 가까이서 보고 싶은 마음이 불쑥 들었다. 혜정과 함께 가면 라라에게 작업을 걸러 왔다는 혐의는 받지 않을 것이었다. 라라를 보자 정도의 심장이 쿵쾅거렸다. 가까이서 보니 훨씬 더 예뻤다. 구석진 곳에 자리를 잡고 커피와 아이스크림, 그리고 캐러멜 시나몬 브레드를 주문하자 이내 나왔다. 정도는 커피 잔을 만지작거리며 커피를 내리는 라라를 힐끔힐끔 쳐다보았다.

"여기 단골인가 봐."

"주차장이 있어서 차 세우기 편하니까."

정도가 불편한 시선으로 주위를 두리번거리자 혜정이 쏘아붙였다.

"나랑 같이 있는 게 창피해?"

"창피는 무슨. 걱정돼서 그러는 거지."

"전엔 잘 먹는 게 좋다고 했잖아. 눈빛이 달라졌어."

"달라질 게 뭐 있어. 똑같지."

"스트라이크 존을 꽉 채우는 내 몸매가 매력이라며. 야구장에서 했던 그 말에 내가 넘어간 거 알지?"

"그때보다 살이 더 붙은 거 아닌가?"

"매력이 더 붙은 거라고 이해할 게. 근데 나한테 프러포즈 언제 할 거야?"

"지금 그럴 형편 아냐. 결혼하려면 집도 있어야 하는데 전세는 커녕 월세 구할 형편도 안 돼."

혜정은 정도에게 얼굴을 바짝 디밀고 낮은 소리로 말했다.

"나한테, 아니 우리한테 해결할 방법이 있어."

"돈 많이 모아두었나 보네."

"큰돈이 생길 건수가 있는데 그게 내 건 아니야. 자기 거지."

"내 거?"

"세상에서 제일 아름다운 말이 뭔지 알아?"

"뭔데?"

"돈 줄게. 돈 준다는 말보다 더 달콤하고 아름다운 건 어디에도 없어."

혜정은 포크로 캐러멜 시나몬 브레드를 입에 넣고 우물거리며 말했다. 그리고 혜정이 자리에서 일어섰다. 커피숍 주차장에 세워 놓은 택시에 타자마자 혜정은 자신이 찾아온 목적을 말했다. 아주 차분한 목소리였다. 혜정의 말을 다 듣고 난 정도의 반응은 모호했다. 펄쩍 뛰는 것도 아니고 그렇다고 그렇게 했으면 좋겠다는 쪽도 아니었다.

"그 말, 안 들은 거로 하고 싶다."

"돈이 적어서 그래? 이 억이면 큰돈이야. 우리 원룸도 얻을 수 있어."

"크고 작고가 아니라 이건 아닌 거 같다."

"정도 씨 마음은 충분히 이해하는데 그래도 가족들과 의논해 봐. 안락사가 아니라 존엄사는 품위 있게 보내드리는 거야. 불법도 아니고. 어머니도 그걸 원할지 몰라. 어머니는 이미 사 년 전에 사망한 거나 마찬가지잖아."

"아무리 그래도 그건 좀."

"어머니가 처음에 입원했을 땐 한 달에 서너 번씩 면회를 왔지만 지금은 일 년에 서너 번 정도잖아. 그게 뭔데? 포기했다는 거 아닌가?"

"바쁘니까 그렇지."

"내 말이 그 말이야. 바쁜 사람들이 먼저 살아야지. 저렇게 그냥 누워 있으면 십 년, 아니 이십 년, 삼십 년도 갈 수 있어. 건포도처럼 쪼글쪼글해질 때까지 기다리는 거, 잔인한 거야."

혜정의 열변에 정도는 한숨만 내쉬었다.

"푸우. 화를 내야 하는데 아아, 화가 안 나네."

"어머니랑 이미 인연이 끊어져서 그래. 현실이 그러니까 마음도 그렇게 따라가는 거지. 이건 범죄도 아니고 누굴 속이는 것도 아냐. 굳이 말하자면 진실의 다른 버전 같은 거지. 다 같이 잘살자는 건데 나쁜 거도 아니고 욕먹을 일도 아냐."

"정말 모르겠다. 쪽팔리고, 미치겠다."

"자기 잘못 아냐. 그냥 생긴 일이야."

"그냥 생긴 일?"

"살다 보면 복사지에 손을 베기도 하고, 책상 모서리에 부딪혀 정강이에 멍이 들기도 하잖아. 간판이 뚝 떨어져 거기 맞아서 죽는 사람도 있고. 그런 건 흔히 일어나는 일이야."

"우리 엄마, 교통사고로 그렇게 된 거야."

"냉정하게 말하면 어머니한테도 일부 책임이 있지. 무단횡단 한 거라며. 그 정도로 보험처리를 해줬으면 그 사람들, 나쁜 사람 아니야. 위로금도 따로 줬다며?"

"사고 낸 건 그쪽이야."

"사고 내고 뺑소니치는 놈들도 많아. 우리 힘으로 되돌릴 수 없는 건 받아들이는 게 나아. 처음엔 조금 불편하지만 시간이 지나면 별거 아냐. 고집 부려 봤자 속만 쓰리지."

"여기까지만 하자. 아버지한테 얘긴 해볼게."

"나 터미널까지 태워다 줄 거지?"

"알았어. 근데 너 다이어트는 안 하니?"

"다이어트 얘기가 여기서 왜 나와. 심장 터지는 거 보고 싶어?"

"걱정되니까 그렇지."

"그건 걱정이 아니라 협박하는 거지. 남의 약점 가지고."

동서울터미널에 도착한 정도는 택시 안에서 대합실 안으로 들어가는 혜정을 한참 동안 쳐다보았다. 핸들에 머리를 대고 어머니의 얼굴을 떠올려보려고 했지만 잘 떠오르지가 않았다. 벚꽃이 피는지 은행잎이 떨어지는지도 모른 채 지하공장 형광등 아래에서 일 년 내내 재봉틀만 돌렸던 어머니를 생각하면 막막한 슬픔과 미안함 때문에 가슴이 먹먹해지곤 했는데 그게 싹 증발해버리고 말았다. 참 이상했다. 얼굴이 떠오르지 않다니. 대신 이 억 원쯤 되는 돈다발이 어른거렸다. 돈은 요물이다. 어머니를 몰아내고 그 자리를 대뜸 차지한 걸 보면 요물인 게 확실하다. 정도가 핸드폰을 꺼내 통화 단축키를 눌렀다. 정아에게 거는 것이었다.

정도는 정아를 만나기로 한 공원의 벤치에 앉아 입에 물었던 담배를 바닥에 비벼 껐다. 정아가 빵이 든 쇼핑백을 들고 다가왔다.

"암은 안 걸리겠네."

정아가 빈정거렸다. 정도는 그게 무슨 말인가 싶어 의아한 표정으로 정아를 쳐다보았다.

"니코틴이 암세포를 모조리 다 암에 걸리게 할 거 아냐."

정아의 유머 감각은 웃음보단 상대를 후벼 파는 쇠갈고리에 가까웠다.

"끊진 못해도 줄이고 있는 중이야."

"그 소리 백 번도 더 들었어. 근데 이 시간에 웬일이야?"

"혜정이 왔다 갔어."

"왜? 엄마한테 무슨 변화가 있대?"

"아니, 그건 아닌데. 그냥, 왔대. 나 보려고."

"정말 결혼할 거야?"

"결혼은 무슨. 내 주제에."

"그 육중한 몸은 여전하지?"

"너무 그러지 마. 세상에 살찌고 싶은 사람 없어."

"오빤 패배의식에서 벗어나야 나 같은 여잘 만날 수 있어."

"너 같은 여잔 싫어."

"아니, 몸매 말이야. 내 말대로 하라니까. 난 뚱뚱한 여자가 싫다. 다이어트도 하고, 운동도 좀 해라. 강하게 요구해."

정도는 '그렇게 말해도 돼' 하는 눈빛으로 쳐다보았다.

"그거 죄짓는 거 아니야. 돈 없고 못생긴 남자, 싫다고 하는 여자도 많아. 내가 봤을 때, 오빤 늘 타협하는 연애를 하는 거야. 떠날까 봐 겁내는 거. 내 처지에 이런 여자면 그만이다, 그런 열패감에 젖은 연애를 도덕적인 거로 포장하지 마. 치사하고 비겁한 거야. 착한 남자가 성적으로 더 매력 있는 것도 아니고."

"맞는 얘기 같은데 너무 싸가지 없게 말한다."

"작은 키를 억지로 잡아 늘릴 순 없지만 몸매를 줄이는 건 불가능한 게 아냐. 절박하지 않거나 게으르거나 둘 중 하나지. 그러니까 당당하게 말해. 살 빼. 그러지 않으면 헤어지자."

"알았다니까."

"어쩌면 혜정 씨도 오빠를 계륵처럼 여기고 어중간하게 타협하는 연애를 하고 있는지도 몰라. 그러니까 오빠 말을 들으면 잘됐다 싶어 그래 헤어지자, 하고 맞장구칠지도 모르지. 물론 날씬하게 살을 빼고 나면 혜정 씨가 오빠를 먼저 찰 수도 있으니까 그건 감수하고."

정도는 한숨을 내쉬었다.

"여자들이 섹스를 싫어하진 않지만 섹스 대상으로 여겨지는 건 질겁해. 그러니까 성적 욕구를 해결하려고 여잘 만나지 마. 나중에 비참해져."

"알았어. 넌 그래도 꿈이 있는 거지?"

"앤티크 베이커리. 꼭 할 거야. 어렸을 때, 맛있게 먹던 빵. 내 손으로 만들고 싶거든. 오빤?"

"나한테 희망이 뭐냐고 물어보면 죽어버리고 싶어. 아니, 죽여버리고 싶어. 나하곤 거리가 머니까."

"오빠!"

"나 같은 루저가 꿈이나 목표 같은 게 있겠니?"

"그래도 목표는 가져야지. 그게 추진력이 되는 건데."

"마트에서 배달할 때도 그랬지만 하루 종일 택시를 몰고 다녀도 나한텐 변하는 게 없어. 생각해보니까 그럴 수밖에 없더라고. 차바퀴는 그 자리서만 뱅뱅 도는 거잖아. 길이 있어야 가는 거지."

"뭔 소리야?"

"그러니까 길을 닦고 건물을 세우는 놈들이 세상의 주인이란 거지. 난 다람쥐처럼 그 위에서 뱅글뱅글 도는 거뿐이고. 내가 가고 싶은 대로 가는 게 아니라 걔네들이 방향을 가리키는 대로만 가야 하는 거잖아. 나한텐 애초부터 선택권이라는 게 없어. 뺑이 치는 거 이외엔."

"인간은 노력을 해서 목적을 이루는 존재야. 그러니까 어떤 식으로든 노력은 해야지."

"서른 살이 되기도 전에 내 인생 갈기갈기 다 찢어졌는데 노력한다고 뭐가 달라지겠어? 하루하루 견뎌내는 것도 벅찬데. 나한테 내일이 있기나 한지 모르겠다."

"솔직히 나도 정상적으로 살았으면 좋겠다는 거 하나야. 물론 베이커리를 열면 더 좋고."

"세상이 다 돈에 미쳤는데 정상적인 게 어디 쉽나."

"맞아. 우리 집은 특히 더. 돈 먹는 괴물이 있잖아."

정도가 시계를 들여다보며 말했다.

"저녁 먹을 시간은 없는 거지?"

정아는 들고 있던 봉지를 건네주었다.

"이거 유자빵인데 새콤달콤한 게 맛있어. 출출할 때 먹어."

"고맙다."

"근데 정말 왜 온 거야?"

"지나다가 들른 거야. 저쪽에서 손님, 아니 혜정 씨 내려줬거든."

정도는 말없이 정아의 얼굴을 뚫어져라 쳐다보다가 더듬거리며 띄엄띄엄 말을 이어갔다.

"어, 만약에, 그냥 만약인데, 어어, 갑자기 말이야 큰돈이 생기면 넌 그걸로 뭘 하고 싶니?"

정아는 정색하며 쇠가 부러지는 목소리를 냈다.

"그냥 톡 까놓고 얘기해. 빙글빙글 돌리지 말고."

"하여튼 눈치 하나는 귀신이라니까."

정도는 혜정이 찾아온 이유를 털어놓았다.

"이런 상황에서 존엄사 얘기가 나오는 게 이상한 건 아니지. 충분히 그럴 만하지. 근데 이 억이 확실한 거야?"

"어, 이 억. 맞아."

존엄사 이야기를 듣고 펄쩍 뛸 줄 알았던 정아는 의외로 차분했다. 이미 예상했다는 표정 같기도 하고, 자신의 인생에 어떤 변화가 생길 수도 있겠다는 눈빛이기도 했다.

"그 인간한텐 아직 말 안 했지?"

정아가 아버지를 그 인간이라고 부른 건 이미 정서적으로 멀찍이 떨어져 있다는 걸 뜻했다. 호적상으로나 부녀지간이지 가장의 권위나 지위는 이미 분리수거가 된 지 오래였다. 정도가 정아의 눈치를 살피며 말했다.

"그래도 아버지한테 말은 해야겠지."

"얘긴 해야지. 한데 그 작자가 뭔 얘길 하겠어. 뻔하지 뭐."

그날 밤에 가족들이 거실에 모였다. 정도와 정아는 소파에 앉아 있고, 인국은 보험사에서 제의한 존엄사 이야기에 충격을 받았는지 창가에 서서 밖을 멍하니 내다보고 있었다. 한동안 말이 없었다. 정아가 인국한테 통명스럽게 물어보았다.

"어떡할 건데?"

"근데 이 억을 준다는 거 확실하냐?"

정도가 말했다.

"네, 맞아요. 이 억."

"보험사에서 왜 그런 제의를 했을까?"

정아가 단번에 정리했다.

"가족과 환자를 위한 거라고 하지만 이십 년이 갈 지 삼십 년이 갈지 모르니까 병원비 줄이려고 그러는 거지 뭐. 다른 이유가 뭐 있겠어."

"근데 병원이랑 보험회사에선 그걸 왜 가족들한테 직접 말하지 않고, 혜정이를 통해서 하는 거냐구? 그건 도의가 아니지."

"혜정 씨가 엄마를 다 챙겨줬잖아. 병원 옮기는 것도 그랬고, 지금 돌봐주는 거도 다. 얘기 꺼내기가 우리보단 편했겠지."

"거저 돌봐주는 것도 아니잖아. 다달이 내는 병원비가 얼만데."

정도가 말했다.

"그게 우리 돈인가요? 보험사에서 주는 거지."

"보험회사 돈이 누구 돈인데."

정아의 목소리가 조금 높아졌다.

"지금 중요한 건 그게 아니야. 이런 문제는 감정보단 현실적이고, 이성적으로 대처해야 돼. 뭐가 엄마를 위하고 우릴 위하는 건지."

"생각할 게 뭐 있어. 사람 목숨이 달린 건데."

그 말에 정도가 핸드폰을 바로 꺼내들었다.

"그럼 노라고 전할게요."

인국은 정도의 핸드폰을 재빠르게 낚아챘다.

"넌 그게 문제야. 어떻게 즉흥적으로만 판단하니? 감각으로만 판단하면 그게 동물이지 사람이냐? 생각 좀 하면서 살라고 그렇게 얘길 해도, 소귀에 경 읽기야."

"어쩌라구요?"

"정아 말대로 현실적이고, 이성적으로 생각해보자. 근데 이 억이 확실한 거냐?"

인국이 다시 확인하듯 물었다.

"네, 이 억 맞아요."

정아가 자리에서 일어나면서 말했다.

"우리 내일, 병원에 가보자. 정확히 알아야 결정을 내리든 말든 할 거 아냐. 엄마 상태도 볼 겸 해서 직접 가보자."

인국은 한숨을 내쉬었다.

"푸우, 답답하다."

"뭐가?"

"니 엄마 말이야. 정신 차리고 깨어나든가 아니면."

그때 정각이 방문을 열었다. 모든 가족의 시선이 정각에게 쏠렸다. 화가 잔뜩 난 얼굴이었다. 발을 동동 구르며 소리를 질렀다.

"다 꼴 보기 싫어. 정말 다 싫다고."

인국은 뺄쭘한 표정이었고, 정아는 민망한 듯 천장을 바라보았다. 정도는 말없이 한숨만 내쉬었다. 정각이 울먹이면서 말했다.

"가족은 끝까지 곁을 지켜줘야 하는 거잖아."

* * *

정도는 낙원연립 주차장에 택시의 트렁크를 열어놓은 채로 가족들이 내려오기를 기다리고 있었다. 착잡했다. 마음의 갈피를 잡을 수 없었다. 담배에 불을 붙여 입에 물었다가 이내 바닥에 떨어뜨리고 발로 꾹꾹 밟았다. 정각은 책가방을 멘 채 나왔고, 인국은 주황색 보자기로 싼 박스를 들고 있었다. 정아는 영 못마땅한 표정이었다.

"내가 전부터 몇 번씩이나 캐리어 하나 사자고 했잖아. 구질구질하게 보자기가 뭐야."

"속에 든 게 중요하지 가방이 뭐가 중요해."

"캐리어는 그 사람의 클래스야. 여자들이 왜 명품 가방을 좋아하는데."

"사람이 명품이어야지, 가방만 명품이면 뭐해."

"꼭 없는 사람들이 저렇게 말한다니까."

"대충대충 살아야 오래 사는 거야. 특히 가방 같은 거에 신경 쓰지 말고. 그런 걸 꼬치꼬치 따지다 보면 남는 건 자기혐오밖에 없어. 가방에 인생을 거는 거 얼마나 우습냐."

"우스운 게 아니라 웃겨. 논리는 엉성하고, 비약은 멋대로 하니까 결론도 헛소리가 되는 거야."

정도는 그만하라는 듯이 정아의 어깨를 툭 쳤다. 정도는 핸들을 잡고, 인국이 앞좌석에 앉았다. 뒷좌석에는 정아와 정각이 자리를 잡았다. 택시는 빠르게 시내를 벗어나 고속도로로 들어섰다. 가족 누구도 말을 꺼내는 사람이 없었다. 택시는 100km를 오르락내리락하고, 차 안은 침묵만 흘렀다.

가족의 눈빛은 다 제각각이었다. 인국은 썩 내키는 일은 아니었지만 현대의학으로는 회복 불가능한 게 현실이고 보면 존엄사를 무조건 반대할 수 없다고 생각했다. 더구나 이 억 원이면 뭔가 새로운 일도 벌일 수 있다는 희망까지 솟아올랐다. 애써 아닌 척하는 표정을 지었지만 마음은 이미 딴 세상을 그리고 있었다.

정아도 엄마한테는 미안한 일이지만 정도한테 혜정의 이야기를 전해 들은 이후로 존엄사를 이미 반쯤은 받아들이는 중이었다. 엄마가 가족에게, 아니 자신에게 마지막 선물을 주려고 하는 게 아닌가 싶었다. 이 억에 대출을 조금 더 받으면 작은 베이커리를 시작할 수 있다는 생각이 머릿속을 떠나지 않았다. 엄마도 자신의 계획을 반대하지는 않을 거라는 생각마저 들었다.

정도는 존엄사에 대한 제의를 듣고 난 뒤 자신은 아무것도 할 수 없다는 무력감에 빠져 있었다. 그것 때문에 자신에게 더 짜증이 났다. 아버지와 정아는 어느 정도 마음을 정했다는 걸 눈치챘지만 그들에게 뭐라고 한마디도 못하는 자신이 처량하고 한심했다. 자신의 존재는 어디에도 없는 것 같은 열패감에 빠져 허우적거렸다.

은숙의 존엄사를 반대하는 건 정각이뿐이었다. 이미 가족들에게도 충분히 선전포고를 한 셈이었다. 그 바람에 인국과 정아는 자신들의 뜻을 선뜻 겉으로 드러내지 못했다.

정도의 택시가 정선의 요양병원 주차장에 섰을 때, 뒷좌석에 있던 정아가 내리면서 툴툴거렸다.

"그러고 보니 꽃을 안 샀네."

인국이 통박했다.

"꽃은 무슨."

"어떻게 저러고 살았는지 몰라. 나 같았으면 어우."

"실용적으로 세상을 보는 게 뭐가 나빠?"

"실용적이라는 게 뭔 뜻인지도 모르면서 그저 입만 살아서."

정도가 끼어들었다.

"제발 그만합시다. 여기까지 와서 꼭 그래야겠어요?"

엘리베이터를 탈 때까지 인국과 정아는 서로 말꼬리를 잡고 늘어졌다. 엘리베이터를 타고 나서야 인국은 주황색 보자기로 싼 물건을 든 채 멀뚱멀뚱 층수 올라가는 숫자를 바라보았고, 정아는 손끝으로 손잡이만 툭툭 쳤다. 정도는 지그시 눈을 감았다 떴다를 반복했다.

4층 병실에 가족들이 들어섰다. 은숙은 여전히 움직임 없이 인공호흡기를 달고, 링거를 꽂은 채 병상에 누워 있었다. 정각은 은숙에게 다가가 손을 꼭 잡았다. 다른 가족들은 멀뚱멀뚱 은숙을 바라보았다. 미안한 표정 같기도 했고, 뭔가 이해를 바라는 눈빛이기도 했다. 혜정이 링거를 교체하면서 말했다.

"어머니, 오랜만에 가족들이 다 오니까 좋죠? 이렇게 모여 있으니까 보기도 좋아요. 사람 사는 거 같고."

가족들은 여전히 시무룩 말이 없었다. 혜정은 손가락으로 옥상을 가리키며 말했다.

"저 좀 잠깐 봤으면 하는데."

가족들이 우르르 빠져나가자 병실에는 정각만 남았다. 정각은 가방을 열고 장미꽃을 꺼내 은숙의 머리맡에 놓았다. 정각이 엄마한테 장미꽃을 준 건 교통사고가 나기 전 골목에서 봤던 모습 때문이었다. 학교를 마치고 집으로 돌아오는데 덩굴장미가 길바닥에까지 늘어진 붉은 벽돌담 아래에 엄마가 쪼그리고 앉아 있었다. 정각은 엄마가 장미꽃을 들여다보고 있다고 생각했다. 일하는 게 얼마나 힘들었는지 기운이 쑥 빠져나간 얼굴이었다. 장미꽃을 들여다보며 꿈많던 여고 시절을 떠올렸을지도 모를 일이었다. 정각이 가까이 오는 것조차 모르고 있었다. 정각은 살금살금 다가가서 엄마한테 말을 걸었다.

- 장미꽃 예쁘지?

- 장미?

- 이거 다 장미잖아.

- 아, 그렇구나.

그제서 장미꽃을 본 것 같은 표정이었다. 은숙은 장미꽃이 아니라 바닥을 기어 다니는 개미 떼를 보고 있었다. 지하공장에서 하루 종일 봉제 일을 하는 자신의 처지가 개미와 다를 게 없단 생각에 빠져 있었던 거다. 시간에 쫓겨 장미꽃이 핀 지도 모른 채 골목을 오갔던 거다. 은숙은 뒤늦게 장미꽃에 얼굴을 묻고 소녀처럼 좋아했다. 그때 엄마의 표정을 본 정각은 생일에는 꼭 장미꽃을 선물해야겠다고 다짐했다.

정각은 은숙의 다리를 주무르기 시작했다. 은숙의 한쪽 다리는 장애가 있었는데 선천적인 게 아니라 조진 이모 때문에 생긴 거였다. 은숙이 고등학교를 졸업하고 취직을 하지 못해 집에서 잔일을 하고 있을 때, 조진 이모가 찾아와 솔깃한 제의를 했다. 일자리가 있는데 은행원보다 훨씬 수입이 좋다고 했다. 미리 선금까지 주는 것이었다. 조금 미심쩍긴 했지만 조진 이모랑 함께 일한다는 말에 따라나섰다.

취직이 맞긴 했다. 영등포 유흥가의 룸살롱이었다. 은숙은 질겁해 그만두려고 했지만 조진 이모는 선불 받은 거 하루치만 하라고 구슬렸다. 룸에 들어간 은숙은 술 몇 잔을 마시고 그대로 정신을 잃었다. 겨우 정신을 차렸을 땐 모텔이었다. 웬 중년 사내가 막 샤워를 끝내고 흐흐 웃음을 흘리며 은숙에게 달려들었다. 정신이 퍼뜩 들었다. 손으로 막고 발로 차면서 저항을 했지만 이미 욕정에 불이 붙은 사내를 막는 건 불가능했다. 은숙은 사내에게 샤워를 할 테니까 잠시만 기다리라고 하고 창가로 다가가 망설임 없이 훌쩍 뛰어내렸다. 생명은 건졌지만 다리 한쪽이 꺾이고 말았다. 인국이 조진 이모를 인간으로 여기지 않는 건 다 이유가 있었다.

정각은 은숙의 손을 잡고 보채듯이 칭얼거렸다.

"엄마, 빨리 일어나. 우리랑 집에 가야지. 집에 가서 카레도 만들고, 엄마 좋아하는 수제비도 만들자. 응? 잠 이제 그만 자고 일어나."

은숙은 여전히 반응이 없다. 어떤 반응도 보이지 않자 정각은 잡은 손을 더 세게 흔들었다.

"혹시 며칠 전 엄마 생일에 우리 동네 골목에 오지 않았나? 엄마가 좋아하는 그 노란 옷 입고 말이야. 차 안에 있는 게 엄마인 줄 알았는데 다시 보니까 없더라고. 그래서 슬펐어. 엄마가 화가 나서 그냥 간 건 아닌가 싶어서. 누구도 생일을 알아주지 않았으니까 할 말 없지 뭐. 그래도 얼굴을 찡그리지 않았으면 좋겠어. 주름이 생기잖아. 그러면 늙어 보이거든. 난 엄마가 빨리 집으로 와서 옛날처럼 내가 학교에 갈 때 창문에서 손을 흔들어줬으면 좋겠어. 엄마가 나한테 손을 흔드는 건 나하고 통하는 게 있다는 거잖아. 빨리 이렇게 흔들어줘. 알았지?"

정각은 은숙의 손을 잡고 다시 흔들었다.

"참 엄마한테 내 춤 한번 보여줄게. 집에서 보여줬는데 그때 봤지? 또 보여줄게."

정각은 핸드폰에서 노래를 켜고, 볼륨도 조금 높였다. BTS의 〈작은 것들을 위한 시〉였다. 노래에 맞춰 천천히 스텝을 밟고 몸을 움직여 춤을 추기 시작했다. 노래가 끝나자 절도 있게 춤도 마무리를 했다.

"봤지? 엄마한테 보여주려고 연습한 거야."

은숙은 여전히 아무런 반응이 없다. 하지만 정각은 엄마의 마음을 다 읽었다는 눈빛이었다.

"엄마가 있기 때문에 난 아직 괜찮아. 힘든 거 하나도 없어. 엄마만 일어나면 돼."

정각은 다시 엄마의 손을 꼭 잡았다. 잡은 손을 자신의 볼에 비벼댔다.

병원 옥상으로 올라온 가족의 시선이 혜정에게 쏠렸다. 그의 입에서 어떤 말이 나올지 궁금했다. 혜정이 말문을 열었다.

"결정은 했나요?"

인국은 더듬거리며 말을 받았다.

"이런 일이, 뭐냐. 아, 아무래도 쉽게 내릴 결정이 아니라서."

정아가 나서서 또렷하게 의사표현을 했다.

"병원 얘기도 들어보고, 보험회사 뜻도 들어봐야죠."

"참 말씀드리기 민망한데 이게 대외적으로 알려지면 좀 곤란한 일이 생길 수도 있어요. 그래서 병원이든 보험사든 조용히 처리하는 걸 원하고 있고, 제가 메신저 역할을 할 거니까 절 믿고서."

"믿어요. 고맙기도 하고. 하지만 우리가 알 건 정확히 알고 결정해야죠. 이게 무슨 물건 파는 것도 아니고. 보험사에선 왔나요?"

혜정의 얼굴 위로 어두운 그림자가 지나갔다. 자신의 의도대로 되지 않으면 어쩌나 하는 그런 표정이었다.

"네, 가족들이 온다고 해서 지금 병원장실에서 기다리고 있어요."

"그럼 가서 이야기를 들어봐야죠."

가족들은 혜정의 뒤를 따라 병원장실로 자리를 옮겼다. 가족들이 병원장실로 들어서자 병원장이 자리에서 일어나 공손하게 인사를 했다. 한부장도 인사를 했다.

"이쪽은 오케이보험 한부장님이시고, 이쪽은 김은숙 환자분의 가족입니다. 인사 나누시죠."

인사를 어수선하게 나눈 뒤 자리를 잡고 앉자 병원장은 바로 본론을 꺼냈다.

"김은숙 환자가 저희 병원으로 온 지도 삼 년이 훨씬 넘었습니다. 회생이 되면 좋지만 지금으로선 불가능한 상탭니다. 이대로 가면 이십 년도 좋고 삼십 년도 갈 수 있습니다. 환자를 위해서나 가족들을 위해서도 이젠 결정을 내릴 때가 됐다고 봅니다."

한부장이 말을 이어받았다.

"여기 계신 가족분들겐 죄송한 일이지만 의학적 소생 가능성이 전혀 없습니다. 환자한테 어떤 결정이 좋은지는 제가 더 이상 말씀드리지 않겠습니다. 다만 환자 자신의 고통이나 가족들의 부담을 줄일 방법이 어떤 건지에 대해선 저희도 나름대로 진지하게 고민하고 있습니다."

병원장이 다시 말을 받았다.

"이 정도 되면 환자한테 매달리는 게 아니라 남의 눈치를 보거나 자기감정에만 치중하는 거죠. 그거 오래 안 갑니다. 별 의미도 없고. 오히려 이쯤에서 환자를 놓아주는 게 인도적인 거죠."

정아가 물었다.

"우리 엄마, 정말 희망이 없는 건가요?"

병원장은 정해진 답처럼 말했다.

"코마 상태가 된 지 삼 년이 훨씬 넘었으니까 회생은 어렵다고 봐야죠. 그러니까 이쯤에서 합리적인 결정을 내리는 게 환자도 살고 가족도 사는 거라고 봅니다."

"의학적인 기적도 있잖아요."

"그건 영화나 드라마 얘기죠."

한부장이 잔기침을 한 뒤 보험사의 뜻을 밝혔다. 혜정에게서 이미 들었던 이야기라 새로울 게 없었다.

"여기 오시기 전에 저희가 제의한 조건을 들었겠지만 이 자리에서 다시 말씀드리겠습니다. 만약 존엄사에 동의하시면 가족들에게 최선을 다해서 성의껏 보상해드릴 겁니다. 섭섭하지 않게요."

가만히 앉아 있던 인국이 불쑥 한마디 던졌다.

"장사꾼처럼 돈이면 다 되는 겁니까?"

"강요하는 게 아닙니다. 방법을 찾아보잔 거죠."

"인간적으로나 현실적으로나 이건 아니죠. 액수가 큰 것도 아니고."

"저희도 쉽게 제의를 하는 게 아닙니다. 고심에 고심을 한 뒤에."

"우리가 왕족의 후예라 적어도 인간의 도리와 예의는 갖추고 있거든요. 근데 이건."

정아가 급히 인국의 말을 끊었다.

"혈통 얘긴 그만."

의외였다. 인국이 목소리를 높여 보험사의 제의를 뿌리치는 듯한 발언을 한 게 정도, 특히 정아에게는 뜻밖이었다. 집에서 보였던 태도와는 전혀 달랐다. 한부장의 목소리가 조금 높아졌다.

"혹시 보상액이 적어 불만이시면 제가 더 이상 이 자리에 있을 필요가 없을 것 같습니다."

단호한 목소리였다. 혜정이 자리에서 일어서며 한부장에게 말했다.

"부장님, 저 좀 잠시."

한부장은 혜정을 따라 비상계단으로 나왔다. 혜정은 주위를 살펴보고 난 뒤 책망하듯이 말했다.

"부장님, 제가 일이 되도록 한다고 말했잖아요."

"이게 일이 되는 겁니까? 날 장사꾼 취급하고."

"보상액 같은 구체적인 건 나한테 맡기라고 했잖아요. 가족들 입장에서 보면 돈으로 거래한다는 생각 때문에 환자한테 미안하니까 당연히 그런 반응을 보일 수밖에 없는 거죠."

"하여튼 마냥 기다릴 수만은 없으니까 빨리 진행이 됐으면 싶네요."

"저한테 맡기라니까요. 그리고 전에도 말했지만 돈과 관련된 걸 공개적으로 밝히면 장사치 거래하는 거 같아 거부감이 들 테니까 나를 통해서 진행해 주시구요. 부탁드릴게요."

"그러면 조간호사만 믿겠습니다."

혜정과 한부장이 병원장실로 들어서자 병원장은 어색한 분위기를 바꾸려고 그랬는지 경쾌한 어조로 입을 열었다.

"작전타임이 필요했던가 봐요."

"제가 가족분들 입장을 충분히 이해했어야 하는데 죄송합니다. 조금 과민반응을 했습니다. 그런데 가족들 의견은 정해진 건가요?"

인국이 말을 받았다.

"아직 결정하지 않았습니다만."

이내 정아가 말을 이었다.

"금방 합리적인 결정을 내릴 겁니다. 보험사에서 저희한테 각별하게 신경 써준 건데, 거기에 맞게 결정을 내려야죠."

병원장이 안도의 숨을 내쉬었다.

"다행이네요. 좋게 결정을 내린다니까. 제가 미리 추가적으로 병원의 입장을 말씀드릴 게 있습니다."

모든 시선이 병원장에게 쏠렸다.

"입장이라기보다는 희망사항인데요, 보험사에서 보상이 집행되면 보상액 중에서 일부는 저희 병원에 기부해주셨으면 합니다. 김은숙 씨 같은 환자를 위한 기금이라고 해도 좋구요. 또 존엄사위원회분들한테도 신경 써야 할 게 있거든요. 저희 병원에서 이번 일이 성사되도록 힘쓴 걸 조금은 알아줬으면 합니다."

인국이 인상을 쓰며 말했다.

"지금 뭐라고 한 겁니까? 기부요? 그 돈이 어떤 돈인데 기부를 요구하는 겁니까? 내가 이런 말까진 안 하려고 했는데 우리 집안으로 말할 거 같으면 박혁거세의 후손으로 왕족의 후예란 말입니다."

정아가 다시 재빠르게 인국의 말허리를 잘랐다.

"여기서 그런 족보까지 들먹일 필요는 없고. 기부를 하는 건 순전히 우리 가족의 의사에 달린 건데 그걸 원장님이 먼저 얘길 하니까 참 어처구니가 없네요."

아직까지 말 한마디 하지 않고 묵묵히 앉아 있던 정도가 자리에서 벌떡 일어났다. 그리고 주먹으로 테이블을 내리치며 소리를 질렀다.

"이것들 순전히 양아치네."

인국이 정도를 달랬다.

"정도야, 우리 정도를 걷자. 주먹을 휘두르진 말자."

병원장은 섭섭하다는 표정을 노골적으로 지었다.

"내가 개인적으로 쓰겠다는 것도 아니고 병원을 위한 건데, 왕족의 후손라면서 그 정도의 대의는 있어야 하는 거 아닙니까?"

정도는 웃통을 벗어젖히며 목소리를 더 높였다.

"사람 목숨 가지고 장난질하더니 이젠 김칫국부터 마시고 지랄이야."

한부장은 고개를 몇 번 저었다. 가족들이 반대하면 더 이상 진행시키기 어렵다고 판단한 표정이었다.

"알겠습니다. 그러면 저희도 없던 걸로 하겠습니다."

혜정이 하소연하듯이 끼어들었다.

"정도 씨, 좀 참아. 한부장님도 진정하시구요. 우리가 이렇게 싸우려고 만난 게 아니잖아요. 환자도 위하고 가족도 살고 윈윈하자는 거잖아요."

한부장은 자리에서 일어섰다.

"저희도 합리적이고 인간적으로 제의한 건데 가족들 뜻이 그렇다면 없던 거로 하겠습니다."

혜정이 사정하듯이 말했다.

"한부장님."

한부장은 좌우를 둘러보면서 말했다.

"솔직히 말해서 보상액이 삼 억이면 결코 적은 금액이 아닙니다. 저희는 장례비용까지도 다 생각하고 있었습니다."

한부장이 삼 억이라고 말하는 순간 인국과 정아, 그리고 정도까지 그 자리에 얼어붙은 듯 말이 없었다. 시선이 일제히 혜정에게로 쏠렸다. 혜정은 고개를 푹 떨구었다. 정아는 혜정을 쳐다보며 한부장에게 물었다.

"지금 삼 억이라고 했나요?"

"네, 삼 억입니다."

이번에는 인국이 다시 물었다.

"이 억이 아니라 삼 억이 분명 맞습니까?"

"네, 삼 억입니다. 저희도 어렵게 결정한 겁니다."

사무실 공기가 갑자기 송곳처럼 날카로워졌다. 혜정은 고개를 푹 떨군 채 말이 없었다. 변명할 여지없이 치부가 드러났으니 고개를 숙이는 일 이외에는 다른 방법이 없었다. 혜정은 한부장이 야속했다. 죽이고 싶었다.

'아, 좆됐다. 그랜저는 날아간 건가.'

인국과 정아는 약속이나 한 것처럼 혜정을 쏘아보았다. 정도는 말없이 테이블 위에 놓인 생수를 벌컥벌컥 들이켰다. 혜정은 말없이 자리에서 일어났다. 정아가 인국의 귀에다 대고 귓속말을 했다.

"세상에서 가장 나쁜 년이야. 정말."

보험사가 제의했던 보상금액이 이 억이 아니라 삼 억으로 밝혀졌음에도 불구하고 인국의 가족은 존엄사에 동의하지 않았다. 동의할 수 있는 상황도 아니었다. 뒤에 다시 논의하자는 말만 남기고 가족들은 악마의 소굴에서 벗어나듯이 주차장으로 급히 발길을 옮겼다.

혜정이 바로 뒤쫓아와서 정도의 팔을 잡았다. 정도는 더 이상 할 말 없다는 듯이 혜정의 팔을 내쳤다. 인국도 혜정을 차갑게 외면했다. 혜정은 애절한 표정으로 다시 정도에게 다가가 손을 잡으려고 했다. 이번에는 정아가 찰거머리를 떼어내듯 혜정을 야멸치게 내쳤다. 혜정은 그 자리에 털썩 주저앉았다. 택시에 오른 가족들은 악마들이 우글거리는 소굴을 탈출하듯이 주차장을 빠져나갔다.

하늘에서 뚝 떨어진 돈

"아이구, 큰일 났다. 큰일 났어."

정아가 물었다.

"왜? 뭔데?"

"이거 지피에스 위치추적기야. 가방의 위치를 알려주는 거지."

정아는 GPS 박스를 가로챘다.

"그럼 이거 부숴버려야겠네."

♥

정도의 택시는 국도변의 휴게소에 정차를 했다. '여보게 여기가 좋겠네'라는 큼직한 간판이 눈길을 끌었다. 아침을 걸렀고, 점심마저 건너뛰었으니 어느 누구 할 것 없이 배가 출출한 터였다. 푸드코트에서 자리를 잡고 음식을 주문했다. 이내 주문한 음식이 나오자 다들 말없이 묵묵히 숟가락질을 하는 데 여념이 없었다. 그때, TV에서 조직폭력배 싸움 뉴스가 보도되었다. 사건 현장은 폴리스 라인이 쳐져 있었고, 수십 명의 경찰이 둘러싸고 있었다. 도로 위에는 불에 탄 카니발이 있었고, 에쿠스는 보닛이 찌그러진 채 길가에 처박혀 있었다. 시트로 덮어놓은 시신도 보였다. 앵커의 내레이션이 식당 안에 울려 퍼졌다.

"어젯밤 강원랜드가 있는 정선 지역에서 조직폭력배의 싸움으로 인해 일곱 명이 사망한 사건이 발생했습니다. 경찰은 중국에 근거를 둔 조직과 국내파 조직이 도박장을 찾는 고객과 인근의 유흥업소를 대상으로 마약을 공급하는 이권을 차지하려는 과정에서 발생한 것으로 추정하고 있습니다. 경찰은 정선경찰서에 수사본부를 설치하고, 본격적으로 수사에 나섰습니다. 자세한 소식은 들어오는 대로 다시 알려드리겠습니다."

뉴스를 들은 사람들은 이 지역에서 일어난 살인사건 때문에 수군거리기도 하고, 걱정스런 표정을 감추지 못했다. 강원랜드에서 가산을 탕진한 사람들의 자살 사건은 심심치 않게 일어났지만 조폭 싸움은 처음 있는 일이었다. 하지만 인국의 가족은 뉴스에 별다른 관심을 보이지 않았다. 그들은 존엄사를 핑계로 중간에서 농간을 부린 혜정과 병원장의 뻔뻔스러운 기부 요구에 여전히 화가 나 있었다. 분이 좀처럼 사그라들지 않았다. 식사를 마친 가족들은 종이컵 커피 잔을 들고 식당 밖으로 나왔다.

인국은 정도에게 핀잔을 주었다.

"넌 거기서 주먹으로 책상을 내리치면 뭘 어쩌겠다는 거야?"

"그럼 아가리에 처박았어야 하나요?"

"분노가 무슨 대단한 수단이라도 되냐? 그렇게 말해도 소귀에 경 읽기야."

"그거밖에 몰라서 죄송합니다."

"나이가 들면 모르는 걸 아는 체하는 거보다 아는 걸 모르는 체하는 게 더 힘들어. 내가 걔들 수작을 몰랐겠냐? 다 뻔히 보이는

데 좋은 조건으로 만들려고 참은 거지."

정아는 커피를 마시며 혼잣말로 중얼거렸다.

"정말 나쁜 인간들 안 보고 살 순 없나."

인국은 고개를 끄덕이며 말을 받았다.

"사람이면 측은지심이란 게 있는 건데 그게 싹 없어지고, 목구멍까지 욕심이 꽉 찬 거지."

"우릴 우습게 본 거야."

"이 동네 공기가 좋다고 옮기자고 할 때부터 꿍꿍이가 있었던 거지."

"강원랜드 때문인가. 돈에 환장했잖아. 병원장 봤지? 뻔뻔하게 기부 요구하는 거. 설사 우리가 한다고 해도 그렇게 말하면 안 되지."

정도가 한마디 했다.

"그만하자."

인국이 목소리를 높였다.

"그만하긴! 이제 다 바꿔야지. 병원도 다시 옮기고."

정아도 당연히 그래야 한다는 눈빛을 띠며 말을 받았다.

"한부장 태도로 봐서 다시 제의해 올 것 같은데 전략을 짜야 하지 않을까?"

인국이 말했다.

"못 이기는 척하고 받아야 하겠지?"

"솔직히 말해도 돼?"

"뭔데?"

"그 제의 처음 들었을 때, 엄마가 우리한테 주는 마지막 선물이란 생각이 들었어."

"나도 그런 게 아닐까 싶긴 했는데."

"그 돈이면 작은 베이커리도 가능하거든."

"베이커리 좋지."

"근데 참 주황색 보자기에 싸가지고 갔던 거 병실에 두고 왔잖아."

"넌 그게 뭔 줄 알기나 하냐?"

"나한텐 얘기도 안 하고 아냐고 물으면 안 되지. 뭔데?"

"떡."

"웬 떡?"

"의사하고 간호사한테 감사의 표시로 새벽에 떡집에 가서 사온 건데 괜한 짓 한 거 같다."

"줬어?"

"병원장실 들어가기 전에 간호사 데스크에 줬지. 입이 찢어지더라."

"아름다운 세상이라고 말하면서 아름답지 않게 살아가는 사람이 있는가 하면 아름답지 않은 세상이라고 하면서도 아름답게 살아가는 사람이 있단 게 참 다행이야."

오랜만에 부녀 사이의 뜻이 통했는지 인국과 정아가 주고받는 말이 다정하게 들릴 정도였다. 정아는 이내 쐐기를 박듯이 인국을 향해 단호하게 말했다.

"거기에 손댈 꿈도 꾸지 마."

"네 엄마가 날 죽이려는가 보다."

"뭐?"

"날 미안하게 해서 제명에 못 살게 하려는가 봐."

"미안한 걸 아니 다행이네. 엄마가 왜 저렇게 됐는데."

인국은 정아의 그 말에 약간 풀이 죽었다. 목소리가 이내 낮아졌다.

"꼭 그걸 또 말해야 하겠니? 니가 날 죽이는구나."

"반성해. 오빠 생각은 어때?"

정도는 고개를 좌우로 흔들었다.

"모르겠다. 진짜 모르겠어. 화가 나야 하는데 화도 안 나고."

"근데 거기서 왜 밑도 끝도 없이 왕족의 후예를 들먹인 거야. 쪽팔리게."

정아는 인국을 책망했다. 정아의 핀잔에 조금 낮아지는가 싶었던 인국의 목소리가 금세 기운을 회복했다.

"난 뭐 그런 말 하고 싶어서 하는 줄 알아?"

"그거 제발 안 들었으면 좋겠어."

"너희들이 검판사나 의사가 됐으면 나보고 족보 자랑하라고 해도 안 해. 내세울 게 하나도 없는데 그거라도 해야지."

"그렇다고 뭐가 나아지는데."

"내 친구 자식들하고 왜 그렇게 다른지 모르겠다. 하루에 한 끼만 먹여 키운 것도 아니고 학교를 안 보낸 것도 아닌데."

"유전자 탓이지."

"유전자?"

"초록동색, 콩 심은 데 콩 나고 팥 심은 데 팥 나."

"너 때문에 내가 제명에 못 산다."

그때 정각이 손에 아이스크림을 들고 오는 것을 보며 정아가 두 사람에게 눈짓을 했다.

"나중에 얘기하자."

그때 정도의 핸드폰이 울렸다. 혜정이었다. 우는 목소리가 새나왔다.

"그 돈 나 혼자 차지하려고 했던 거 아니야. 정도 씨한테 챙겨주려고 했던 건데 엉망이 됐어."

정도는 더 이상 들을 필요가 없다는 듯 강제로 종료해버렸다. 계속 전화가 왔지만 받지 않았다. 정도가 아랫배를 만지며 잔뜩 인상을 찌푸리자 정아가 물었다.

"표정이 왜 그래?"

"갑자기 속이 안 좋네. 급하게 먹어서 그런가."

"밥 때문이 아냐. 나쁜 년. 어떻게 일 억씩이나 삥을 뜯지. 그게 어떤 돈인데."

인국이 정아의 말에 맞장구를 쳤다.

"만약 그 자리에서 오케이 했더라면, 와아."

"일 억 그냥 날아갔지. 결정하지 않은 건 정말 탁월한 선택이었어."

정각이 정아를 쏘아보자 딴청을 부렸다.

"아, 날씨 좋네. 공기도 좋고."

가족이 택시에 오르자 정도는 시동을 걸고 출발했다. 속이 더 안 좋은지 얼굴은 더 일그러졌다. 국도는 평일이라 오가는 차들이 별로 없었다. 뒷좌석에 앉은 정각이 잠에 빠져들자 인국이 뒤를 돌아보며 정아한테 말을 걸었다.

"한부장이란 사람, 나쁜 사람 같진 않지?"

"그 사람도 지 뜻대로 한 거겠어? 위에서 시킨 대로 한 거지."

"다시 연락 올까?"

"명함 주고, 핸드폰 번호까지 따간 게 뭐겠어."

"하긴 중간에서 농간 부린 걸 알았으니까 직접 연락하겠지."

정도는 속이 더 안 좋은지 손을 배에 대고 점점 더 인상을 찡그렸다.

"아무래도 쌀 거 같아서 안 되겠어요."

정아가 쏘아붙였다.

"아까 화장실에 갔다 왔으면 좋잖아."

인국은 정도의 표정을 살피고 심상치 않다는 걸 직감했는지 손짓을 했다.

"야, 저 앞에 농가가 있네. 저기 세워. 화장실 좀 쓰자고 부탁해.

농촌에선 그게 다 돈 되는 거름이야."

정아도 농가 쪽을 바라보며 말했다.

"어휴, 별게 다 속을 썩이네."

정아의 말이 채 끝나기도 전에 정도는 차를 세우고 급히 문을 열었다.

"참으면 안 돼?"

"똥 누는 것도 허락받아야 하니? 더 이상 못 참아."

정도는 옥수수 밭 한가운데 있는 농가를 향해 뛰어갔다. 엉거주춤한 자세로 두리번거리며 마당에 들어섰다. 집 안은 조용했다. 마당에는 쓰레기들이 여기저기 잔뜩 쌓여 있고, 방문도 창호지가 다 뜯겨진 채로 열려 있었다. 마루에는 빈 비료 포대와 신문지가 널려 있고, 댓돌 위에는 검은 고무신 한 짝이 버려져 있었다. 사람이 살지 않는 폐농가였다. 그렇지만 혹시나 싶어 정도는 배를 움켜쥐고 인기척을 냈다.

"누구 없으세요?"

길고양이 한 마리가 어슬렁어슬렁 지나갔다. 정도는 고양이에게 말을 건넸다.

"그래, 넌 가고, 난 똥 싸고. 방해하지 말자."

정도는 여기저기 살펴보다가 헛간 쪽으로 갔다. 헛간 옆에 있는 문을 열자 재래식 화장실이 있었다. 안으로 재빨리 들어갔다. 바지춤을 내리고 이내 자세를 잡았다. 힘을 주기도 전에 한 무더기가 쏟아져 나왔다. 아랫도리가 시원했다. 배가 아프던 통증도 사라졌고, 몸도 날아갈 듯이 가벼워졌다. 볼일은 금방 끝냈지만 갑자기 낭패한 표정이다. 휴지가 없다. 휴지걸이에는 다 쓴 두루마리 휴지심만 남아 있다. 여기저기를 보아도 아무것도 없다. 정도는 허리를 구부린 자세로 문을 열고 밖으로 나와 마당에 버려진 농민신문 조각으로 뒤처리를 했다. 조금 꺼림칙하긴 했지만 그래도 없는 것보단 나았다. 택시 안에서는 정아가 농가 쪽을 바라보며 걱정스럽게 말했다.

"근데 휴지는 가져갔나?"

"하여튼 얘는 상황판단을 못해. 똥 싸는 것도 그렇고, 아까 병원장실에서도 봐라. 주먹으로 책상 내리치는 거. 아무리 얘길 해도 소귀에 경 읽기라니까."

"근데 툭하면 소귀에 경 읽기라고 하는데, 소는 죽어라 하고 일만 하다가 죽어서도 고기까지 다 내주는데 왜 어려운 경서까지 들어야 하는 거지?"

"한마디를 안 지는구나."

"사람도 어려운 경서를 소가 듣는다고 생각해봐. 살도 안 찔걸. 부탁인데 오빠한테 너무 많은 걸 기대하지 마. 더 힘드니까."

"현실이 그렇잖아. 그냥 놔두면 똥인지 된장인지 모르는데."

"현실을 강요하지 마. 강요하지 않아도 다 겪게 돼 있어."

택시 안에서 정아와 인국이 대화를 나눌 때, 일을 마친 정도가 대문 밖으로 나오다가 마루 밑으로 시선이 갔다. 천천히 조심스럽게 마루 쪽으로 발길을 옮겼다. 검은색의 큼직한 캐리어를 빈 쌀 포대로 덮어놓은 게 눈에 띄었다. 쌀 포대를 걷어내고 캐리어 손잡이를 한손으로 잡아 끌어냈다. 꿈쩍하지 않았다. 두 손으로 힘껏 당기자 끌려 나왔다. 캐리어를 바닥에 놓고 천천히 지퍼를 열었다. 캐리어를 열자 오만 원권 지폐가 꽉 채워져 있었다. 정도의 눈이 휘둥그레졌다. 숨이 막힐 것 같았다. 온몸이 부들부들 떨렸다. 벼락 맞은 거 같았다. 하긴 돈벼락이었다.

정도는 조심스럽게 손으로 만져보았다. 띠로 묶은 오만 원권 다발이 확실했다. 정도는 주위를 다시 살펴보았다. 아무도 없었다. 고개를 빼서 또 살펴보았다. 역시 아무도 눈에 띠지 않았다. 심장이 쿵쾅거렸다. 정도는 캐리어의 지퍼를 재빠르게 닫았다. 그리고 이를 악물고 두 손으로 힘껏 캐리어를 잡아끌었다.

택시 안에서 밖을 내다보고 있던 인국이 캐리어를 끌고 오는 정도를 보았다. 염소 방귀 뀌듯 무심하게 툭 내뱉었다.

"잰 똥 누러 갔다가 웬 가방이야?"

핸드폰을 들여다보고 있던 정아가 말했다.

"가방? 뭔 소리야?"

"소원 풀었네. 너 캐리어 타령 했잖아."

정도는 흥분한 표정을 애써 감추고 태연하게 택시 문을 열고 트렁크 버튼을 눌렀다. 이마에서는 땀이 비 오듯 흘러내렸다. 인국과 정아는 그때까지도 캐리어에 별 관심이 없었다. 정도가 트렁크에 가방을 싣고 급히 운전석으로 와 자리를 잡았다. 이마의 땀을 손으로 훔치고는 시동을 걸었다.

폐농가 옆으로는 작은 개천이 흐르고 있는데, 아카시아와 버드나무 같은 잡목들의 우거진 난장이었다. 대형 텐트를 친 것 같은 가시박 덩굴이 잡목을 온통 뒤덮고 있었다. 그 넝쿨 속에 양복차림의 사내가 피를 흘린 채 바닥에 거꾸러져 있었다. 움직임이 전혀 없었다. 가시박 덩굴이 워낙 우거져 자세히 들여다보지 않으면 눈에 띄지 않았다. 정도도 그를 보지 못하고 그냥 지나치고 말았다.

정도는 운전을 하는 내내 아무 말이 없었다. 이마에서는 땀이 계속 흘러내렸다. 손으로 연신 땀을 훔치자 정아가 딱하다는 듯이 말했다.

"똥 누는 게 그렇게 힘들었어? 땀까지 뻘뻘 흘리고."

인국이 물었다.

"트렁크에 실은 가방은 뭐야?"

정도는 시선을 정면에 둔 채 무표정하게 말했다.

"쓸 만하겠더라구요."

"남이 쓰던 물건 함부로 들이는 게 아니야. 내 친구 하나는 북한산에 갔다가 바위 밑에 누가 벗어놓은 신발을 가져와서 신었다가 바로 다음 날 아무런 이유 없이 쓰러져 거의 죽다 살아났어. 흉한 물건일지 모르니까 웬만하면 다시 갖다 놔라."

정아도 한마디 보탰다.

"내가 캐리어를 사자고 졸랐지만 저건 아니지. 누가 쓰던 건지도 모르잖아. 여기서 차를 돌리는 건 그렇고 바로 또 올 거니까 그때 도로 갖다 놔."

정도는 아무런 대꾸도 하지 않았다. 핸들을 꽉 잡은 채 정면만 주시할 뿐이었다. 쫓아오는 사람이 없는지 가끔 룸미러를 들여다볼 뿐이었다. 정각은 여전히 잠에 빠져 있었다. 인국이 정도에게 말했다.

"라디오 좀 듣자."

정도가 라디오를 켜자 이내 뉴스가 나왔다.

"연이은 신도시 개발로 인해 일부 지역을 제외하고는 수도권과 서울의 아파트 가격은 안정세를 유지하고 있습니다. 지방에서는 하락폭이 더욱 크고, 미분양 아파트도 계속 늘어나고 있어 자금 압박을 받는 건설사가 적지 않아 정부의 대책이 요구됩니다. 다음에는 사건사고 소식입니다. 강원랜드가 있는 정선 지역에서 조직폭력배의 싸움으로 일곱 명이 사망한 사건이 발생했습니다. 경찰은 중국 연변에 근거를 둔 조직과 국내파 조직이 도박장을 찾는 고객과 인근의 유흥업소를 대상으로 서로 마약공급권을 차지하려는 과정에서 발생한 것으로 추정하고 있습니다. 당국에선 정선 경찰서에 수사본부를 설치하고 본격적인 수사에 나섰습니다. 다음 소식입니다. 경북 상주의 한 펜션에 투숙한 세 젊은 남녀가 방안에 번개탄을 피우고 극단적인 선택을 했습니다."

정도의 이마에서는 땀이 여전히 흘러내렸고, 어깨 양쪽에 맷돌을 한 개씩 얹어놓은 것처럼 무거운 표정이었다. 집에 도착할 때까지 한마디도 하지 않았다. 가족을 모두 내려놓고 택시를 회사에 두고 오겠다는 말만 하고서 나가버렸다.

거의 열두 시가 돼가는데도 정도는 집에 돌아오지 않았다. 그는 택시를 끌고 회사로 간 게 아니라 한강 고수부지로 갔다. 트렁크에 있는 캐리어를 다시 열어보았지만 오만 원권 돈다발은 차곡차곡 그대로 있었다. 머리가 복잡했다. 돈다발이 든 캐리어를 어떻게 해야 좋을지 몰랐다. 담배만 피워댔다. 도대체 누가 시골 폐농가에 그렇게 엄청난 돈을 갖다 놓았을까, 생각해봤지만 도저히 알 수 없었다. 캐리어에 들어 있는 돈이면 아파트를 사고, 남은 돈으로 택시 개인면허까지도 살 수 있을 것 같았다.

'아니, 프랜차이즈 식당을 열면 좋지 않을까.'

'아냐, 식당보다는 커피숍이 낫지.'

별의별 생각이 폭풍처럼 일었다.

정도는 결론을 내리지 못한 채 집으로 돌아왔다. 무거운 가방을 힘겹게 끌고 거실로 들어섰다. 그리고 잠든 정각이 깨지 않게 인국과 정아를 조용히 불러냈다. 인국과 정아는 무슨 일인가 싶어 정도를 쳐다봤지만 그는 말 대신 캐리어의 지퍼를 열었다. 캐리어가 열리자 인국의 눈이 튀어나올 것처럼 휘둥그레졌다. 정아도 놀랐는지 짧은 비명과 함께 양손을 가슴에 얹고 돈다발과 정도를 번갈아가며 쳐다보았다. '이게 웬 돈벼락이야' 하는 눈빛이었다.

"오면서 내내 생각했어요. 도로 갖다 놔야 하는 거 아닐까. 두 사람 모두 갖다 놓으라고 했잖아요."

인국은 혹시 정도가 말처럼 행동하지 않을까 싶어서 바로 말을 받았다.

"그건 아니지. 이건 신발이 아니잖아."

정아도 정도가 엉뚱한 판단을 내리지 않을까 싶었는지 인국의 편을 들고 나섰다.

"캐리어도 새 거네."

정도가 말했다.

"신고해야겠죠?"

인국은 고개를 저으며 말했다.

"신고한다고 해결될 문제가 아냐. 어떤 돈인지도 모르잖아."

정아가 돈을 만지며 말했다.

"강원랜드하고 연관된 돈 아닐까?"

인국도 슬며시 돈에 손을 얹었다.

"이게 왜 거기에 있었을까? 땅에 묻어둔 것도 아니고."

"강원랜드에서 돈을 엄청나게 딴 사람이 여기저기 감춰두고 필요할 때마다 꺼내 가려고 한 게 아닐까?"

"정아야, 우리가 돈이 없다고 상상력마저 빈곤하게 살진 말자. 내 생각엔."

인국은 잠시 뜸을 들였다.

"내 생각에는 말이야."

정도와 정아는 인국이 무슨 말을 할까 싶어 쳐다보았다. 그래도 말이 없자 정아가 보챘다.

"뭔데?"

"예전에 불법 도박사이트를 운영해서 수백 억을 번 업자가 있었어. 그가 감옥에 들어가 있을 때 처남한테 부탁해 그 돈을 마늘밭에 묻어 감췄어. 감쪽같이 마늘밭으로 위장해 아무도 몰랐지. 근데 그 마늘밭 옆을 지나는 도랑을 포클레인으로 파내던 기사가 실수로 밭뙈기를 찍은 거야. 삽날에 뭐가 찍혔겠니?"

"돈?"

"이십칠 억인가 나왔어."

"정말이야?"

"팔자 고친 거지. 그 뒤로 경찰이 백 억을 넘게 더 찾아냈어. 며칠 뒤에 혹시 마늘밭에 묻어둔 돈이 더 있을까 싶어서 전국의 굴착기란 굴착기는 그 동네로 다 몰려들었다는 거 아냐."

"말하려는 핵심이 뭔데?"

인국은 지폐 한 묶음을 슬며시 꺼냈다.

"이게 전부 얼마나 될까?"

정아도 조심스럽게 돈다발을 꺼냈다. 정아가 돈다발 몇 개를 꺼내던 중 돈다발 사이에 끼워 놓은 검은 물건을 집어 들었다.

"이게 뭐지?"

GPS 박스였다. 크기도 작고, 두께도 얇은 초소형이었다. 정아는 처음 보는 물건이었다. 정도가 물었다.

"뭔데?"

정도도 모르는 물건이었다. 그때 인국이 재빠르게 낚아챘다. 이내 그의 얼굴이 사색이 되었다.

"아이구, 큰일 났다. 큰일 났어."

정아가 물었다.

"왜? 뭔데?"

"이거 지피에스 위치추적기야. 가방이 위치를 알려주는 거지."

정아는 GPS 박스를 가로챘다.

"그럼 이거 부숴버려야겠네."

"부숴버린다고 되는 게 아니냐. 여기까지 오는 게 다 모니터에 기록돼서 금방 찾을 거야. 저거 차에 붙여 놓으면 위치만이 아니라 주행거리, 속도까지 다 나오게 돼 있어. 이 가방도 마찬가지야."

"어떻게 그렇게 잘 알아?"

"내가 현장에서 늘 쓰는 건데 그걸 모르겠냐?"

정도가 불안한 어조로 말했다.

"그럼 어떡하죠?"

"돈 주인이 경찰이랑 바로 들이닥칠 거야. 조폭일지도 모르고."

정아가 자리에서 일어나 현관문을 열고 밖을 살펴보았다. 그리고 다시 거실의 창가로 다가가 밖을 내다보며 말했다.

"아무도 없는데."

"이게 조폭 돈이라면 우린 쥐도 새도 모르게 싹 가는 수가 있어. 그러니까 돈 가방을 당장 제자리에 다시 갖다 놓자. 괜히 목숨 걸지 말자."

정아가 울먹거리며 말했다.

"꼭 그래야 해?"

"우연이라는 게 불행과 한 세트로 찾아오거든. 피할 수 있는 건 피하자."

"정말 그 방법밖에 없는 거야?"

"이런 결단은 빠를수록 좋아. 빨리 서두르자."

정아는 양손으로 돈을 만지며 아쉬움의 울상을 지었다.

"이만큼만 있어도 베이커리 열 수 있는데."

정말 아깝다는 표정으로 돈뭉치를 들고 놓을 줄 몰랐다. 정도가 신경질을 냈다.

"에이 씨, 괜히 가져왔네."

정아는 빼앗기지 않겠다는 듯이 돈다발 한 뭉치를 가슴에 껴안았다.

"이거 하나만이라도 주면 안 되나?"

인국은 야멸치게 정아의 돈다발을 빼앗아 캐리어에 넣었다. 의외였다. 인국이 주저하지 않고 행동하는 게 역시 어른처럼 보였다.

심부름센터를 운영하다 보니 직업의식이 본능적으로 발휘된 건지도 몰랐다. 인국은 캐리어의 지퍼를 닫으며 말했다.

"돈이 아무리 좋다고 해도 목숨이 먼저야."

정도는 더 이상 할 말이 없었다. 정아는 GPS만 없애면 되지 않을까 싶었지만 머릿속에서는 조폭이 쳐들어와 집 안을 피바다로 만들어놓는 끔찍한 장면이 떠올랐다. 하늘에서 뚝 떨어진 캐리어가 꿈이 아닌 것처럼 조폭이 들이닥치는 일도 얼마든지 일어날 수 있다는 생각이 들었다. 그래도 정아는 미련을 버리지 못했다. 울먹이는 소리로 말했다.

"한 뭉치만 빼자니까."

상상과 추리

"그러면 왜 돈 가방이 빈집 마루 밑에 있었는지 설명해봐요."

"내가 처음부터 그랬지.

돈 가방 주인보다는 왜 거기에 있었느냐가 더 중요하다고. 왜 거기에 있었을까?"

"그걸 추리해보라니까요."

♥

정도는 요양병원이 있는 정선의 폐농가로 가기 위해 택시에 올라 시동을 걸었다. 다시 제자리로 갖다 놓는다는 게 못내 아쉬웠지만 다른 사람도 아닌 인국이 워낙 강하게 목소리를 높이는 바람에 따를 수밖에 없었다. 정아도 함께 가겠다고 나섰지만 인국은 위험한 일이 생길 수 있고, 혼자 있는 정각이도 살펴줘야 하니까 집에 남아 있는 게 좋겠다고 설득했다. 정도까지 나서서 만류하니 더 고집을 부릴 수 없었다.

정아는 택시 트렁크에 실린 캐리어에 끝내 미련을 버리지 못해 몇 번이고 쓰다듬었다. 인국은 위로를 하듯 정아의 어깨를 다독거렸다. 정도의 택시는 낙원연립의 골목을 빠져나와 빠른 속도로 고속도로에 진입했다. 심야시간이라 막힐 게 없었다. 정도가 차분한 목소리로 물었다.

"누구 걸까요?"

"주인이 있는 건 확실해. 지피에스까지 달아놨잖아. 근데 이해가 안 되는 건 왜 그 빈집에 있냐는 거야. 땅에 묻어둔 것도 아니고."

"뉴스에 나왔던 마약조폭 거 아닐까요?"

"닭똥집엔 뭐가 들었니?"

"모래요."

"팥빵엔?"

"팥이죠."

"그러면 서로 마약 공급하겠다고 싸움질한 놈들 가방엔 뭐가 들었겠니?"

"마약이나 돈이나 그게 그거죠."

"그건 경제적 관점에서 뭉뚱그려 보는 거지. 냉철하게 현장의 팩트만 가지고 보면 논리적으로 연관되는 게 하나도 없어. 돈 가방, 옥수수 밭, 빈집, 마루 밑, 지피에스. 그리고 넌 똥 누러 들어간 거고."

"나도 이해가 안 돼요."

인국이 고개를 빼서 백미러를 한 번 힐끔 보며 말했다.

"누가 우릴 쫓아오는 건 아니지?"

정도가 룸미러와 백미러를 연신 쳐다보며 말했다.

"없어요."

"거기 아무도 없었던 거 확실하지?"

"빈집이었다니까요."

"사실 처음에 돈을 보자마자 제일 먼저 네 엄마가 떠오르더라."

"엄마요?"

"무서운 사람."

"엄마가 뭐가 무서워요, 그냥 누워 있는데."

"심부름센터에 자기 마누라 뒷조사를 부탁한 고객이 있어. 황사장이라고. 근데 마누라가 그걸 어떻게 알았는지 나한테 두 배나 더 많은 돈을 주면서 역 제의를 하는 거야."

"자기 바람피우는 거 눈감아 달라고 했군요."

"남편 바람피우는 현장 사진도 부탁했지."

"그게 엄마랑 무슨 관계가 있는데요?"

"보험사에서 우리한테 제시한 돈이 얼마냐?"

"삼 억이오."

"가방에 든 돈은?"

"에이, 무슨 그런."

"돈 왕창 줄 테니까 존엄사 같은 거 하지 마라. 그 생각밖에 안 들더라. 그러니 안 무섭겠냐?"

"그건 무서운 게 아니라 우릴 사랑하는 거죠."

인국은 한동안 말이 없었다. 고속도로 톨게이트를 빠져나와 국도를 한참 달리자 폐농가가 나타났다. 혹시 모를 차 사고를 막기 위해 정도는 도로 옆에 바짝 붙여 주차했다. 시동을 끄고 트렁크 버튼을 눌렀다. 정도와 인국이 트렁크에서 캐리어를 꺼냈다. 둘은 아무 말 없이 묵묵히 캐리어를 끌었다.

옥수수 밭 한가운데 있는 폐농가의 마당에 들어서자 정도는 손으로 마루 밑을 가리켰다. 캐리어가 있었던 자리였다. 인국은 주위를 살펴보았다. 조용하다. 아무런 인기척이 없다. 가끔 멀리서 개 짓는 소리가 들려올 뿐이다. 두 사람은 캐리어를 들어 마루 밑으로 밀어 넣고 빈 쌀 포대로 덮었다. 이제 제자리로 돌려놓은 거다. 완벽하게 원형복구가 된 거다. 인국은 안도의 숨을 내쉬었다. 고개를 들어 하늘을 올려다보았다. 서울에서는 볼 수 없는 은하수 별빛이 엄청 쏟아져 내렸다.

"여긴 별 부자 동네다. 하늘에 꽉 찼네."

"지금 여유 부릴 때가 아니잖아요."

"이리 와봐."

"왜요?"

"우리 집 장남, 한번 안아보자."

"왜 이러세요?"

"반남 박씨 판관공파. 네가 우리 집 기둥이다."

서쪽 하늘에서 새벽의 이정표를 세우는 별빛이 눈에 들어왔다. 정도는 그 별빛에 시선을 맞추었다. 이젠 뭔가 새로운 세상이 펼쳐질지도 모른다는 눈빛이 별빛처럼 빛났다. 유성 하나가 길게 꼬리를 달고 곤두박질쳤다. 그 꼬리 끝에 정도는 자신의 소망 하나를 매달았다. 두 사람은 폐농가를 나와 택시에 올라 시동을 걸었다. 집으로 돌아갈 일만 남았다. 정도의 마음은 조금 가벼웠다. 인국도 느긋한 표정이었다.

"가방을 무사히 갖다 놨으니 집에 가는 일만 남았구나."

"내가 참 간사한 거 같아요."

"왜?"

"꿈도 목표도 없었는데 갑자기 개인택시 욕심이 나는 거예요."

"당연히 그럴 수 있지."

"돈이 뭐라고."

"돈이 있으면 먹고 자는 게 달라져. 세상 보는 거도 그렇고 생각하는 거도 차원이 달라져. 남들이 쳐다보는 건 말할 필요도 없고. 그런데도 돈이 중요하지 않다고 말하는 놈들은 돈 있는 놈들뿐이야. 어떤 놈들은 그러더라. 돈을 벌되 노예는 되지 마라. 그거 다 개소리야."

"맞는 얘기 같은데."

"맞는 얘기면 뭐 해. 노예가 되고 싶어도 돈이 없는데."

인국이 다시 뒤를 돌아보며 말했다.

"우릴 미행한 사람이 없는 게 확실한 거지?"

"정아가 눈치챘을까 봐 그게 걱정돼요."

"내가 편의점에서 음료수 사 오라고 심부름 시켰잖아."

"걔가 눈치 백단인 거 몰라요?"

그즈음, 정아는 트레이닝복 차림으로 스텝퍼 운동을 하고 있었다. 산란한 표정이다. 캐리어에 가득 들었던 돈다발이 머릿속에서 좀처럼 지워지지 않았다. 한 뭉치 빼돌렸어야 하는 건데 하는 후회가 회오리처럼 일었다. 계속 툴툴거렸다. 놓친 고기 정도가 아니라 손수 놓아준 고래였다.

"에이 씨, 뭐야. 좋다 말았잖아. 그 돈 삼분의 일만 있어도 베이커리 열고도 남는데."

정아는 화가 난 듯 스텝퍼 운동을 하면서 거실 여기저기를 훑어보았다. 뭔가 이상했다. 집 안 분위기가 달라진 게 분명했다. 스텝퍼를 밟는 속도를 천천히 늦추는가 싶더니 갑자기 눈에서 분노의 섬광이 뿜어져 나왔다. 스텝퍼 옆에 쌓여 있던 잡지와 신문이 보이지 않았다. 몇 달 동안 쌓여 있던 잡지와 신문이 깨끗이 치워져 있었다. 정아는 스텝퍼에서 내려왔다. '아하, 알았다'는 표정이었다.

"이것들이 편의점 갔다 오라고 심부름 시키더니 나만 쏙 빼놓고."

정아는 분을 참지 못해 입술을 꽉 깨물었다. 그리고 안방으로 돌진했다.

정도의 택시는 고속도로를 달리고 있었다. 그때 라디오에서 뉴스가 흘러나왔다.

"속보입니다. 경찰이 어제 강원랜드가 있는 정선 지역에서 발생해 일곱 명이 사망한 폭력배의 신원을 조사한 결과 네 명이 한국인이고, 세 명은 중국인으로 밝혀졌습니다. 경찰은 도박장을 찾는 고객과 인근의 유흥업소를 대상으로 서로 마약공급권을 차지하려는 영역싸움 과정에서 발생한 것으로 추정하고 있습니다. 사건 현장에서도 마약이 든 가방이 발견됐습니다. 하지만 가방 속에 든 건 일부만 마약이고 나머지는 전지분유로 밝혀졌습니다. 경찰은 추가 조사를 통해 조속히 전모를 파헤치겠다고 밝혔습니다."

정도가 말했다.

"마약거래를 한 거 같은데요."

"그러잖아. 조폭들이 거래한 거라고."

"아뇨. 가짜 마약으로 상대를 속인 거요."

"속인 게 아니라 속이고, 뺏는 거야. 뺏는 거. 내 눈에는 훤히 다 보여."

인국은 정도에게 자신의 경험과 상상력을 총동원해 마약거래의 상황을 생생하게 묘사해 주었다. 현장에 직접 있었던 것처럼 디테일한 장면까지 그럴듯하게 썰을 풀었다. 현장감 넘치는 이야기에 정도는 귀를 쫑긋 세웠다.

"짱깨들이 다니는 단골 중국집이 있어. 항상 맨 구석에 있는 룸을 이용하지."

빡빡머리 짱깨 조폭이 비닐봉지에 싼 가루를 빨간 가방에 넣으며 말했다.

- 완벽해. 진짜랑 똑같다.

애꾸눈의 짱깨 조폭이 식탁에 있는 가루를 손가락으로 찍어 맛을 보았다.

- 맛이 고소하다 해.

선글라스를 낀 짱깨 보스가 만족한 듯이 웃음을 지으며 고개를 끄덕였다.

"그 시간에 칠점사 조폭들도 똑같이 음모를 꾸미고 있었지."

조폭1이 캐리어 안에 오만 원권 지폐 다발을 차곡차곡 넣고 있을 때 칠점사 보스가 확인하듯이 물었다.

- 지피에스도 잘 넣었지?

- 안에다 깊숙이 넣었습니다. 확인해보십시오.

보스가 핸드폰을 들여다보았다. GPS의 위치가 바로 핸드폰 화면에 떴다.

- 정확히 뜨네.

- 지피에스는 거짓말하지 않습니다.

- 짱깨 짜식들, 너흰 어딜 가도 내 손바닥 안이다.

조폭2는 불만스런 표정으로 툴툴거렸다.

- 이런 걸 굳이 달아야 합니까? 현장에서 바로 해결하면 간단한데.

보스가 조폭2의 머리를 후려 갈겼다.

- 넌 머리를 왜 달고 다니냐? 이건 비즈니스야. 거래니까 약속은 지켜야지. 일단 약속은 지키고 그다음에 짱깨들이 마음 놓고

있을 때 그때 싹.

칠점사 조폭 보스는 칼로 목을 따는 액션을 취했다.

이야기에 빠져 있던 정도가 인국에게 말했다.

"연변에서 온 애들이 가짜 마약으로 속이려고 했던 게 맞네요."

"개네들 짝퉁 만드는 건 선수잖아."

"돈 가방을 받고 짝퉁을 건네준 거네요."

"아니지. 짝퉁을 건네주고 돈 가방을 받은 거지."

"그게 그거죠."

"야, 똥 누고 밑을 닦지, 밑을 닦고 똥을 누냐. 거래엔 순서가 있는 법이야. 물건 받고, 그다음에 돈 주고."

"그러니까 가짜 마약을 먼저 건네주고 돈을 챙겼는데 장깨들이 속였다는 걸 눈치챈 거네요."

"금방 눈치채진 못했을 거야. 일부는 진짜였을 테니까."

짱깨 조폭과 칠점사 조폭의 거래는 깜깜한 밤중에 이루어졌다. 읍내에서 멀리 떨어진 한적한 곳에 대기업 연수원을 건축 중이었는데 그 안에서 만난 것이다. 공사현장의 둘레를 철재 패널로 높다랗게 둘러놓았던 터라 밖에서는 안을 들여다볼 수 없었다. 탁자를 가운데 두고, 짱깨 조폭과 칠점사 조폭이 대면했다. 오른편에는 선글라스를 낀 짱깨 조폭 보스와 그의 조직원이 서 있었고, 맞은편에는 칠점사 조폭이 자리를 잡았다. 마약거래였던 만큼 긴장감이 돌았다. 빡빡머리 짱깨 조폭이 빨간 가방을 탁자 위에 올려놓았다. 칠점사 조폭 쪽에서도 검은색 캐리어를 그 옆에 나란히 올려놓았다. 빡빡머리 짱깨 조폭이 가방을 열고 차곡차곡 들어있는 마약을 보여주었다. 칠점사 조폭도 캐리어를 열어 오만 원권 지폐를 확인시켜 주었다. 빡빡머리 짱깨 조폭이 현금이 든 캐리어를 챙기려고 할 때였다. 칠점사 조폭 보스가 한마디 했다.

- 잠깐. 확인할 건 해야지

비닐봉지 속의 내용이 진짜인지 확인하라는 고갯짓을 했다. 칠점사 조폭1이 고개를 끄덕이고는 비닐봉지를 하나 꺼내 손으로 툭툭 쳐서 고르게 한 뒤 칼로 비닐봉지를 살짝 갈랐다. 손가락으로 가루를 찍어 입에 댄 뒤 오케이 표시를 했다. 거래가 성사된 것이다. 짱깨 조폭은 캐리어를 챙겨 에쿠스에 탔고, 칠점사 조폭도 빨간 가방을 손에 넣은 뒤 카니발에 올랐다. 카니발에 오른 칠점사 조폭 보스가 부하한테 말했다.

- 진짜인 게 확실하지?

- 위에 건 확실했습니다.

- 야, 밑에 있는 것도 확인해봐. 빨리.

- 네, 알겠습니다.

조폭1이 빨간 가방을 열고 아래쪽에 있는 마약 비닐봉지를 꺼냈다. 봉지를 바로 열지 않고 손으로 툭툭 치는데, 보스가 보챘다.

- 뭐 해. 빨리 확인하라니까!

조폭1이 비닐봉지를 칼로 가른 뒤 손가락에 침을 묻혀 가루를 찍어 혀끝에 댔다.

- 어때?

- 맛있습니다. 아주 고소합니다.

보스는 눈을 부라리고 주먹으로 조폭1의 머리를 후려쳤다.

- 뭐 새꺄?

- 이거, 가짭니다.

- 야, 저 새끼들 도망간다. 쫓아가. 이 새끼들이 어디서 사기를 치고 있어. 너희들 오늘 칼빵 맞아봐라. 다 뒈졌어. 빨리 쫓아가! 빨리!

짱깨 보스는 에쿠스 안에서 흡족한 표정을 짓고 있었다.

- 하오, 하오.

그때 바로 뒤에서 카니발이 상향등을 올렸다 내렸다 번쩍번쩍하며 그 자리에 서라는 경고 불빛을 날렸다.

- 쟤네들이 눈치챈 모양입니다. 우릴 쫓아옵니다.

- 액셀 밟아. 삼! 십! 육! 계!

짱깨 보스의 표정이 심각해졌다. 이내 손짓으로 명령을 했다. 빡빡머리 짱깨 조폭이 권총을 꺼냈다.

정도는 미심쩍은 어조로 인국에게 말했다.

"총하고 칼은 상대가 안 될 것 같은데."

"총이라고 다 이기는 건 아니지. 칼 맞아 봐라. 급소는 한 방에 가고, 몇 군데 찔리면 죽는 건 시간문제지."

"그래도 칼로 총을 상대하는 건 좀."

"이기진 못해도 지진 않아."

한밤에 도로 위에서 추격전이 펼쳐졌다. 칠점사 조폭의 카니발이 전속력으로 쫓아가 에쿠스를 옆에서 힘껏 들이박았다. 그 충격으로 카니발의 유리창이 깨지고 가짜 마약이 든 빨간 가방은 밖으로 튕겨져 나가 땅바닥에 떨어졌다. 에쿠스는 길가 옆에 처박혔다. 보닛이 찌그러지고, 앞바퀴는 펑크가 났다. 짱깨 보스는 충격으로 잠시 정신을 잃었다.

빡빡머리 짱깨 조폭이 운전석 문을 열려고 하지만 찌그러져 열리지 않았다. 급히 창문을 깨고 카니발을 향해 권총을 쐈다. 운전석에 앉아 있던 칠점사 조폭1이 총을 맞아 그 자리에서 즉사했다. 빡빡머리 짱깨 조폭은 계속 총을 겨누고 방아쇠를 당겼다. 칠점사 보스도 카니발에서 빠져나오지 못한 채 총에 맞아 쓰러졌다. 분기탱천한 칠점사 조폭2가 카니발에서 빠져나와 회칼을 들고 에쿠스 뒤쪽으로 접근했다. 빡빡머리 짱깨 조폭은 계속 문이 열리지 않자 깨진 창문으로 총을 내밀어 카니발에 총알을 퍼부었다. 총알이 떨어져 빈총이 되자 당황했다. 칠점사 조폭2는 그 순간을 놓치지 않고 회칼로 빡빡머리 짱깨 조폭의 심장을 푹 찔렀다. 옆에 앉아 있던 애꾸눈 짱깨 조폭의 경동맥도 순식간에 절단했다. 에쿠스 안은 금방 피범벅이 됐다. 칠점사 조폭2가 나머지 짱깨 조폭을 찾을 때, 의식을 회복한 짱깨 보스는 재빨리 뒷문을 열고 밖으로 나와 칠점사 조폭2의 등에 총을 겨누고 방아쇠를 당겼다. 칠점사 조폭2는 윽 소리와 함께 바닥으로 쓰러졌다.

칠점사 조폭3은 동료가 쓰러지는 걸 보자 뒤쪽에서 살금살금 다가가 쇠파이프로 짱깨 조폭의 머리를 후려갈겼다. 정통으로 맞자 나무토막 쓰러지듯 바닥에 픽 거꾸러졌다. 피 냄새가 진동했다. 기름 냄새도 확 풍겼다. 카니발 연료통에 총알이 관통해 바닥으로 기름이 줄줄 새고 있었다. 칠점사 조폭3이 고개를 디밀어 보스가 어찌 됐나 카니발 안을 살피는데 짱깨 보스가 피를 줄줄 흘린 채 다가와 그의 머리에 총을 겨누고 방아쇠를 당겼다. 칠점사 조폭3도 그 자리에서 즉사했다.

순식간에 일곱 명이 다 죽고, 짱깨 보스만 살아났다. 짱깨 보스는 최후의 승리자가 된 듯 지포 라이터를 켜 담배에 불을 붙였다. 그때 등에 총을 맞아 죽은 줄 알았던 칠점사 조폭2가 간신히 일어나 짱깨 보스한테 칼을 던졌다. 워낙 노련한 기술이 있었던 터라 칼은 등짝에 정확히 꽂혔다. 짱깨 보스 손에 들렸던 불붙은 지포 라이터가 바닥에 떨어졌다. 카니발에서 새어 나온 기름에 불이 훅 붙었다. 짱깨 보스는 비틀거리며 칠점사 조폭2에게 권총을 겨누고 방아쇠를 당겼다. 조폭2도 결국 절명하고 말았다.

짱깨 보스는 계속 비틀거렸다. 땅바닥의 기름에 붙은 불길은 이내 카니발 전체로 옮겨 붙었다. 짱깨 보스는 등에 꽂힌 칼을 뽑아 바닥에 내던졌다. 피가 등줄기로 줄줄 흘러내렸다. 그는 에쿠스 트렁크에서 캐리어를 꺼냈다. 비틀거리면서 캐리어를 끌었다. 짱깨 보스가 꽤 멀찍이 갔을 때 불붙은 카니발이 폭발했다.

"그런 상상력이면 심부름센터 말고, 소설 쓰는 게 어때요?"

"사생활 캐는 것도 상상력에서 시작하는 거야. 딴짓하는 놈들의 심리를 파악하는 게 중요하거든."

"그러면 왜 돈 가방이 빈집 마루 밑에 있었는지 설명해봐요."

"내가 처음부터 그랬지. 돈 가방 주인보다는 왜 거기에 있었느냐가 더 중요하다고. 왜 거기에 있었을까?"

"그걸 추리해보라니까요."

"확실한 건 있어. 최후의 생존자가 현장을 가능한 한 빨리 벗어나려고 했던 거. 차는 부서졌으니까 걸어가야 했을 테고, 칼을 맞았으니 돈 가방을 멀리까지 끌고 가는 건 어려웠을 거야."

"구조요청을 하면 됐을 텐데."

"그럼 그 돈은 어떻게 되는데?"

인국의 추리를 다 듣고 나서 정도는 고개를 끄덕였다.

"다행이네요. 추리가 반쯤은 맞은 거 같아서. 카니발이 불타는 바람에 그 안에 있던 핸드폰까지 다 타버렸단 거잖아요. 지피에스를 달아놓았는데 집에 찾아온 사람이 없고 우릴 미행한 사람도 없는 걸 보면 맞는 거 같기도 하고."

"말했잖아. 가방을 처음 본 순간 니 엄마가 무서웠다구."

"왜 그러세요."

"사람은 마음에도 없는 소리를 지껄이는 게 보통인데 니 엄마는 옛날부터 말을 하지 않고서도 사람을 뒤흔드는 뭔가가 있었어. 그게 어떤 영기 같은 건데 나보다 나를 더 잘 아니까 뭘 속일 수도 없었어."

"왜 어렵게 속이려고 하죠?"

"속이는 건 쉬워. 남들이 속아 넘어가주지 않는 게 문제지."

"앞으로 어떻게 하죠?"

"뭐가 걱정이냐? 니 엄마가 있는데."

"아버지!"

인국은 대꾸하지 않고 느긋한 표정으로 콧구멍을 후벼 팠다.

새로 시작된 전쟁

"아이스크림은 녹고, 유리는 깨지고, 풍선은 터지는 거야. 남자는 여자를 사랑하는 거고."

"진짜 형까지 이상해."

"너 혹시 닥터 지바고 아니?"

"어디 병원 의산데?"

"병원 의사가 아니라 라라를 사랑하는 사람이야. 시인."

♥

집에 도착한 인국은 발걸음을 멈추고 낙원연립을 휘 둘러보았다. 하늘을 올려다보기도 했다. 이번에는 또 무슨 일인가 싶어 정도가 물었다.

"왜요?"

"아무리 봐도 여기 집터가 그만이다. 괜히 낙원연립이 아냐."

정도는 그게 무슨 의미인지 묻지 않았다. 집터를 운운하는 건 한마디로 지금 기분이 좋다는 뜻이었다. 일이 자신의 뜻대로 됐으니 그럴 만도 했다. 앞으로 진짜 낙원이 펼쳐질지도 모를 일이었다. 인국과 정도는 현관문을 열고 거실로 들어섰다. 정아와 정각이 잠에서 깨지 않도록 까치발을 하고서 조심스럽게 움직였다. 인국은 정도에게 방으로 들어가 그만 쉬라는 손짓을 하고 안방 문을 열었다. 안방 문을 열자마자 인국은 낭패한 표정을 지었다. 장롱 문이 활짝 열려 있었다. 그리고 방바닥에 돈뭉치를 쌓아놓고 그 위에 반가사유상 자세로 정아가 앉아 있는 것이었다. 정도는 이미 예상한 일이라는 듯 픽 웃음이 나왔다. 정말 눈치 하나는 귀신이었다. 정아는 두 사람을 보고 태연하게 말했다.

"돈 촉감이 참 좋네."

인국은 버럭 소리를 질렀다.

"너 지금 뭐 하는 거야?"

"나만 쏙 빼놓고 둘이 나눠 갖겠다?"

"그게 아니라 위험한 돈일 수 있겠다 싶어서 조용해질 때까지 기다렸다가 문제없는 게 확실해지면 그때 얘기하려고 했지. 아는 사람이 많으면 비밀 유지하는 거 어려워."

"나 아는 사람이 아니라 가족이거든."

"나중에 얘기하려고 했다니까."

"필요 없어. 이 돈 삼분의 일 내 거야."

정도가 말했다.

"이게 어떤 돈인지도 모르는데, 벌써 나눠 갖는 건 좀 그렇다."

인국은 정아한테 목소리를 높이는 게 별 소용이 없다는 걸 알고 금세 차분하게 말했다.

"니가 삼분의 일을 갖겠다는 것도 이치에 맞지 않아. 가방을 처음 발견한 사람의 공도 인정해줘야지."

"그럼 엄마한테도 줘야겠네. 병원 갔다가 주웠으니까."

"그건 좀 그렇다."

"캐리어에 넣은 신문지하고 잡지도 다 내 돈으로 산 거니까 그것도 인정해줘."

"너 지금 돈 때문에 돈 거야. 정신 차려."

"돌아도 좋으니까 내 거 줘."

그때, 안방 문을 열고 정각이 씩씩거리며 들어섰다. 세 사람은 놀라서 정각을 쳐다보았다. 정각은 세 사람을 둘러보면서 말했다.

"이젠 돈 많으니까 엄마 존엄사시킨다는 말 하지 마."

세 사람을 말이 없었다. 할 말도 없었다. 정각이 다시 말했다.

"앞으로 존엄사 얘기가 나오면 저 돈 다 갖다 버릴 거야."

인국은 한숨을 내쉬었다.

"봐라. 사공이 많으니까 배가 산으로 올라가는 거."

정아는 지지 않고 맞받아쳤다.

"어디든 가면 되지 뭐. 사공이 없으면 가고 싶어도 못 가."

"네가 그렇게 말한다고 해서 빈약한 상상력이 더 있어 보이는 게 아냐. 그건 논리도 아니고 똥고집이야."

"그런 얘길 들어야 할 사람이 그렇게 말하니까 어이가 없네."

정아는 콧방귀를 뀌었다. 정도와 정각은 안방에서 나와 자신들의 방으로 돌아갔지만 정아는 기어이 안방에서 나오지 않았다. 어떡하든지 자신의 몫은 지켜내겠다는 결사 의지를 드러냈다. 인국으로서도 더 이상 말릴 수 없었다. 이미 정아를 따돌리려고 한 것도 그렇지만 가장으로서의 권위가 밑바닥까지 떨어졌으니 어떤 말도 통하지 않는 건 당연했다.

정아는 날이 새자마자 부엌으로 나가 아침식사를 준비했다. 한동안 쓰지 않던 전기밥솥에 쌀을 씻어 안쳤고, 된장찌개를 맛나게 끓였다. 냉동실에 있던 고등어를 꺼내 굽고, 달걀부침까지 만들었다. 몇 달 만에 먹는 성찬이었다. 김이 모락모락 나는 밥과 구수한 냄새가 도는 된장찌개, 고등어구이와 달걀부침이 식탁에 오르자 누구 할 것 없이 감탄사를 쏟아냈다. 식탁이 완전히 달라졌다. 인국은 숟가락으로 된장찌개를 떠서 맛을 보았다.

"맛이 끝내준다. 이게 진정한 집밥이다."

정아는 빈틈을 주지 않았다.

"딴맘 먹지 마."

"내가 무슨 딴 맘을 먹어?"

"돈 왕창 생겼다고 거기 가지 말라고. 잘 가는 데 있잖아."

정아는 고개를 끄덕이며 말이 뛰는 흉내를 냈다.

"거길 왜 가니? 이제 뭔가 생산적인 걸 해봐야지."

"그냥 가만히 있는 게 생산적인 거야. 우릴 살려주는 거고."

정도가 끼어들었다.

"그만하자."

인국은 양손을 들었다 놓았다 침착하라는 듯이 말했다.

"어제도 말했지만 조용해질 때까지 각자 자기 생활에 충실하자.

갑자기 돈 생겼다고 괜히 들뜨지 말고."

"그거 한 사람만 잘 지키면 돼."

정도가 달걀부침을 젓가락으로 집으며 물었다.

"근데 어머니 일은 어떻게 하죠?"

인국은 고등어구이 한 조각을 입에 넣고 말했다.

"병원도 옮기고, 보험사에도 얘길 해야지."

정각이 큰 소리로 말했다.

"네버! 네버! 존엄사 절대 안 돼!"

가족들은 오랜만에 먹는 아침밥 때문인지 장롱 안에 들어있는 돈 때문인지 아주 흡족한 표정이었다. 안방의 장롱은 정도가 긴 각목을 가로세로로 엮어 대못을 박아놓았다. 누구도 열 수 없게끔 단단히 조치를 취한 것이다. 뿐만 아니라 안방에 CCTV까지 설치했다. 누구든 장롱에 손을 대기 쉽지 않았다. 그래도 정아는 인국을 믿지 못했고, 인국도 정아의 눈치를 살피지 않을 수 없었다. 정도는 조금 걱정스런 눈빛이었다. 마음이 갈팡질팡했다. 선택이란 게 좋고 나쁜 것 가운데 하나를 고르는 건데 돈 가방은 왠지 그게 아닐 것 같은 불길한 예감이 들기도 했다. 어떤 걸 골라도 최악이 될 것 같았다. 돈 가방을 못 본 듯 지나쳤어야 했는데 하는 생각도 들었지만 이미 그건 한참 지난 일이었다. 정각은 다른 식구와 생각이 달랐다. 가방의 정체가 무엇인지 몰랐지만 그게 엄마의 존엄사를 막아줄 수 있을 거라고 생각했다.

* * *

정도가 회사 주차장에 택시를 세워두고 버스 정류장 쪽으로 걷다가 술집 앞을 지날 때였다. 안에서 박노인이 혼자 술을 마시고 있는 게 눈에 들어왔다. 빈대떡을 시켜놓고 혼자 술을 마시는데 맞은편의 빈 술잔에 두 손으로 깍듯하게 술을 따랐다. 표정이 매우 진지했다.

"정재 형님, 많이 드십시오. 제가 다음엔 고깃집으로 모시겠습니다."

여주인은 이미 여러 번 봤던 터라 별 반응이 없었다.

"혈압약과 당뇨약도 꼭 챙겨 드셔야 합니다. 나이가 들면 건강이 제일입니다. 아프시면 안 됩니다."

여주인은 손님이 나간 식탁을 치우고 행주로 쓱쓱 닦아내며 박노인이 술이나 안주를 더 시킬 건 아닌지 그런 눈빛으로 쳐다볼 뿐이었다. 이미 한두 번 겪어본 게 아니었다.

"저도 며칠 남지 않았습니다. 그래도 여태까지 운전해서 잘 먹고 살았으니까 이만하면 된 거죠. 차만 끌고 나가면 서로 돈 주겠다고 손을 번쩍번쩍 드는 사람들 덕에 삼시 세끼 굶지 않고, 형님한테도 이렇게 대포 한 잔 올릴 수 있으니 더 바랄 게 뭐가 있겠습니까."

옆에 앉은 손님이 이상한 눈빛으로 쳐다봤지만 박노인은 상관없다는 듯 다시 자신이 마신 술잔을 빈자리에 놓고 술을 따랐다.

박노인을 밖에서 지켜보던 정도는 알 수 없다는 듯이 고개를 갸웃했다. 혼자 술을 마시면 그냥 조용히 마실 것이지 마치 상대를 앞에 두고 대작하듯이 주고받는 게 이해되지 않았다.

다음 날 정도는 택시 회사 주차장에서 차를 닦고 있는 박노인에게 슬며시 다가갔다. 어떤 대답이 나올지 궁금해 슬쩍 말을 건넸다.

"정재 형님은 만나셨어요?"

"만났지. 자넨 못 봤나?"

"혼자 드시던데요."

"마음이 떠났으면 옆에 있어도 없는 거고, 옆에 없어도 마음에 남아 있으면 그게 함께 있는 거지. 난 정재 형님을 내 마음속에서 떠나보낸 적이 한 번도 없어."

의외의 대답이었다. 정도는 박노인의 정신이 오락가락하는 게 아닌가 싶었지만 왠지 빈말로 들리지 않았다. 사실 박노인에 대해선 아는 게 거의 없었다. 늙은이라는 것 이외는. 가끔 주책이다 싶을 정도로 남의 일에 참견하고 이미 오래전 죽은 망자와 술잔을 나누는 게 이상하게 보였지만, 오늘은 갠지스 강가에 앉아 가부좌를 하고 세상잡사에 초연한 도인처럼 보였다. 정도는 혹시나 싶어 박노인에게 물었다.

"좋아하는 사람이 있는데 어떻게 해야 합니까?"

"자네는 인생 목표가 망설이는 건가?"

"그게 무슨?"

"사랑은 산타클로스 선물도 아니고 누군가 짠 하고 택배로 부쳐 주는 거도 아냐. 좋아한다면 먼저 다가가서 말하고, 마음을 보여 줘야지. 혼자서 끙끙 앓는다고 귀신이 도와주는 거도 아니잖아."

맞는 말이었다. 정도는 바로 차에 시동을 걸었다. 우물쭈물하다가는 그녀가 다른 남자와 손을 잡고 가는 걸 쳐다보는 구경꾼이 될 게 뻔했다.

* * *

정도는 커피숍이 있는 도로 건너편에 택시를 세워놓고 분홍색 핸드폰을 꺼내 들여다보았다. 박노인의 말을 듣고 용기를 내서 커피숍까지 오긴 했지만 뭘 어떻게 해야 좋을지 몰랐다. 그때 커피숍에서 뛰쳐나온 라라가 도로를 가로질러 뛰어왔다. 무슨 일인가 싶었는데 울그락불그락한 얼굴로 정도의 택시로 다가왔다. 바로 문을 열고 뒷좌석에 올랐다. 순식간에 일어난 일이었다. 정도는 들여다보던 분홍색 핸드폰을 엉덩이 뒤쪽으로 슬쩍 감추었다. 뒷좌석에 탄 라라가 잔뜩 화가 난 표정으로 말했다.

"지옥으로 가주세요."

"지옥이오?"

"네, 저승사자한테 가서 좀 따지게요. 왜 저런 놈, 붙잡아가지 않냐고. 어휴, 마누라에 애까지 있으면서 껄떡대기는."

"경찰서로 갈까요?"

라라가 고개를 옆으로 빼서 정도의 얼굴을 빤히 들여다보았다.

"어, 저번에 이 택시에다 핸드폰 놓고 내린 거 같은데."

"핸드폰요?"

"내가 탔던 택시 맞죠?"

"손님이 한두 명도 아닌데 그걸 어떻게 다."

"핸드폰 분명히 여기에 떨어뜨린 거 같은데."

"못 봤는데."

"맞아요. 이 택시."

"그러면 구석을 잘 찾아봐요. 혹시 있는지."

라라는 건성으로 찾으며 힘없는 소리로 말했다.

"그게 뭐 아직까지 있겠어요. 누가 주워 갔겠죠."

"좌석 빈틈에 박혀 있을지도 모르니까 다시 한 번 찾아봐요."

라라는 뒷좌석 여기저기를 꾹꾹 눌러보고 만져도 보았지만 아무것도 없었다.

"그게 있겠어요?"

정도는 엉덩이 밑에 있는 분홍색 핸드폰을 운전사 좌석 밑으로 슬며시 디밀어 넣었다. 하늘이 내린 기회였다. 아주 자연스럽게 의자 밑으로 슬쩍 밀어 넣었기에 라라는 전혀 눈치채지 못했다. 정도가 약간 어눌하게 말했다.

"거기 운전석 밑에도 살펴봐요."

라라의 목소리가 갑자기 높아졌다.

"이게 뭐야. 핸드폰이네. 와아, 찾았다. 진짜 있네. 대박."

"그렇게 깊이 들어가 있으니까 모른 거죠."

라라는 자신의 핸드폰을 만지며 너무 좋아서 어쩔 줄 몰라 했다.

"핸드폰 찾게 해준 사람, 평생 은인으로 생각하고 은혜를 갚겠다고 마음먹었거든요."

"제가 은인인가요?"

"그건 아니고, 먹고 싶은 거 뭔지 얘기해 봐요. 다 사줄게요."

"근무 시간 아닌가요?"

"상관없어요."

"어디로 모실까요?"

"한강이요."

이촌동 한강 고수부지로 가는 동안 정도는 하늘을 나는 듯 마음이 붕 떠 있었다. 세상에 태어나서 한 번도 겪어보지 못한 일을 지금 겪는 중이었다. 하늘이 요즘 자신의 뒤를 왕창 밀어주는 게 아닌가 싶었다. 뜻하지 않은 행운이 연속해서 일어나니 그럴 만도 했다. 택시를 주차장에 세우고 편의점 야외식탁에 자리를 잡았다. 라라가 컵라면 두 개를 가지고 왔다. 정도는 꿈만 같았다. 라면이 입으로 들어가는지 귓구멍으로 들어가는지 모를 정도였다.

"초밥도 사줄 수 있는데."

"아뇨, 맛있어요. 근데 이름이 라라예요?"

라라는 자신의 명찰을 손으로 만지며 말했다.

"엄마가 지어줬어요. 시인이 되라고."

"시인요?"

"영화 〈닥터 지바고〉에 나오는 여자주인공이거든요. 영화는 봤는데 책은 안 봤어요. 그리고 난 체질적으로 시인도 아니구요."

"뭐가 되고 싶은데요?"

"흐르는 구름이 아니라 파란 하늘요."

"그게 무슨?"

"뭘 하든 날 잃어버리지 않았으면 좋겠어요. 힘들게 찾은 나한테 가끔 횡포를 부리거든요. 어떤 땐 날 죽일 것 같아서 집에 들어가는 것도 무서워요."

"누가 죽여요?"

"나요. 나 스스로한테 막 그래요. 되는 게 없을 땐 더 그렇고. 요즘이 딱 그랬거든요. 이력서 여기저기 냈지만 올킬당했어요."

"시도했다는 게 중요하죠. 목표가 없는 사람도 있는데."

"빽도 능력도 없고 거기다 내가 아수라 백작이라."

"아수라 백작이요?"

"그런 게 있어요."

"그래도 젊으니까 좋잖아요."

"젊으니까 더 힘들죠. 하고 싶은 게 많으니까. 우리 엄마가 이야기해준 할미꽃 전설이 있어요."

"아, 할미꽃요."

"사는 게 너무 힘들어 젊음을 한 번에 다 팔아버렸대요. 그리고 나서 고개가 뚝 떨어지는 순간부터 지금까지 후회하며 산대요."

"할미꽃한테 그런 게 있구나."

"근데 정말 후회 할까요?"

"그럴지도 모르죠."

"오 년 아니 십 년이 획 지나가버렸으면 좋겠어요. 이 또한 지나가리라, 그런 게 아니라 획 하구요. 잘 있어라, 더 이상 내 것이 아닌 열망들아."

정도는 그게 무슨 말인가 싶어 라라의 얼굴을 쳐다보았다.

"내 말이 아니라 어떤 시인이 말한 거예요. 지금 기분이 쬐끔 괜찮아진 거 같아요. 핸드폰도 찾고, 누군가가 내 편이 돼준 거 같기도 하고. 우리 앞으로 친구해요."

정도의 심장의 쿵쾅거렸다. 꿈인가 싶어서 자리에서 일어났다가 다시 앉았다. 꿈이 아니었다. 분명 현실이었다. 라라가 핸드폰을 허공으로 높이 들었다.

"이쪽으로 가까이 붙어봐요."

"왜요?"

"사진 찍게요."

라라가 핸드폰을 들고 터치를 했다. 그리고 이내 사진을 들여다보았다.

"잘 나왔네. 손 좀 내밀어봐요."

"왜요?"

"우리 친구해요. 좋은 친구."

정도는 라라가 내민 손을 잡았다. 따뜻했지만 악력이 느껴지는 손이었다. 온몸이 저릿했다. 정도는 어쩜 새로운 날들이 시작될지도 모른다는 생각이 순간적으로 들었다. 불가사의한 일이 연이어 일어났으니 당연했다. 아버지가 택시 안에서 했던 말이 떠올랐다.

- 뭐가 걱정이냐? 니 엄마가 있는데.

다음 날 정도는 약국에서 영양제 한 통을 샀다. 택시 회사 주차장으로 들어서자 박노인은 여전히 택시를 세차하고 있었다. 정도가 박노인에게 다가가 쇼핑백을 내밀었다.

"뭐야?"

"이제 운전 그만두면 돈도 못 벌 텐데 건강 챙기시라고 영양제 하나 샀어요."

"욕심만 줄이면 돈은 좀 못 벌어도 돼. 욕심이 문제지."

"그래도 생활하려면 있어야죠."

"내가 살아보니까 사는 게 별거 아니야. 이게 아니면 안 될 것 같았는데 이게 아니어도 살아가고, 무엇이 없이는 행복할 것 같지 않았는데 무엇이 없이도 불행하진 않더라구."

"도를 깨치신 거 같아요."

"그런 거 몰라. 다 나이가 가르쳐주는 거뿐이지."

"나이요?"

"세월이 나한테 가르쳐준 것들은 예전이랑 본질적으로 다른 거라기보다 본질을 대하는 태도나 반응이 달라진 거라고나 할까. 그걸 깨달으면 편해져. 자신은 하나도 변하지 않고 세상이 변하길 바라니까 불행해지는 거지."

"나가서는 뭘 할 거죠?"

"내가 수십 년 운전을 했는데 아직 자전거를 탈 줄 몰라. 자전거 하나 사서 한강이나 왔다 갔다 해보려고."

"자전거 좋죠."

박노인은 쇼핑백을 들어 보이며 말했다.

"이거 고마워."

정도는 오랜만에 자신이 사람 같은 일을 한 것 같아 기분이 좋았다. 항상 '난 왜 내 인생을 단 오 분도 살 수 없는 걸까' 하고 불만이었지만 뭔가 좋은 일이 생길 것 같은 예감이 드는 건 어쩔 수 없었다.

* * *

정아가 덕환의 오피스텔로 찾아가는 건 이제 예삿일이 됐다. 오늘도 일이 끝나자마자 오피스텔로 직행했다. 덕환은 주방에서 차를 끓이고 있었다. 정아는 거실에서 이것저것 살펴보다가 장식장

서랍을 슬며시 열었다. 뭐가 있는지 확인하려고 연 게 아니었다. 그냥 무의식적으로 손이 간 것이었다. 서랍장 안에는 덕환과 아내, 그리고 아이가 함께 찍은 사진액자가 들어 있었다. 정아의 표정이 순간 싸늘하게 변했다. 그때 부엌에서 덕환이 정아를 불렀다.

"와서 차 마셔요."

정아는 사진 액자를 서랍 안에 재빠르게 넣었다. 덕환한테 다가갔지만 굳은 표정을 감출 수는 없었다.

"왜 그래요? 어디 불편해요?"

"누구 속인 적 있죠?"

"갑자기 그게 무슨?"

"말해봐요. 속인 적 있는지."

"별걸 다 묻네요."

"별걸 다 숨기는 건 아니구요?"

"도대체 왜 그래요?"

"저 갈게요. 진짜 모르는 델 들어온 거 같아요."

정아는 급히 가방을 챙겨 오피스텔을 빠져나왔다. 배신감에 속이 울렁거렸다. 금방이라도 토할 것 같았다. 엘리베이터를 타고 밖으로 나오자 덕환이 뒤쫓아왔다. 얼마나 급히 쫓아왔는지 슬리퍼를 한쪽만 신고 있었다. 그가 정아의 팔을 붙잡았다.

"가더라도 이유는 말해주고 가요. 뭐 때문에 화가 났는지."

"기러기아빠잖아. 심심풀이로 날 만나는 거고."

"뭐라구요?"

"하여튼 남자들이란 결혼을 하나 안 하나 다 똑같다니까."

덕환은 한숨을 내쉬었다.

"푸우, 기러기아빠 맞아요."

"그러면 한눈팔지 말고 가족한테나 신경 써."

정아의 말에 날이 바짝 서 있었다. 존칭어미가 싹 달아났다. 덕환은 다시 깊은 한숨을 내쉬었다.

"내가 말했죠. 잘해주고 싶어도 없다고."

"미친, 그걸 변명이라고."

"삼 년 전 캐나다로 아내와 아이가 함께 갔는데, 집에 불이 났어요. 새벽에. 깊이 잠들어 있어서 둘 다 불길을 빠져나오지 못했어요."

'이건 또 무슨?' 조금 전까지 화를 내던 정아의 표정이 이번에는 '아뿔사' 하는 얼굴빛이 되었다.

"난 그 이후로 살아도 사는 게 아니었어요. 날벼락 맞은 거죠. 모든 거 다 포기하고 있었는데 그때 친구가 날 붙잡아줘서 지금까지 빵을 만들고 있는 거예요."

"그걸 왜 말해주지 않았어요?"

"언젠간 하려고 했죠."

정아는 무슨 말을 해야 좋을지 몰랐다. 서랍장에서 사진을 본 뒤 날카롭게 공격하던 말투도 어느새 부드러운 어조로 바뀌어 있었다. 부끄럽기도 하고 미안하기도 했지만 그에게 어떤 말이든 하지 않으면 관계가 끝장날지도 모른단 생각이 들었다.

"미안해요."

"아뇨. 정아 씨랑 상관없죠."

"사랑을 가지고 떠났을 거예요. 아이랑 아내분요."

"떠난 사람이 남긴 건 사랑보다 상처가 더 커요."

"난 그것도 모르고."

"내가 마음의 준비가 아직 안 됐다고 했잖아요."

정아는 덕환을 따뜻하게 안았다. 온 힘을 다한 포옹이었다.

"준비하지 않아도 돼요. 내가 다 할 거니까."

그 일 이후로 덕환에 대한 정아의 신뢰는 더 깊어졌다. 그의 말이나 행동에 믿음이 더 갔다. 베이커리가 한가한 오후였다. 정아가 덕환에게 말했다.

"우리 독립해 보면 어떨까요? 덕환 씨 기술하고 내 비즈니스 마인드를 합치면 금방 부자될 거 같은데."

덕환은 무슨 뜻인지 모르겠다는 듯 빤히 쳐다보았다.

"맨날 남의 밑에서 세월 다 보낼 거예요?"

"돈도 없고, 그리고 남의 밑에서 일하는 거 아닙니다."

"한번 진지하게 생각해봐요."

"돈 많은가 봐요."

"많다기보단 쬐끔."

"요즘 뭐 좋은 일 있어요? 얼굴에 꽃이 폈어요."

"뭘 모르시네. 나 원래 꽃이에요. 여기 장미꽃 타투 있거든요. 보여줘요?"

다른 사내들이 보고 싶다고 애걸복걸해도 콧방귀를 뀠지만 이번에는 정아가 먼저 어깻죽지를 들이밀었다. 덕환은 조리실로 들어가며 딱 잘라 말했다.

"사양합니다."

정아는 그가 사양한다는 말에도 실망하지 않았다. 사양한다고 하는 말에서도 어떤 기품이 느껴질 정도였다. 확실히 사랑이란 건 열정보다 신뢰가 더 중요한 법이다. 며느리가 미우면 발뒤꿈치까지 트집을 잡는다는 건 며느리에 대한 불신이 생략돼 있고, 애인이 예쁘면 눈에 난 다래끼도 보석처럼 보이는 법이란 말도 믿음이 있을 때만 유효한 것이다. 그때 밖에서 버스킹 하는 가수의 노랫소리가 들려왔다. 열댓 명의 청중에 둘러싸인 가수는 전인권의 〈걱정 말아요, 그대〉를 부르고 있었다. 관중 속에는 며칠 전 정아한테 딱지를 맞은 검은 가죽 재킷을 입은 바이크 청년도 보였다. 그의 모습을 보자 정아의 머릿속이 갑자기 복잡해졌다.

'저 자식이 내 뒤를 밟았나.'

일당을 받고 남자를 만나는 땜빵용 알바도 함부로 할 게 아니었다. 정아의 입에서 욕이 나왔다.

"여자 방구냄새나 맡으려고 쫓아다니는 시시한 놈."

* * *

낙원연립 202호. 변화가 일어난 건 확실했다. 변화의 원인이 병상에 누워 있는 은숙 때문인지 아니면 돈 가방 때문인지는 알 수 없지만 식탁은 이전과 분명히 달라졌다. 난장판의 식탁이 아니었다. 식탁은 가족의 친밀감을 나타내는 기상도다. 끼니는 건너뛸 수 없는 것이기에 식탁만큼 생생하게 가족관계를 드러내는 것도 없다. 사이가 좋으면 찬이 없어도 황제의 밥상이 되지만 사이가 틀어지면 서로 으르렁거리는 싸움터가 된다. 정아는 아침 일찍 일어나 카레를 만들었다. 냄비를 식탁에 올려놓자 식구들의 탄성이 터졌다. 정도는 코를 킁킁댔다.

"냄새 좋다."

정아는 카레를 떠서 인국의 그릇에 제일 먼저 담아주며 말했다.

"맛도 있으면 좋겠다. 감자를 너무 크게 썬 게 아닌가 싶어."

"감자를 잘게 썰면 다 부서져. 큼직큼직한 게 좋지."

인국은 정아가 대견한 듯 말을 마치고 카레를 한 숟가락 떠 입으로 가져갔다.

"으흠."

"왜 맛이 없어?"

"딱 니 엄마가 한 거다."

정각도 신이 나서 말했다.

"정말 엄마가 한 거랑 똑같다. 누나 잘 먹을게."

"내가 안 해서 그렇지 손맛은 좀 있는 편이지."

정도도 한마디 했다.

"카레 정말 오랜만에 먹어본다."

모두가 흡족한 표정이었다. 그러고 보니 오랜만에 식탁 위에서 이루어지는 정상적인 대화였다. 변화는 식탁에서 끝나지 않았다. 인국은 마음이 풍족했고, 정아는 덕환과 함께할 새로운 계획을 세웠다. 정도는 달콤한 연애 생각에 푹 빠져 있었다. 모든 게 돈 가방 때문이었다. 인국은 심부름센터로 출근하기 전에 장롱 앞에서 두 손을 모으고 머리를 조아려 절을 올렸다. 정아도 마찬가지였다. 절을 올리진 않았지만 흐뭇한 표정으로 장롱을 양팔로 안았다가 몇 번이고 쓰다듬었다. 정도는 주먹으로 툭툭 쳐보다가 장롱에 귀를 대고 한참 있었다.

돈 가방에 대한 용도는 다 제각각이었지만 적어도 가족관계를 회복하는 데 기여한 건 부인할 수 없었다. 그러고 보면 사람한텐 욕망이 있고, 욕망은 어떤 식으로든 관계를 만들어낸다.

인국의 변화는 심부름센터의 사무실에서도 나타났다. 신장개업하는 식당의 전단지를 배포하는 용역까지 맡아서 손수 거리로 나섰다. 생각지도 못한 일이었다. 한 푼이라도 긁어모으려는 투지가 아니라 여유 있는 자의 거드름이었다. 행인들에게 광고전단을 나눠주던 강팀장이 투덜거렸다.

"꼭 이런 것까지 해야 합니까? 몇 푼이나 된다고."

"십 원을 우습게 알다간 십 원 때문에 울 때가 있어."

강팀장은 어이가 없었다.

"혹시 약을 잘못 먹은 거 아니죠?"

"뭔 약을 먹어?"

"너무 갑자기 변하니까 감당이 안 돼서요."

"요즘 깨달은 게 있어."

"뭔데요?"

"그런 게 있어."

"철이 들었단 거네요."

"뭐 그런 걸 수도 있지."

"잔인한데요."

"뭐가?"

"변덕이요."

인국은 딴청을 부렸다.

"야, 저기 아이한테도 줘. 빼놓지 말고."

그뿐만이 아니었다. 어느 날은 중개업자와 함께 신축 상가 사무실을 찾아갔다. 중개업자가 인국에게 친절하게 설명했다.

"여기가 베이커리 자리로는 딱입니다. 이 주변에 제과점이 별로 없거든요. 그리고 저 뒤쪽에 재건축하는 아파트까지 완공되면 유동인구가 더 늘어나 장사하는 데 도움이 될 겁니다."

"요즘 경기도 안 좋은데 권리금이 너무 비싸네. 월세도 조금 세고."

"계약을 확실하게 하겠다고 하면 주인하고 다시 딜을 해볼게요. 근데 베이커리는 프랜차이즙니까?"

"딸이 손재주가 좀 있습니다. 지가 직접 한다고."

"솜씨만 좋으면 직접 하는 게 좋죠. 프랜차이즈는 한물갔어요. 본사에서 가져가는 게 너무 많다고 하더라구요. 문 닫는 데도 많아요."

인국은 다시 꼼꼼하게 상가를 살펴보았다. 상가를 둘러보고 사무실로 들어와서는 휘파람을 불며 손톱을 깎았다. 강팀장이 보다 못해 기어이 인국의 심기를 건드렸다.

"조현병 아니죠?"

"뭔 소리야?"

"전투적으로 전단지를 돌리더니 지금은 신선처럼 팔자가 늘어져서요."

"쉬어갈 때도 있는 거지."

"혹시 자연인이 되기로 했어요? 왜 그래요?"

"그런 게 있어. 새로운 사업구상 중이거든."

"돈은 있구요?"

"사방 천지에 깔린 게 돈인데 뭘 걱정해."

돈 가방에 대한 불안감이 조금 없어지면서 제일 큰 변화가 일어난 건 정도였다. 막연하긴 했지만 하늘이 자신을 밀어주고 있다는 생각이 들었다. 뜻하지 않게 혜정이 찾아온 것도 그런 징후 중의

하나였다. 전화가 왔을 때 받을지 말지 고민이 됐지만 관계를 정리하려면 어차피 한 번은 만나야 했다. 더 이상 만남을 지속해야 할 이유가 없었다. 동서울터미널 근처의 커피숍에서 정도는 혜정과 마주 앉았다. 그녀의 얼굴이 해쓱했다. 과일 파르페와 초콜릿링 도넛 두 개가 그녀 앞에 놓여 있었다. 혜정이 먼저 말을 꺼냈다.

"변명하지 않을게. 근데 그 돈 받았으면 나 혼자 쓰진 않았을 거야."

"그만하자. 다 끝난 일인데."

"솔직히 갖고 싶은 차가 있었는데, 정도 씬 그걸 해줄 능력이 안 되니까 욕심을 부렸어. 나중에 다 말하려고 했단 말이야."

"사람을 변하게 하는 게 돈인가 봐. 그게 싫어."

"돈 앞에선 누구나 다 그래."

"흐르는 구름이 아니라 파란 하늘이 되는 게 그렇게 어려운가?"

"무슨 말이야?"

"그런 게 있어. 그리고 너한테 꼭 해주고 싶은 말이 있어."

"뭔데?"

"다이어트 해서 살 좀 빼라."

혜정의 입술이 파르르 떨렸다.

"다시 한 번 말해봐."

"다이어트도 하고, 살도 좀……."

혜정은 말이 채 끝나기도 전에 컵에 든 물을 정도의 얼굴에 확

뿌렸다.

"니가 지금 나한테 그런 말 할 주제니? 기껏 만나줬더니, 어디서 거지새끼 같은 게."

정도는 얼굴에 묻은 물을 손으로 훔치며 말없이 자리에서 일어섰다. 주변이 시선이 일제히 자신한테 쏠렸지만 이상하게 전혀 부끄럽지 않았다. 오히려 후련했다. 오래전부터 하고 싶었던 말이었다. 정도는 몇 걸음 옮기다가 다시 돌아서서 혜정에게 다가갔다.

"내가 거지라면 거지한테 한 번에 오인분씩 고기 얻어먹는 넌 뭐니?"

"너 정말 끝까지. 어휴, 썅."

지금 이 순간 머릿속에 생각나는 사람은 라라뿐이었다. 그녀가 미치도록 보고 싶었다. 하지만 밑도 끝도 없이 불쑥 쳐들어갈 수는 없었다. 정도는 정아한테 전화를 걸었다. 연애에 대한 조언을 해줄 사람은 정아뿐이었다. 정도는 제리코 베이커리가 있는 동네로 방향을 잡았다.

정아는 컴플레인이 들어온 빵 때문에 저기압 상태였다. 그건 다시 판매할 수도 없었다.

"아니, 집에까지 가져갔다가 다시 가져와서 물러달라는 건 뭐야?"

덕환은 정아를 달랬다.

"특별한 손님이라고 생각해요."

"서비스로 준 건 먹었더라구요."

"좋은 아침이라고 인사하지만 안 좋은 사람 만나는 거, 흔한 일이잖아요."

"욕먹고 참는 것도 서비스다, 서비스."

"그거 이리 주세요. 다시 파는 건 좀 그렇잖아요."

덕환은 봉지에 담아놓은 빵을 들고 밖으로 나갔다. 밖으로 나간 덕환은 빵이 든 봉지를 카트에 폐지를 싣고 가는 할머니에게 건네줬다. 할머니는 몇 번이고 고맙다고 고개를 숙여 절을 했다. 덕환은 오히려 더 허리를 굽혀 절을 했다. 덕환이 매장 안으로 들어오자 정아가 그를 말없이 쳐다보았다.

"왜요?"

"우리 동네에 빵 굽는 천사가 있었네요."

"또 무슨 얘기를 하려고."

"아름다운 세상이라고 하면서 아름답지 않게 사는 사람이 있는가 하면 아름답지 않은 세상이라고 하면서 아름답게 사는 사람이 있어서요."

"내가 요즘 좋은 사람을 만나고 있어서 그래요."

"그렇다고 너그럽게 굴 필요는 없죠."

정아는 정도로부터 공원에 도착했다는 카톡 문자를 받고 잠시 외출 허락을 받았다. 정도는 잔소리 듣는 게 싫었던지 이번에는 담배를 물지 않고 있었다.

"혜정 씨 참 대단하다. 그러고도 오빨 찾아온 거 보면."

"어차피 한 번 만나서 해결했어야 할 일인데 뭐. 미안해서 그렇지."

"왜 미안해?"

"좀 그래."

"그럴 필요 없어. 이기적인 사랑을 하는 사람들이 얼마나 많은데. 나부터 그래."

"헤어지고 나니까 그건 있어. 더 이상 나 자신을 속이지 않아도 되는 거."

"내가 말했잖아. 타협하거나 도덕적인 체하는 연애 하지 말라고."

"미안하기도 하고 후련하기도 하고. 모르겠다."

"혜정 씨가 미안해할지도 모르지."

"욕심을 부렸으니까."

"아니 오빠한테 전혀 미안해하지 않은 걸 미안해할 거야. 사람이라면 언젠간."

"그 정돈 아냐. 그러면 내가 더 슬프지."

정아가 빵이 든 봉지를 내밀었다.

"식사는 꼭 챙겨 먹어. 그리고 오빠, 새로운 여잘 만나려면 유머 감각을 좀 키워봐. 여자한텐 그게 실없어 보이다가도 어떤 땐 마음을 열게 하거든."

그때 정도의 핸드폰에 카톡 문자가 떴다. 라라였다. 한강 바람을 쐬고 싶은데 픽업하러 올 수 있냐는 문자였다. 정도는 자리에서 벌떡 일어섰다. 정아가 뒤에서 뭐라고 말했지만 귀에 들어오지 않았다. 구름 위를 걷는 느낌이었다. 정도는 라라가 기다리겠다는 곳으로 달려가 픽업을 했다. 거리에 서 있는 라라한테서 광채가 나는 것 같았다. 정도는 들뜬 마음을 억누르고 한강 고수부지로 차를 몰랐다. 야외식탁에 자리를 잡은 뒤 커피 두 잔을 뽑았다. 커피 옆에는 정아가 건네준 빵이 함께 놓여 있었다.

"이게 유자빵이라고 그랬나요?"

"네, 먹을 만한가요?"

"새콤달콤한 게 맛있어요. 어떻게 이런 걸 만들 생각을 했지?"

정도는 라라의 얼굴을 뚫어져라 하고 쳐다보았다. 정아가 한 말이 떠올랐다.

- 오빠, 새로운 여잘 만나려면 유머 감각을 좀 키워봐. 여자한텐 그게 실없어 보이다가도 어떤 땐 마음을 열게 하거든.

정도가 빤히 쳐다보자 라라가 의아한 표정으로 물었다.

"왜요? 내 얼굴에 뭐 묻었어요?"

정도는 갑자기 바보처럼 말을 더듬거렸다. 유튜브에서 봤던 장면을 비슷하게 흉내 냈다.

"그, 뭐드라. 아, 사람이 화가 나서 싸울 때 여기, 가슴 쪽 막 이렇게, 여기를 꽉 잡잖아요. 여기를 뭐라 그러더라?"

"멱살이요?"

"네. 몇 살이에요? 라라 씬."

라라는 깔깔대고 웃었다.

"하하하, 서른 되려면 삼 년 더 있어야 돼요."

정도가 이번에도 말을 계속 더듬거렸다.

"아, 그거 뭐라고 하죠? 아, 뭐드라. 있잖아요. 그거. 아, 겨울에, 겨울에 제일 먼저 내리는 눈이요."

"첫눈이요?"

"첫눈에 라라 씨한테 풍덩 빠졌어요."

라라는 고개까지 젖혀가면서 더 크게 웃었다. 정도도 함께 웃다가 갑자기 한곳에 시선이 멈췄다. 박노인이 자전거를 배우고 있었다. 택시 모는 걸 그만두면 자전거를 배우겠다고 하던 말이 떠올랐다. 할머니는 옆에서 그냥 지켜보고 있었다. 힘에 부치는지 제대로 잡아주지를 못했다. 박노인은 비틀비틀하다가 쓰러지고, 다시 타다가는 쓰러지기를 반복했다. 옆에 있던 아저씨가 뒤에서 잡아주면 조금 앞으로 나아가다가 다시 쓰러졌다. 할머니가 다가가서 박노인을 일으켜 세웠다.

"뭘 그렇게 뚫어져라 하고 쳐다봐요."

"아, 저 강물 보면 생각나는 게 있어서요."

"뭔데요?"

"한강에 사는 거위 본 적 있어요?"

"철새 같은 거 봤죠. 청둥오리 뭐 이런 거."

"예전에 일 년 내내 저 교각 아래서 거위가 살았어요."

"거위가 왜 여기에 살고 있죠?"

“한강을 아름답게 꾸민다고 서울시에서 이백 마리 풀어놨다가 그게 조류 바이러스를 퍼뜨린다고 해서 다 잡아서 살처분을 했어요.”

“와아, 나쁜 사람들.”

“간신히 두 마리가 살아남아 몇 년을 저 교각 보호공 위에서 살았거든요. 추운 겨울에 발목까지 물이 찼는데도 둘이 바짝 붙어서 지내는 거 보면 마음이 짠했어요.”

“서로 의지했겠죠.”

“근데 그 뒤로 한 마리가 없어졌는데 남은 거위가 한 달 내내 우는 거 있죠. 그 울음 때문에 사람들도 슬퍼했어요.”

“슬프네요.”

“그리고 두 달쯤 지나 그렇게 울던 거위마저 없어졌어요.”

“어디로 갔을까요?”

“이러저런 말들이 많았지만 알 수가 없죠.”

“따라서 죽었을까요?”

“그건 모르죠. 나중에 어떤 어른이 그러더라구요. 두 마리 다 수놈이었다고. 수놈들끼리 같이 지낸 거라고.”

수컷 거위 두 마리의 이야기를 들은 라라의 얼굴 낯빛이 갑자기 창백하게 변했다. 순식간의 일이었다. 그리고 자리에서 일어나 정도를 뚫어지게 쏘아보았다.

“왜요? 내가 무슨 실수라도 했나요?”

“비겁하게 내 뒤를 캔 건 아니죠?”

"뒤를 캐다니? 그게 무슨?"

"나 먼저 갈게요."

"데려다줄게요. 같이 가요."

"아뇨, 나 혼자 갈게요. 내 옆에 있으면 팔을 부러뜨릴지도 몰라요."

라라는 화난 표정으로 휑하니 사라졌다. 어떻게 말려야 할지, 무엇을 해명해야 할지 도저히 알 수 없었다. 정도는 멍한 표정으로 허수아비가 된 채 그 자리에 멀뚱하게 서 있었다. 도움을 청할 건 단 한 사람, 정아뿐이었다. 정도는 정아한테 카톡을 날렸다. 일이 끝난 뒤 동네 호프집에 만나자는 문자였다. 정도는 일을 하는 둥 마는 둥 하다가 저녁시간에 맞춰 호프집으로 일찍 나갔다. 정아는 정도를 보자마자 물었다.

"혹시 그 작자가 장롱을 뜯은 건 아니지?"

"그런 거 아냐."

"앱을 깔아놔서 안방 다 볼 수 있지만 그래도 긴장 늦춰선 안 돼. 조금이라도 틈만 나면 딴짓할 위인이라 우리 둘이 보초를 잘 서야 돼. 그게 희망인데."

"돈 얘기 좀 안 하면 안 되니?"

"그럼 무슨 일이야? 아깐 살판 난 것 같은 얼굴이더니."

"사실은 얼마 전에 여잘 만났어."

"유부녀구나."

"아냐."

"그럼 아이 딸린 돌씽?"

"아, 그런 거 아냐. 커피숍에서 알바하면서 취업준비 중이야. 내 차에다 핸드폰을 두고 내렸는데 그걸 돌려줬거든. 그래서 몇 번 만났어. 얘기도 잘 통하고. 아까도 분위기가 좋았어. 근데 갑자기 화를 버럭 내는 거야."

"너무 빨리 들이민 거 아냐?"

"손도 안 잡았어. 아, 지난번에 친구하자고 손 내밀어서 악수한 건 있다."

"그럼 말실수했나 보네."

"거위 얘기를 한 거뿐인데."

"거위? 거위가 뭔데?"

"한강에 사는. 아, 그런 게 있어."

"그 여자, 예뻐?"

"너랑 비슷한 건 있어."

"그러면 예쁜 거네."

"아니, 나이가 비슷해. 너보다 훨씬 예쁘고."

"웃겨, 정말."

"진짜 예뻐. 눈에 가끔 슬픔 같은 게 지나가서 그렇지."

"너무 힘줘서 당기려고 하지 마. 그건 사랑이 아니라 폭력이야."

"벌써 그렇게까지 얘기하는 건 좀 그렇고."

"새로운 게 시작됐네."

"뭐가?"

"뭐긴 중력이지. 사람한테 끌리는 거. 그거 일단 시작되면 멈추기 힘들거든. 끌리는 거 그거 우주의 이치야. 누구든 그 이치를 거역할 순 없어. 우주의 이치보다 더 위대한 건 없어."

"넌 도대체 모르는 게 뭐니?"

"그 여자, 보통여잔 아닌 거 같아. 느낌이 그래. 연락이 올 때까지 그냥 기다려."

"연락 안 오면."

"끝난 거지 뭐."

정도는 고개를 끄덕였지만 답답했다. 맥주를 들이켜도 답답한 속은 풀어지지 않았다. 커피숍으로 찾아가볼까 싶었는데 정아가 오금을 박았다.

"그 여자 찾아가지 마. 그냥 기다려."

202호가 다 변했지만 정각은 변한 게 별로 없었다. 그날도 코피를 흘린 채 집으로 돌아왔다. 때마침 정도가 집에 있어 변명할 수도 없었다. 정도가 화를 냈다.

"또 개네들이니? 진짜 안 되겠다. 따끔하게 손 좀 봐줘야겠네."

"아직 아흔 번 남았어."

"뭔 소리야?"

"백 번까지 하면 빚 갚는 거라고 생각하고 있거든."

"그건 아니지. 이건 범죄야."

"범죄는 내가 더 먼저 저질렀어."

"아, 노답이네. 야, 근데 이 대목에서 할 말은 아니지만 걔 정말 예쁘지 않냐?"

"형!"

정도는 핸드폰으로 영화 〈닥터 지바고〉를 검색했다. 닥터 지바고의 연인이 라라였다. 닥터 지바고는 혁명의 광풍 속에서 자유와 사랑과 고통을 함께 짊어지고 산 시인이다. 사랑의 행위보다 사랑의 본질을 보여준 인물. 불륜보다 사랑, 사랑은 감정, 감정은 비합리적이라는 걸 보여준 끝판왕. 사랑이 없으면 시간은 다 죽은 것임을 보여준 러브 스토리의 주인공. 별의별 평가들이 다 있었다.

정각이 정도에게 말했다.

"누나랑 아버지랑 좀 이상해진 거 같아. 싸우지도 않고."

"아직까진 같은 편이거든. 저러다가 언제 변할지 몰라."

"가훈처럼만 살면 좋을 텐데."

"꿈 깨라. 난 내 이름하고 헤어진 지 이미 오래됐다."

"형이 보기에 나도 그런가?"

"니가 뭘?"

"비정상이잖아. 여자애한테 꼼짝 못하고."

"너 가끔 코 후비지?"

"어."

"어떤 땐 멍하니 하늘을 쳐다보다가 초콜릿도 먹고 싶고."

"맞아. 그런 때 있어."

"혹시 갈증 난다고 식용유 한 컵 마신 적 있니?"

"아니."

"너 극히 정상이야."

"그게 뭐야?"

"아이스크림은 녹고, 유리는 깨지고, 풍선은 터지는 거야. 남자는 여자를 사랑하는 거고."

"진짜 형까지 이상해."

"너 혹시 닥터 지바고 아니?"

"어디 병원 의산데?"

"병원 의사가 아니라 라라를 사랑하는 사람이야. 시인."

"영환가 보다."

"응, 영환데 진짜 라라도 있어. 지금 알바하거든. 예뻐."

혼자 신이 나서 이야기를 하는 내내 정도의 표정이 너울거렸다. 반쯤은 기쁨이고, 반쯤은 걱정이 뒤섞인 그런 얼굴이었다.

화사다마

"철제금고가 마음에 안 들어요?"

정아가 젓가락으로 달걀부침 하나를 집어 들며 말했다.

"그걸 뭘 물어. 열쇠를 안 주니까 그런 거지."

인국의 목소리가 높아졌다.

"내가 곰배팔이냐? 멀쩡한 수족 가지고도 한번 열어보지 못하게. 돈을 꺼내 쓰겠다는 거도 아닌데."

정아는 야멸찼다.

"모르는 게 속편해."

♥

은숙은 경기도 용인에 있는 병원으로 옮겨졌다. 정선의 요양병원장은 은숙이 계속 머물러 있기를 간절하게 요청했지만 인국과 정아는 냉정했다. 이미 감정이 상해 더 이상 있게 할 수 없었다. 새 병원은 정선보다 규모가 훨씬 더 컸다. 시설도 최신의료기로 갖춰져 있었다. 가족들은 무엇보다 물리적인 거리가 가까워 자주 면회 올 수 있다는 게 마음에 들었다고 했지만, 그렇다면 애초에 서울에서 정선으로 옮길 필요가 없었다는 얘기 아닌가? 하긴 그때그때 달라지는 게 사람의 일이다. 설명하지 않아도 뻔한 걸 논리적으로 따지고 들면 인생이 고달파지는 법이다.

의료진과 의료시설이 좋다고 은숙의 상태가 나아진 건 아니었다. 여전히 인공호흡기를 단 채 링거를 꽂고 있었다. 달라진 게 있다면 병실의 화분에 늘 꽃이 꽂혀 있는 거였다. 생화가 아니라 조화였다. 정아는 당연히 생화를 꽂고 싶었지만 환자에게 꽃가루 알레르기가 있을 수 있다는 의료진의 조언을 받아들여 그를 따를 수밖에 없었다. 얼핏 보아서는 생화인지 조화인지 구분이 안 될 정도로 섬세하게 만들어진 장미꽃이었다.

정아가 정도에게 물었다.

"엄마 얼굴이 좀 나아진 것 같지 않아?"

"글쎄, 잘 모르겠는데."

정각은 은숙의 손을 잡고 흔들었다.

"엄마, 우리 가까이 오니까 좋지?"

정아도 은숙에게 말을 건넸다.

"잠시 이상한 생각을 했던 거 미안해. 실수했던 거야."

정도도 한마디 보탰다.

"절대 떠나보내지 않을게요."

인국은 말없이 병상에 누워 있는 은숙을 바라보다가 고개를 돌려 손으로 눈자위를 꾹꾹 찍어댔다. 그때 정아의 핸드폰이 울렸다. 정아는 복도로 나와 전화를 받았다. 오케이보험사의 한부장이었다.

"아, 네 한부장님, 몇 번이고 말씀드렸지만 저희 뜻은 그렇습니다. 저희 가족을 생각해서 애써주신 건 잊지 않겠습니다. 다시 생각해 볼 것도 없구요, 저흰 어머니랑 같이하기로 했습니다. 가족이잖아요. 앞으로 그런 일로 연락하지 않았으면 합니다. 네, 들어가세요."

한부장은 시도 때도 없이 전화를 걸어왔지만 정아의 답변은 변함이 없었다. 정각이 은숙의 손을 꼭 잡고 있을 때, 간호사가 병실로 들어와 링거를 교체했다. 간호사는 정각을 보고 미소를 지었다.

"어머니께서 외롭지 않겠어요. 가족들이 자주 오셔서."

정각이 말했다.

"일어나서 집에 같이 가면 더 좋은데."

간호사가 은숙에게 말했다.

"어머니, 들으셨죠? 아드님이 집에 같이 가재요. 빨리 일어나세요."

정각이 정도에게 물었다.

"형, 엄마 얼굴이 좀 예뻐진 거 같지 않아?"

"정아랑 똑같은 얘길 하네. 난 모르겠는데."

일주일에 한 번은 가족이 함께 면회를 갔다. 가족의 중요한 주간행사가 된 것이다. 은숙에 대한 가족들의 태도가 바뀌게 된 건 정선의 요양병원을 다녀온 뒤, 정확히 캐리어를 가져온 이후였다. 그러고 보면 그 캐리어가 하늘에서 뚝 떨어진 거라고 해석하기에는 뭔가 부족했다. 인국의 말대로 은숙의 영기가 작용한 건 아닌지 싶기도 했다. 어쨌든 가족들의 심리적 변화는 물론 행동까지 변한 건 확실했다.

가족이 함께 면회를 하는 건 정기적인 행사였지만 정도는 가끔 정각이와 둘이 병실을 찾기도 했다. 병실에 가서 노래도 부르고 춤도 추었다. 정아도 어떤 때는 혼자 은숙을 찾아가 마음속에 있는 말을 털어놓기도 했다. 이전과는 확연히 달라진 풍경이었다. 하지만 인국은 조금 달랐다. 정말 은숙이 무서웠는지 혼자 병실을 찾는 일은 거의 없었다.

그러고 보면 인국이 변했다고 하는 건 성급한 결론이다. 변하지 않은 건 오케이보험사의 한부장도 마찬가지였다. 전화를 하는 건 기본이었고, 소고기 선물 세트와 백화점 상품권까지 보내주었다. 날이 갈수록 노골적이었다. 종착역이 번히 보이는데 왜 더 가자고 고집을 부리냐고 목소리를 높였다. 회생 불가능한 생명에 대한 존엄사를 금기시하지 않아야만 살아 있는 사람들의 관계가 생산적으로 이루어지고, 결국은 삶의 유한성도 확대된다는 알 수도 없는 소리를 늘어놓기도 했다. 그는 마치 죽음을 파는 추악한 세일즈맨 같았다. 아무리 좋은 명분을 내세운다고 해도 인위적인 조작으로 인한 좋은 죽음은 존재하지 않는다. 세상 그 어디에도. 그럼에도 불구하고 그는 좀처럼 포기할 줄 몰랐다.

- 참 딱하네. 돌아가실 양반한테 삼 억을 얹어준대도 그걸 마다하네.

* * *

결국 염려했던 일이 터지고 말았다. 인국은 주말이면 여전히 화상경마장을 서성거렸다. 어떤 때는 경마장 앞에까지 갔다가 그냥 돌아오고는 했는데 이유는 단 하나였다. 지갑이 비었기 때문이었다. 만 원짜리 달랑 한 장으로는 할 게 없었다.

"입장료에 예상지 사고 나면 남는 게 없잖아. 에이, 씨."

베팅을 하지 않는 경마는 팥소 없는 찐빵이었다. 돈을 걸지 않고 눈으로만 보는 건 텐션도 없고, 싱거운 일이었다. 로또를 사지 않고 당첨번호에 관심을 갖는 이가 있던가. 경로당의 노인들도 민화투를 칠 때는 십 원짜리라도 걸어야 게임이 되는 거다. 베팅을 해야 절벽에 자일을 걸고 매달린 알피니스트처럼 텐션이 생기고 짜릿해지는 거다.

인국의 머릿속은 오직 하나로 꽉 차 있었다. 장롱 문만 열면 다 끝나는 건데. 낮은 배당에 과감하게 베팅해 한 번만 맞추면 아파트 한 채 정도는 뚝딱 생길 거라는 계산이 머릿속을 떠나지 않았다. 배당판의 마력에 또 빠져들기 시작했다. 마음이 조급해졌다. 떼돈 버는 황금 주말을 그냥 넘길 수 없었다.

현관문을 열고 집 안으로 들어서 인국은 누가 있는지부터 살폈다. 집 안은 조용했다. 아무도 없었다. 인국은 안방으로 들어가 CCTV 카메라 렌즈에 테이프를 붙여버렸다. 그리고 손으로 장롱을 어루만졌다. 쇠못으로 박아놓은 각목을 흔들어봤지만 끄떡도 하지 않았다. 몇 번을 다시 시도했지만 맨손으로 각목을 뽑는 건 불가능했다. 인국은 각목이 뽑혀지지 않자 자신의 머리를 쥐어뜯었다.

"정말 미치겠네. 꿀단지를 옆에 두고도 꿀 한 숟가락 떠먹질 못하네. 에이, 모르겠다."

인국은 밖으로 나갔다가 이내 노루발장도리를 들고 들어왔다. 각목 틈새로 노루발장도리를 디밀었지만 만만치 않았다. 힘을 써서 몇 번이고 틈으로 디밀었지만 소용없었다. 이마에 땀이 맺혔다. 손으로 땀을 훔치고 한숨을 내쉬었다.

"푸우."

인국은 호흡을 가다듬고 노루발장도리를 틈새로 다시 디밀어 보았지만 꿈쩍도 하지 않았다. 인국은 노루발장도리를 바닥에 툭 던져버렸다. 포기한 듯싶었다. 하지만 이내 밖으로 나갔다가 목장갑을 끼고 돌아와 바닥에 떨어진 노루발장도리를 꽉 쥐었다. 그리고 노루발장도리를 높이 쳐들었다가 각목을 내리쳤다. 몇 번을 반복해서 힘껏 내리치자 박혀 있던 각목에 틈이 벌어지기 시작했다. 조금 더 내리치면 각목이 떨어져나가고 장롱문도 열릴 것 같았다. 바로 그때 정아의 비명소리가 들렸다.

"악! 진짜 이럴 꺼야!"

옆에 함께 있던 정도도 가만히 있지 않았다.

"아버지!"

"저거 병이야 병. 그것도 아주 중증. 봤지? 저 돈 꺼내서 어딜 가겠어?"

"꼭 이래야겠어요?"

인국이 손에 들었던 장도리를 바닥에 힘없이 내려놓았다. 고개를 푹 숙이고는 말이 없었다. 현장을 바로 들켰으니 변명할 게 없었다. 정아도 가만있지 않았다.

"내가 들은 얘기가 있어. 죽을병 걸린 사람도 베팅할 땐 눈에서 빛이 난대. 지금 딱 그래."

인국은 갑자기 손으로 가슴을 치면서 말했다.

"야, 꿀단지에서 딱 한 숟가락만 떠먹으려고 했어. 내가 혼자 저걸 다 먹겠냐?"

정아는 어이없는 표정을 지었다.

"내가 미쳐. 그걸 말이라고."

정도가 노루발장도리를 집어 들고 장롱을 내리치는 시늉을 했다.

"내가 이 돈 제자리에 갖다 놓든가 경찰서에 갖다 주든가 할게요. 아무래도 안 되겠어요. 이거 때문에 맨날 싸우기나 하고."

정아가 재빠르게 노루발장도리를 빼앗았다.

"오빠마저 왜 그래. 방법을 찾아보자."

"방법? 그런 거 없어."

분위기가 심상치 않게 돌아가자 인국은 풀이 죽은 채 기어들어가는 목소리로 말했다.

"그래, 내가 잘못했다. 앞으로 안 그럴게. 두 번 다시 그러면 내가 성을 간다."

정아는 콧방귀를 뀌었다.

"성은 벌써 열 번도 넘게 갈았어."

"알았다니까. 진짜 알았어. 한 번만 믿어봐."

"그럼 각서 써. 장롱에 두 번 다시 손대면 이 집에서 나가겠다고."

인국의 눈빛이 잠시 흔들렸다. 하지만 할 말이 없는 처지이고 보니 그걸 거부할 수도 없었다.

"정도야, 아비가 꼭 이래야 하냐?"

정도에게 하소연했지만 그도 야멸치게 말했다.

"쓰세요. 그리고 꼭 지키세요."

결국 인국은 각서를 쓰고, 지장까지 찍었다. 각서를 쓴 이력은 이미 여러 번 있었다. 은숙이한테도 경마장에 가지 않겠다고 툭하면 각서를 썼지만 그때뿐이었다. 인국의 장롱 강탈사건은 그렇게 일단락됐지만 그게 끝이 아니었다.

다음 날, 아침 일찍 202호로 철제금고가 배달됐다. 인국이 각서를 썼다고 해도 그걸 믿지 못하는 정아가 철제금고를 주문한 것이었다. 지문과 음성인식 기능까지 있는 최신형 모델로 주문할까 했지만 정도가 만류했다. 그런 최신형은 가격이 만만치 않았다. 정도는 철제금고도 쉽게 열 수 없을 거라고 생각했다. 결국 비밀번호 키패드를 누르고 열쇠로 여는 이중 잠금장치의 블랙 모델 철제금고가 안방에 자리를 잡았다.

정아는 인국에게 열쇠를 주지 않았다. 비밀번호는 말할 것도 없었다. 정아는 자신과 정도가 공동관리를 하겠다고 선언했다. 인국은 못마땅했지만 별 도리가 없었다. 인국은 한밤중에 일어나 금고의 키패드를 꾹꾹 눌러보고, 손잡이를 잡고 당겨봤지만 꿈쩍도 하지 않았다.

“에이 씨! 돈이 있으면 뭐 해. 한 푼도 쓰지 못하는 거.”

식탁에 둘러앉아 조금 늦은 아침을 먹는 중이었다. 밥 먹을 때마다 전쟁을 치렀던 식탁은 평화와 질서를 회복했다. 가족이 모여 함께 먹는 집밥은 어떤 반찬이든 진찬이었다.

인국은 숟가락으로 된장찌개를 떠서 맛본 뒤 인상을 찡그렸다.

“찌개가 소금덩어리다.”

정아는 얼굴을 쳐다보지도 않고 대꾸했다.

“언제는 맛있다며.”

“어제 건 먹을 만했지.”

“이거 어제 먹고 남은 거야. 트집 잡을 게 없으니까 별걸 다 가지고 그래.”

정도가 말했다.

“철제금고가 마음에 안 들어요?”

정아가 젓가락으로 달걀부침 하나를 집어 들며 말했다.

“그걸 뭘 물어. 열쇠를 안 주니까 그런 거지.”

인국의 목소리가 높아졌다.

“내가 곰배팔이냐? 멀쩡한 수족 가지고도 한 번 열어보지 못하게. 돈을 꺼내 쓰겠다는 거도 아닌데.”

정아는 야멸찼다.

“모르는 게 속편해.”

정도가 인국을 쳐다보며 말했다.

"아버지가 섭섭해하는 거 알아요."

"알면 뭐 해."

"그러면 비번만 알려줄게요. 열쇠는 절대 안 돼요."

정아는 질겁했다.

"오빠!"

"엄마 생일로 맞춰놨어요. 비번요. 열쇠는 못 드려요. 당분간."

정아가 말릴 틈도 없이 비번이 발설되고 말았다. 인국의 얼굴이 조금 펴졌다.

"비번이 좀 그렇다. 주민번호 같은 걸로 하는 거 아냐."

정각이 식사를 다 끝내고 걱정스런 표정으로 말했다.

"내일 일일교사, 아버지가 할 수 있나?"

인국은 한숨을 내쉬었다.

"그거 꼭 해야 되는 거냐?"

정아가 말했다.

"학부형들이 돌아가면서 하는 건데, 빠지면 안 되지."

"알았다. 준비해볼게. 근데 나한테 열쇤 언제 줄 거냐?"

정아는 어이없는 표정을 지었다. 하지만 일일교사가 중요하다 보니 인국의 심기를 더 이상 건드리지는 않았다.

"근데 아이들한테 무슨 얘기 해줄 거야? 혹시 지피에스 사용법이나 몰래 도촬하는 거, 그런 건 아니지?"

"뭔 소리야? 애들한테 교육적으로 도움 되는 얘길 해줘야지."

"괜히 떨지 말고."

"나 박혁거세 후예야. 그걸로도 반은 먹고 들어가는데 왜 떨어."

정아는 고개를 절레절레 저었고, 정도도 불안한 표정을 감추지 못했다. 정각은 인국이 일일교사를 하겠다는 말에 얼굴이 확 펴졌다. 식사를 마친 뒤 정도가 안방에 들어가자 인국은 메모를 하고 있었다.

"일일교사 준비하는 건가요?"

"뭔 얘길 해야 할지 모르겠다. 선생이나 여친, 뒷조사하는 방법을 가르쳐줄 수도 없고."

"이십 년 만에 잃어버렸던 아이 찾아준 거, 그거 어때요?"

"야, 그 집 개박살 났어. 찾은 아들이 사업한답시고 재산 다 말아먹었거든. 지금도 가끔 나한테 항의 전화해. 괜히 찾았다고."

"눈물 흘리고 난리 났었잖아요. 다 감동해서."

"처음에만 좋았지. 돈하고 연관되면 끝이 안 좋아."

"돈이 원수네요."

인국이 힐끗 철제금고로 눈을 돌렸다. 정도에게 협박하듯 말했다.

"괜히 엉뚱한 생각 하지 마. 경찰서에 갖다 준다느니 어쩌니."

"아버지만 가만히 있으면 돼요."

"군대 얘긴 어떨까? 좀 그런가."

"그건 아니죠. 아직 애들인데."

"알았어. 내가 잘할 테니까 열쇠나 줘."

"당분간 없는 거로 생각하고 자기 일에 충실하자고 했잖아요. 아버지 입으로."

"내가?"

정도는 못 들은 척하고 안방에서 나왔다. 인국은 금고를 한참 쳐다보다가 비밀번호를 꾹꾹 누른 뒤 손잡이를 당겨보았다. 여전히 문은 꿈쩍도 하지 않았다.

다음 날 오후에 정도는 시간에 맞춰 심부름센터 앞으로 갔다. 인국을 택시에 태우고 중학교로 가는 중이었다. 학교가 가까워 올수록 정도도 조금 걱정이 되었다.

"편안한 마음으로 하세요."

"금고 열쇠가 있으면 더 편할 텐데."

"아버지!"

"소린 왜 지르냐."

"저녁에 집에서 뵐게요."

인국이 뒷좌석에서 내렸다. 그가 내린 자리에 메모를 적은 종이가 몇 겹 접힌 채로 떨어져 있었다. 일일교사로서 아이들에게 해줄 이야기를 메모한 종이였다. 교실에서 아이들은 인국을 기다리고 있었다. 인국은 여자 담임교사와 함께 교실로 들어갔다. 담임교사는 인국을 아이들에게 소개했다.

"오늘 일일수업은 정각이 아버님께서 해주시겠습니다. 여러분,

박수로 맞아주세요."

아이들이 일제히 박수를 쳤다. 인국은 교단에 올라 아이들에게 인사를 한 뒤 메모지를 꺼내기 위해 주머니에 손을 넣었다. 아뿔싸! 잡히는 게 없었다. 다른 주머니에도 손을 넣어봤지만 마찬가지였다. 메모지를 택시 뒷좌석에 떨어뜨리고 온 것이다. 인국은 당황했다. 도망칠 수도 없었다. 교단에 섰으니 무슨 말이든 해야 했다. 헛기침을 몇 번 했다.

"헛, 흐흠, 여러분, 공부하기 힘들죠?"

학생들이 일제히 대답했다.

"네."

"나도 사는 게 힘들어요. 정말로."

몇몇 아이들은 키득키득 웃었다.

"그래도 악착같이 잘 먹고 잘 버티고 있어요. 라면도 잘 먹고, 담배는 끊었어요. 혹시 담배 피는 학생이 있으면 당장 끊어요. 담배 피면 입에서 냄새나고 겨드랑이에서도 냄새 나요. 아주 독한 냄새. 키도 안 큽니다. 그러면 여친도 사귀는 게 힘들겠죠?"

아이들은 어이없는 표정을 지었다.

"오늘 여러분한테 해주고 싶은 얘기는 무조건 뭔가 이뤄내야겠다는 목표만 세우지 말고 이런 건 안 하겠다는 계획도 해보란 겁니다. 난 계획을 거의 다 이뤘어요. 도둑은 되지 말자! 그래서 도둑놈 안 됐구요, 국방부장관도 되지 말자! 그래서 국방부장관도 안 됐어요. 돈은 벌지만 백 억 부자는 되지 말자고 세운 계획도 완전히 다 이뤘습니다. 세웠던 목표를 이루지 못하면 상실감이 큰데, 난 계획을 다 이뤄내서 별로 걱정이 없어요."

학생 하나가 돌발적으로 질문을 던졌다.

"그럼 공부하지 말자, 그런 계획도 되는 건가요?"

"아, 공부는 약간 다른 차원의 문젠데, 공부가 소용없다는 걸 스스로 다 깨달을 때까진 공부해야 합니다. 죽어라 하고. 그거 못 깨달으면 루저가 되는 거예요. 루저. 내가 지금 그래요. 공부를 열심히 안 해서 그걸 못 깨달았거든요."

아이들의 표정이 조금은 진지해졌다. 담임교사도 고개를 끄덕였다. 인국은 이야기를 계속 이어 나갔다.

"내가 마지막으로 해주고 싶은 건 내 어렸을 때 이야깁니다. 초등학교 육 학년 때, 밤에 잠이 막 쏟아지는데 중학교 다니는 형이 들어와 내 귀에다 대고 소곤대는 거예요. 야, 너 오늘 밤에 능구렁이에 대해서 생각하지 않으면 내일 돈이 생길 거야. 정말이야, 돈이 생긴다고. 그렇게 말하고 나갔어요."

"능구렁이가 큰 뱀인 거죠?"

"네, 맞아요. 그 말을 듣기 전까진 능구렁이에 대해서 전혀 생각하지 않았는데 그 말을 듣고 나선 능구렁이를 생각하지 않으려고 밤새도록 능구렁이만 생각했어요. 아주 밤새도록요. 여러분, 최고가 될 거야, 일등이 돼야 돼, 그런 강박에 쫓기지 말고, 그냥 자기 힘닿는 데까지 최선을 다했으면 좋겠어요. 강박에 쫓기면 사는 게 재미없어요. 변비 걸려서 똥도 제대로 안 나와요. 최고보단 최선! 그리고 조금 느리게 걷는다고 그게 실패는 아니니까 기죽지 말구요. 느리게 걷는 건 스타일이 그런 거지 실패가 아니거든요. 걷지 않는 거보다 백 번 낫죠. 제 얘긴 여기까집니다. 고맙습니다."

아이들이 일제히 박수를 쳤다. 인국은 다시 교단에 올라가 인사를 하고 한마디 더했다.

"마지막으로 하나 더. 공부 잘해서 남 주자. 끝!"

일일교사를 무사히 마치고 학교 현관을 나설 때 담임교사가 말했다.

"정각이가 활기찬 게 아버지 영향인가 봐요."

"선생님께서 잘 지도해준 덕분이죠."

"요즘 아이들, 선생 말 귓등으로도 안 듣는데, 정각인 말을 잘 새겨듣는 아입니다. 착하구요. 참, 어머니는 차도가 좀 있으신가요?"

"아직까지. 그나저나 내가 쓸데없는 얘길 한 건 아닌지."

"좋은 이야기 해주셨어요."

"사람 찾는 얘길 멋지게 하려고 했는데 메모한 걸 잊어버려서."

"네?"

"아닙니다. 그럼 이만 가보겠습니다."

인국은 인사를 하고 발걸음을 옮겼다. 무사히 끝난 게 다행이었다. 밤새도록 이야기할 순서대로 꼼꼼하게 메모한 게 없어졌을 때는 정신이 아득했다. 다리의 힘이 풀리고, 머리가 어질어질했다. 최고는 아니었지만 최악도 아니었으니 그 정도면 됐다는 생각이 들었다. 그런 가벼운 마음으로 몇 걸음 걸었을 때 핸드폰이 요란스럽게 진동했다. 강팀장이었다. 마치 금방이라도 숨이 넘어갈 듯한 목소리였다.

"대표님, 큰일 났습니다. 빨리 사무실로 오세요. 빨리요."

미끼와 네버 엔딩 스토리

"경찰에 신고하죠."

"신고하면? 저건 어쩌고."

정아가 묘안을 냈다.

"조폭들이 오면 공평하게 나눠 갖자고 하자. 반땡이."

정도가 고개를 저었다.

"말이 되는 소리를 해."

♥

인국이 사무실에 들어섰을 때 웃돈까지 주면서 남편의 뒷조사를 부탁했던 황사장의 아내가 소파에 쭈그리고 앉아 훌쩍거렸다. 마스카라와 뒤범벅이 돼 흘러내리는 검은 눈물을 손수건으로 연신 찍어댔다. 황사장은 도끼눈으로 강팀장을 몰아붙이고 있었다. 강팀장은 바닥에 무릎을 꿇고 머리를 푹 숙이고 있었다. 어떤 상황인지 설명하지 않아도 한눈에 알 수 있었다. 인국도 머리부터 숙였다.

"죄송합니다. 저희가 분별력을 잠시 잃었습니다."

"내가 먼저 부탁했더니 마누라를 등쳐서 돈을 따따블로 받아? 니네 이제 다 끝났어. 콩밥 먹일 거야."

"아, 사장님. 이런 일을 하다 보면 고충이 있습니다. 사장님께서 먼저 부탁하기 전에 사실 사모님이 그전부터 부탁을 해서 저휜 가정의 정상화랄까 가족문제 해결차원에서 한 겁니다. 진행비를 다른 데보다 더 많이 받은 것도 아닙니다."

"뼈다구 부러지는 소리 한 번 들려줄까? 개소릴 하고 지랄이야."

그는 양 팔소매를 걷어붙이고 주먹을 인국의 코앞에 들이밀었다.

"죄송합니다. 입이 천 개라도 할 말 없습니다."

"나도 더 이상 들을 거 없어."

그가 인국에게 불쑥 메모지를 내밀었다.

"이게 뭡니까?"

"긴말 할 거 없고, 우리한테 받은 착수금, 곱하기 이, 해서 내일까지 이 계좌로 입금해. 입금 안 하면 바로 경찰서로 갈 거니까."

인국은 메모지를 황사장 앞으로 다시 슬쩍 밀었다.

"이건 좀 곤란한데요. 저희도 영업방침이라는 게 있어서."

"알았어. 그럼 사생활 침해죄에 개인정보 유출 거기다 불법 도촬까지. 감방에서 몇 년 썩어봐."

황사장이 자리에서 일어섰다. 인국은 그를 잡고 만류했다.

"그렇게 감정적으로만 하지 마시고."

"감정적으로 했으면 벌써 너 이미 이빨 왕창 다 나갔어. 지금 참고 있는 거 안 보여?"

인국은 계좌번호를 쓴 메모지를 슬그머니 챙겼다. 빠져나갈 방법이 없었다. 불법행위를 한 게 명백했으니 협박받고 있다고 경찰에 신고할 수도 없는 노릇이었다. 결국 우려했던 게 터지고 말았다.

그날 밤 거실에서 긴급 가족회의를 열었다. 가족회의라기보다 인국이 정도와 정아에게 도움을 요청하는 자리였다. 인국은 풀이 죽어 있었다. 전후사연을 들은 정아가 해결책을 내놓았다.

"잘됐네. 맨날 구린내 나는 뒷조사하는 거, 이번 기회에 다 정리해."

"문 닫는 게 문제가 아냐. 이거 해결 못하면 감방 가."

"거기서 인생 공부 더 하고 나와. 그것도 괜찮아."

"아비한테 막말하는구나."

"막말이 아니라 딱 맞는 처방이야. 감방 가면 경마도 끊을 수 있잖아. 잘된 거지 뭐. 기도원 들어간다고 생각하면 어려울 것도 없어."

정도가 정아를 말렸다.

"그만해."

그만둘 정아가 아니었다.

"주식에, 경마에, 그것도 모자라 이젠 돈까지 물어주고."

정도가 걱정스런 어조로 물었다.

"그 돈 언제까지 줘야 한다구요?"

정아는 아연실색했다.

"혹시 저걸로 하려는 건 아니지?"

"적금 들어놓은 게 있는데 그거 해약할게."

인국은 안도의 한숨을 내쉬었다. 정아는 답답하다는 듯 자신의 가슴을 쳤다.

"대신에 장롱에 있는 거 손댈 생각 마요."

낮은 목소리였지만 독기 서린 어조였다. 정도가 인국에게 그런 어조로 말한 건 처음이었다. 정아도 조금 놀란 듯 더 이상 토를 달지 않았다. 인국은 고개를 끄덕였다.

"알았다."

가족회의는 금방 끝났다. 정도가 해결방안을 제시했으니 더 할 말도 없었다. 안방으로 들어온 인국은 블랙 모델의 철제금고를 뚫어지게 쳐다보았다. 그리고 몇 번씩 했던 것처럼 비밀번호를 꾹꾹 누른 뒤 손잡이를 당겼다. 끄떡도 하지 않았다. 오른손 주먹으로 힘껏 금고를 내리쳤다. 아픈지 이내 인상을 찡그리며 손을 떨었다.

다음 날 인국은 강팀장과 함께 은행에 가서 메모지에 적힌 계좌로 돈을 입금했다. 속이 쓰렸다. 심부름센터를 운영하면서 처음 겪은 일이었다. 수업료치고는 적은 돈이 아니었다.

"울 아들이 오년 넘게 부은 적금이 한 방에 날아갔다."

강팀장은 위로의 말을 건넸다.

"이 정도로 끝난 게 다행 아닌가요? 내가 바닥에 엎드려 큰절까지 하고, 사정사정해서 삼백이나 깎았잖아요."

"그건 강팀장 공이야. 맥주 한잔 살게."

"대표님."

"왜?"

"이제 경마 끊으세요."

"그 말이 왜 여기서 나오냐?"

"그래야 우리가 살 거 같아서요."

"나 아직 안 죽었다."

죽지 않고 생생하게 살아 있으니 끊임없이 문제가 일어나는 건 당연했다. 사람은 숨이 끊어져야 얌전하고, 조용해지기 마련이다. 어떤 사람들은 숨이 끊어진 뒤에도 자식들이 재산쟁탈전을 벌이는 바람에 세상을 더 시끄럽게 만들기도 하지만.

인국은 편의점에 들어가 캔맥주 두 개를 사 가지고 나왔다. 파라솔 위로 한여름의 땡볕이 쏟아졌다. 더위가 맹위를 떨쳤다. 더위에 녹아내리듯 사람들의 어깨가 축 처지고, 걸음도 흐느적거렸다.

"불륜 뒷조사는 이젠 끝이다."

"직원을 늘려서 공격적인 마케팅을 하면 어떨까요? 에스앤에스랑 인터넷도 적극 활용하고요."

"이런 일은 서너 명이 하는 게 딱 맞아. 확장성이 없어. 은밀하게 해야 하는 일이잖아."

"요즘은 보험사랑 손잡고 일하는 데도 있다고 하던데."

"보험금 안 주려고 도촬하는 거 그것도 불법이야."

"핸디캡이 참 많네요. 근데 아까부터 든 생각인데 걔네들 정말 부부 맞나?"

"부부니까 서로 뒷조사한 거지. 이혼할 때 유리한 증거를 내세우려고 그런 거 아니겠어?"

"냄새가 좀 나서."

"뭔 소리야? 걔네들이 짜고 그랬단 거야?"

"처음에 여자가 찾아와서 일을 맡겼잖아요. 지 남편 뒷조사해 달라고."

"그랬지."

"바로 이어서 남편이 찾아와 지 마누라 뒷조사를 부탁했구요."

"그게 지역신문 광고빨이라고 좋아했잖아."

"물론 우연일 수도 있지만 아무래도 냄새가 나요. 그 여자가 두 배로 돈을 더 주고 역제의를 한 거도 그렇고, 말 한마디 하지 않고 부들부들 떤 것도 연기란 느낌이 들었거든요. 진짜 부부였으면 쪽팔려서 같이 못 오죠."

인국이 목소리를 높였다.

"그걸 왜 이제 말해!"

"어제는 여유가 없었죠. 경찰서로 가겠다는데."

"썅, 이것들이 정말."

"에이, 내 생각인 거지 확실한 건 아니에요. 진짜 부부인지도 모르죠."

"결론이 뭐야? 나 지금 쓰러질 거 같다."

"수업료 낸 거로 쳐요. 앞으론 불륜 건을 맡을 땐 덥석 물지 말고, 꼼꼼하게 살펴보고 하자구요."

"내 속이 지금 시커멓게 탔다. 맥주 한 캔 더 사 와라."

강팀장은 돈을 달라는 뜻으로 손을 내밀었다.

"이번엔 니가 사."

* * *

덕환과 정아는 북촌에서 데이트를 하고 있었다. 북촌이 한옥촌이란 건 옛말이었다. 도로 옆에 붙어 있는 한옥은 모두 리모델링을 해서 상가로 변신했다. 정아는 한옥을 리모델링해 만든 작은 베이커리 앞에서 발길을 멈췄다. 아담하고 정갈하게 꾸민 베이커리였다. 자신이 꿈꾸던 그런 베이커리였다. 정아는 그 베이커리 앞에서 이미 자신이 가게를 연 것처럼 상상의 나래를 펼치고 있었다.

덕환은 주방에서 현미와 우리 밀을 섞어 새로 개발한 빵을 굽느라 정신이 없다. 복분자와 아로니아를 활용해 만든 빵도 인기가 좋다. 빵 굽는 시간에 맞춰 몰려든 고객들이 가게 밖까지 줄을 서 있다. 만든 빵에 비해 고객이 너무 많아 번호표를 미리 나눠주기도 하고, 한 사람당 두 개 이상은 살 수 없도록 하는 규칙까지 만들었다. 도시 직장인의 건강에 초점을 맞춘 전략이 딱 맞아떨어졌다. 정아는 이미 예전의 모습이 아니었다. 옷은 루이비통이나 구찌 라벨이었고, 가방은 에르메스였다. 액세서리도 큼직한 다이아몬드로 알을 박은 반지를 끼고 있었고, 목걸이는 까르띠에였다. 가게 앞에는 에어백이 여덟 개나 부착된 BMW 7시리즈 최신형이 주차돼 있다. 정아의 얼굴에서 웃음이 떠나질 않았다.

덕환이 정아에게 말했다.

"꿀 빠는 표정이네요. 지금."

"얼마나 들까요?"

"뭐가요?"

"저런 베이커리 오픈하려면."

"주택을 개조한 거니까 그렇게 많이 들었을 거 같진 않은데."

"약초로 만든 건강빵 콘셉트하고 딱 맞을 거 같지 않아요?"

"정말 돈 많은가 봐요?"

"나 지금 기분이 짜릿해요."

"왜요?"

"서울에 있는 돈 싹 다 긁어모을 거 같아서요."

"걱정되네요."

"웬 걱정?"

"내 말 오해하지 말고 들어요. 정아 씨 꿈은 꿈이 아니라 과시욕 같아서요. 꿈도 그렇고 사랑도 그렇잖아요. 꿈은 이루었을 때보다 간직하고 있을 때가 간절하고, 사랑도 사랑을 원할 때가 더 절실하거든요. 근데 정아 씬 꿈이든 사랑이든 벌써 다 이룬 것처럼 하니까 옆에 있는 사람은 불편해요. 아니, 걱정돼요."

정아는 화가 나서 몇 걸음 빠르게 휙 앞서 가버렸다. 그러고는 이내 발길을 멈추고 씩씩거리며 덕환을 쏘아보았다.

"과시욕이 아니라 간절하고 절실한 걸 그렇게 표현한 거뿐이에요. 내 스타일이 그런 거라구요. 바보같이 그거도 모르면서."

정아는 자신의 마음을 알아주지 않는 덕환이 야속했다. 이대로 계속 덕환에게 끌려가다 보면 자신의 목표마저 흐트러질 게 뻔했다. 무게중심이 자신에게로 향하게 바짝 끌어당길 필요가 있다. 저런 남자의 약점은 여자에게 한 번 꿰면 테레사 수녀처럼 헌신하는 것이다. 그렇게 될 때까지 전략을 세울 필요가 있다. 정아는 과장된 액션을 취했다.

"나 같은 속물은 더 이상 옆에 못 있겠네요. 먼저 갈게요."

정아는 뒤도 돌아보지 않고 휑하니 걸었다. 거의 뛰다시피 했다. 지하철 입구가 보이자 에스컬레이터를 타고 안으로 들어갔다. 핸드폰이 연신 울렸지만 받지 않았다. 정아는 화장실로 들어가 느긋하게 거울을 보면서 얼굴 화장을 다시 고쳤다. 한참 동안 있다가 밖으로 나왔을 때 덕환의 모습은 보이지 않았다. 핸드폰도 더 이상 울리지 않았다. 정아는 지하철을 타지 않고 다시 한옥을 리모델링한 베이커리로 갔다. 가게 안을 꼼꼼하게 둘러보았다. 인테리어 상태나 매대의 배열까지 눈여겨보았다. 벽면을 손으로 만져보기도 했고, 주먹으로 톡톡 쳐보기도 했다. 시식용 빵 조각도 먹어보았다. 여주인은 정아의 행동이 이상했던지 조심스럽게 다가와 물었다.

"혹시 뭐 찾으시는 게 있나요?"

"아뇨, 가게를 참 예쁘게 꾸며서요."

"다들 그렇게 말하는데 섭섭해요."

"왜요?"

"빵이 맛있다고 해야지 가게가 예쁘다고 하니까."

"아, 빵도 맛있어요."

"아파트로 입주하고 나서 이 집을 팔까 하다가 노후 준비도 할 겸 리모델링을 해서 오픈한 건데 오래 못할 것 같아요."

"왜요?"

"남편이 몸이 안 좋아서 시골로 내려갈까 하거든요."

"그렇군요. 그럼 세를 줄 건가요?"

"자꾸 캐묻는 거 보니까 관심 있나 보다."

"네. 저도 빵을 만들고 있거든요."

"그렇구나. 어쩐지."

정아가 계산대 위에 있는 명함을 챙겼다.

"나중에 연락드려도 되죠?"

"그럼요, 연락주세요."

정아는 주인 여자에게 깍듯하게 인사를 하고 가게를 나섰다. 이미 자신이 가게의 주인이 된 것 같았다. 얼굴까지 상기된 표정이었다.

* * *

정도는 커피숍 바로 옆에 택시를 세우고, 한참 동안 가게 안을 들여다보았다. 정아는 라라한테서 연락이 올 때까지 기다리라고 했지만 그게 마음대로 되지 않았다. 중력은 이미 작용했고, 라라가 없는 하루는 이미 죽은 시간이었다. 커피숍 앞에 세워 놓은 택시를 보고 혹시 한 번쯤 쳐다봐주지 않을까 싶었지만 어떤 눈길도 주지 않았다. 그렇다고 그냥 돌아갈 수도 없었다. 마음이 이미 라라한테 꽁꽁 묶여 자신의 뜻대로 움직일 수 없었다. 커피숍만 멍하니 바라볼 뿐이었다. 그때 카톡 문자가 떴다. 라라가 보낸 문자였다.

'그렇게 쳐다보고 있지 말고 나 좀 데려가줘요.'

정도는 무슨 일인가 싶어서 커피숍 문을 열고 안으로 들어섰다. 손님은 한 명도 없었다. 남사장이 라라에게 바짝 밀착하며 능글맞게 웃고 있었다.

"내가 시급도 더 주고, 이런저런 사정도 봐주는데 데이트 한 번 못 해주냐? 사람이 베풀면 갚는 게 있어야지."

"나 여기 일하러 온 거지, 데이트하러 온 거 아녜요. 데이트한다고 해도 아저씬 아니구요."

"하하하, 그렇게 가시처럼 톡 쏘니까 의욕이 더 생기네. 근데 가시가 지조가 아니라 똥고집이야. 그래도 가시 한 번 만져보자."

남사장이 손을 성큼 잡았다. 라라가 소리를 질렀다.

"악! 왜 이래요?"

정도가 라라 앞을 가로 막으며 말했다.

"싫다는데 더럽게 찝쩍대네."

정도가 라라의 손을 덥석 잡아끌었다.
"라라 씨, 가요. 이딴 성추행범 상대하지 말고."
"나 성추행범이 아니라 여기 사장이야."
"사장? 웃기네. 인간부터 됩시다."
"너 누구야?"
"라라 애인, 닥터 지바고다."
라라는 어이가 없는 듯 눈이 휘둥그레졌다. 정도는 라라를 밖으로 데리고 나와 택시에 태웠다. 한강 고수부지로 향했다. 편의점 테이블에 자리를 잡은 뒤 매점에서 사 온 컵라면을 건네주자 라라는 국물까지 남김없이 삭삭 들이켰다.
"이제 살 거 같다. 배고파 죽는 줄 알았네."
"뭐가 바빠서 저녁도 못 먹고."
"스토커 맞죠?"
"그런 거 취미 없어요."
"그럼 왜 가게 앞에 서 있었어요?"
"아, 거기서 손님 내려주고, 담배나 한 대 피울까 했죠."
"근데 누구 마음대로 그렇게 부르는 거예요?"
"뭘요?"
"라라 애인, 닥터 지바고라고 그랬잖아요."
"그럼 이 여자 남편이다, 그랬어야 했나요?"
라라는 정말 대책 없다는 듯이 픽 웃었다.

“진짜 내 뒷조사한 거 아니죠?”

“그런 거 없어요. 그걸 뭐 하러 해요.”

“왜들 그렇게 사나 몰라.”

“뭐가요?”

“추근대고, 찝쩍대고, 들이대는 거요.”

“난 아니거든요.”

“마음이 아니라 욕정이 주도권을 쥐고 있으니까 그런 개지랄을 하지.”

“서울이 사람을 그렇게 만드는 거 같아요.”

“다른 건 몰라도 분노 하나는 확실하게 가르쳐주죠. 누군 분노도 에너지가 된다고 하던데 그건 시에서나 쓰는 얘기죠.”

“라라 씬 시인 느낌이 나요. 처음부터 그랬어요.”

“전에는 시가 정말 좋았어요. 시인, 시이인, 신, 시인이 세상을 만드는 신 같기도 했구요. 소설가, 수필가, 드라마 작가, 다 가로 끝나잖아요. 집은 있다는 거죠. 근데 시인은 집이 없어요. 시이인, 인이니까 몸뚱아리 하나만 있는 거죠.”

“시이인, 아, 신. 정말 그러네요.”

“내가 시인되는 걸 포기한 건 세상은 거칠고 리얼한 건데, 시는 그런 세상이 아니라고 속삭이거든요. 언제부턴가 시가 마음에 와 닿질 않더라구요.”

“시 읽는 건 좋은 거잖아요.”

"시는 읽는 게 아니라 최면에 걸리는 거예요. 깨고 나면 좀 멍하죠. 그러니까 젊은 사람들이 시집보다 자기계발서에 눈이 가는 거죠. 자기계발서는 세상 사는 데 필요한 무기 하나는 쥐어주니까."

정도가 자리에서 일어섰다.

"우리 아이스크림 먹어요. 갑자기 달콤한 게 당기네요."

정도는 아이스크림을 먹고 나서 라라를 집에까지 태워주었다. 라라가 정도에게 말했다.

"들어가서 커피 마시고 갈래요?"

"어, 그래도."

"하하하. 그런 거 기대하지 마요. 그럴 일 없으니까."

"놀리지 마요. 근데 늘 푸른 하늘로 있을 거죠?"

"무슨?"

"흐르는 구름이 아니라."

"아, 그거. 그랬으면 좋겠어요. 그만 들어갈게요. 고마웠어요. 악당한테 구해주고, 집까지 태워다 준 거 다요."

* * *

동네공원에서 채리가 그네를 타고 왔다 갔다 했다. 거구의 똘마니는 없었다. 정각은 그네 옆에 말없이 서 있었다. 은은한 로즈마리 향이 콧등에 스쳐갔다.

"난 여기가 정말 싫어. 왜 그런지 알지?"

"미안해."

"미안하다고 해서 없었던 일이 되는 게 아냐."

"그래서 네가 뭐라고 해도 가만히 있잖아."

"속으론 내 욕 더럽게 하겠지."

"그런 거 아냐."

"넌 그때 내가 겪은 수모, 백분의 일도 몰라."

"알아. 충분히."

"안다구? 웃기지 마. 넌 죽었다 깨도 몰라."

"다는 모르지만 조금은 알아."

"철이한테 돈 뺏긴 게 억울해서가 아냐."

"그럼?"

"그 새끼가 아이스케키도 했잖아. 내 치마 걷어 올리고, 빨간 빤쓰라고 놀려댔잖아. 그 생각만 하면. 어휴, 씨."

"내가 그런 게 아니잖아."

"넌 그때 옆에서 실실대고 웃더라. 아주 신나서."

"그건."

"철이 새낀 나쁜 놈이고, 넌 더러운 놈이야."

정각은 할 말이 없었다. 어떤 말을 해도 변명에 지나지 않을 게 뻔했다.

"미안해."

"철이 새끼가 지금 여기 있으면 죽여버렸을 거야. 걔, 미국으로 간 거 맞지?"

"초등학교 졸업하고 바로 갔잖아."

"돈 있다고 개폼은 졸라 잡아."

정각이 주머니에서 돈을 꺼내 슬며시 건넸다.

"이거."

채리는 황조롱이가 먹이를 낚아채듯 재빠르게 가로챘다.

"놀이공원이나 가야겠다."

* * *

정아는 골목길에 들어섰을 때 누군가가 자신을 미행하고 있다는 낌새를 알아챘다. 뒤를 흘끗 돌아보면 쫓아오던 검은 그림자도 순식간에 모습을 감췄다. 정아는 빠른 걸음으로 거의 뛰다시피 했다. 검은 그림자도 똑같이 빨라졌다. 정아는 핸드폰을 꺼내 단축키를 눌렀다.

"오빠. 지금 어디야? 집이라고? 그러면 빨리 좀 나와. 누가 날 미행하는 거 같아. 빨리 나와."

정아가 핸드폰을 끊고 뒤를 돌아보자 검은 그림자도 걸음을 멈추고 몸을 숨기는 게 역력했다. 연립주택 주차장에 들어서자 정도가 입구에 나와 있었다. 정아는 이마의 식은땀을 훔쳤다. 안도의 한숨이 나왔다.

"휴우."

"무슨 일인데 그래?"

"누가 자꾸 날 미행하는 거 같아."

"미행?"

정아가 목소리를 낮추었다.

"혹시 캐리어 주인 아닐까?"

"도로 갖다 놓은 지가 언젠데."

"지피에스에 흔적이 남는다며."

정도가 고개를 빼고 여기저기를 살펴보았다. 아무것도 보이지 않았다. 정도와 정아가 202호 문 앞에 섰을 때, 검은 양복을 입은 세 명의 사내가 굳은 표정으로 위쪽 계단에서 내려왔다. 정도는 도어락 번호를 누르려다가 멈추고 사내들을 살펴보았다. 딱 조폭 스타일이었다. 일시에 긴장감이 돌았다. 머리끝이 주뼛 섰다. 정도와 정아는 안으로 들어가지 못하고 세 사내가 주차장을 빠져나갈 때까지 한참 지켜보았다. 바로 그때, 쓰레기 수거함이 있는 쪽에서 사내 하나가 초스피드로 냅다 도망을 쳤다.

정아가 소리를 질렀다.

"저놈이야. 계속 쫓아온 거."

"확실해?"

"맞다니까. 베이커리 나설 때부터 계속 따라왔다구. 어떡하지?"

검은 그림자는 시야에서 완전히 사라졌고, 정체가 뭔지 도저히 알 수 없었다. 정도의 표정까지 심각해졌다. 집으로 퇴근해 정도의 이야기를 들은 인국의 표정도 금세 굳었다.

"그러니까 세 놈은 위에서 내려왔고, 한 놈은 널 미행해 왔다?"

"더 있을지도 몰라. 깜깜해서 잘 안 보였으니까."

정도는 계속 불안한지 표정을 좀처럼 풀지 않았다.

"정말 조폭들이 여기 있는 걸 알고 왔을까요?"

"그럴 수도 있지. 근데 왜 이제 왔을까?"

"중국에서 오려면 며칠 걸릴 수도 있죠."

"저건 중국 애들 돈이 아니잖아."

"짱깨 조폭이나 여기 조폭이나 마찬가지죠."

정아가 발을 동동 굴렀다.

"어떡해? 저거 도로 줘야 되는 거야?"

인국은 불안감을 떨치려는지 헛기침을 했다.

"노루가 자기 방귀 소리에 놀라 십 리를 도망가. 우리가 너무 예민해서 그런 건지도 몰라. 이럴수록 침착하자."

정도가 자리에서 일어나 홍두깨를 들고 밖으로 나갔다. 3층을 올려다봤지만 조용했다. 일층으로 내려가 주차장을 살펴봤지만 아무도 없었다. 조용했다. 집 안으로 들어온 정도에게 정아가 보채듯 물었다.

"그놈들 아직 있어?"

"아무도 없어. 조용해."

인국은 가는 한숨을 내쉬었다.

"태풍이 오기 전엔 조용한 거야. 아무래도 위기상황인 거 같다."

정아가 맞장구를 쳤다.

"그렇다니까. 왜 날 쫓아왔겠어?"

인국이 정도를 쳐다보며 말했다.

"으흠, 흠, 야, 일단 말이야, 나한테도 줘."

"뭘요?"

"금고 열쇠."

"왜요?"

"어떤 사태가 일어날지 모르니까 나한테도 열쇠가 있어야지. 만약 너희들이 집에 없을 때 낌새가 심상치 않으면 다른 데로 빼돌려야 할 거 아냐? 무인 카메라도 떼서 밖에다 달고."

"에이, 뭘 그렇게까지 해요. 확실한 것도 아닌데."

정아도 정도를 거들었다.

"솔직히 더 위험한 건 집에 있는 사람이지. 딱 한 사람."

"경마 주식 다 끊었고, 정각이 일일교사도 잘했잖아."

정도가 고개를 저었다.

"그 정도로는 아직."

"정말 너무들 한다. 내가 이 집 가장인데."

정아는 인국을 쏘아보았다.

"그건 아니지. 말은 바르게 하랬다고 가장 노릇 제대로 한 적 없잖아."

정도가 나섰다.

"그만하자. 우리끼리 이러는 거 적전 분열이야."

인국이 뜻밖의 말을 했다.

"우리 돈이 제대로 있는지 확인이나 해보자."

정도와 정아가 서로 쳐다보는데 내키지 않은 표정이었다. 인국이 재차 보챘다.

"꺼내서 어쩌자는 게 아니라 확인만 해보잔 거야. 그것도 안 되냐?"

세 사람은 안방으로 들어갔다. 정아가 번호키를 누르고 열쇠를 꽂아 돌렸다. 철제금고 문이 잡아당기자 오만 원권 지폐가 차곡차곡 쌓여 있었다. 조금 전만 해도 겁에 질려 있던 정아의 얼굴이 확 펴졌다. 정도는 별다른 감흥 없이 멀뚱멀뚱 쳐다볼 뿐이었다.

인국은 돈뭉치를 쓰다듬었다.

"돈을 보니까 머리가 다 개운해지네."

정아가 인국의 손을 탁 내쳤다.

"박혁거세가 와도 안 줄 거니까 딴생각 마."

밤새 별일은 없었지만 결국 일은 아침에 터지고 말았다. 정아가 출근을 하려고 현관문을 열고 나서다가 비명을 질렀다. 거실에서 TV를 보고 있던 정도가 뛰어나갔다. 거의 동시에 안방에 있던 인국은 전기 모기채를 움켜쥐고 따라나섰다. 정아는 호접란의 근조 화분을 안고 부들부들 떨고 있었다. '삼가 고인의 명복을 빕니다'라고 쓴 리본이 달려 있었다. 시칠리아 마피아식의 경고 같았다.

세 사람은 근조 화분을 안고 거실로 들어왔다. 엊저녁 정아를 미행하던 검은 그림자, 3층에서 내려오던 검은 양복의 사내들, 그리고 호접란의 근조 화분. 이 정도면 심각한 상황이었다. 202호에 돈이 있다는 걸 알고서 찾아온 게 확실했다.

정아는 울먹였다.

"이게 그냥 화분이 아니야. 상갓집에 보내는 거야."

인국이 리본을 잡고 소리 내어 읽었다.

"삼가 고인의 명복을 빕니다. 우리 명복을 빈다는 거잖아. 진짜 심상치 않다."

정도도 심상치 않았음을 예감한 듯 굳은 표정으로 말했다.

"경찰에 신고하죠."

"신고하면? 저건 어쩌고."

정아가 묘안을 냈다.

"조폭들이 오면 공평하게 나눠 갖자고 하자. 반땡이."

정도가 고개를 저었다.

"말이 되는 소리를 해."

그때 초인종이 울렸다. 띵동띵동. 세 사람은 일제히 그 자리에 얼어붙었다. 얼굴에서 핏기가 싹 가셨다. 정도는 재빠르게 부엌으로 가서 칼을 집어 들었다. 인국도 노루발장도리를 손에 꽉 쥐었다. 안에서 대답을 하지 않자 초인종이 계속 울렸다.

"계세요?"

정도는 인국과 정아를 뒤쪽으로 피해 있으라는 손짓을 했다.

"누굽니까?"

"꽃배달하는 사람인데, 혹시 여기 문 앞에 있던 호접란 화분 못 보셨어요?"

정도는 문을 열고 화분을 내보였다.

"이거 말인가요?"

택배 복장을 한 젊은이였다. 그가 정도에게 미안하다는 듯이 허리를 꺾어 인사를 했다.

"네, 위층에 배달했어야 하는 건데 잘못했네요. 어제 돌아가신 분이 있거든요."

정도가 건네준 화분을 받은 택배원이 사라지자 정아는 가슴을 쓸어내렸다. 인국도 안도의 한숨을 내쉬며 말했다.

"그러니까 어제 봤다는 검은 양복은 상주였던 거네."

정아는 신경질을 부렸다.

"이상한 사람들. 조화를 장례식장으로 보내야지, 왜 집으로 배달한 거야."

인국이 말했다.

"뭔 사정이 있었겠지. 근데 호접란도 조화로 쓰나?"

"요즘 그렇다고 하더라고. 리본만 떼 내면 그냥 난이니까 집에서 키울 수 있잖아."

인국이 정아에게 손을 불쑥 내밀었다.

"뭐?"

"금고 열쇠. 비상사태가 일어나면 너희 둘로는 안 돼."

"조폭이 아니었잖아."

"너 미행한 놈도 있었다며."

정아는 단칼에 거절했다.

"그래도 안 돼."

베이커리로 출근한 뒤에도 정아의 뒤숭숭한 마음은 가라앉지 않았다. 일이 손에 잡히지 않았다. 풀빵구리에 쥐 드나들 듯 주방에 들어갔다가 이내 매장으로 나와 밖을 내다보고 서성거렸다. 덕환은 정아와 말다툼을 벌인 이후 눈치를 살피느라 말을 쉽게 붙이지 못했다. 정아는 매대를 정리하다가 다시 밖으로 시선을 돌렸다. 젊은이가 기타를 치며 버스킹을 하고 있었다. 심기가 편치 않은 정아는 노래에도 짜증이 났다.

"저건 소음이네."

덕환은 정아의 눈치를 보며 말했다.

"절규죠."

"노래가 저렇게 좋을까? 돈 주는 사람도 없는데."

"모르는구나."

"뭘 몰라요?"

"돈 벌려고 노랠 하는 게 아니라 어렸을 때 이 동네서 잃어버린 동생을 찾으려는 거래요. 옆에다 동생 사진 입간판을 세워놨잖아요. 핏줄이란 게 뭔지."

"난 착한 사람이 아닌가 봐요."

"왜요?"

"그런 얘길 들어도 감동이 없으니까."

"때가 안 된 거죠."

"그게 무슨?"

"아직은 솟구치는 샘물이지 흡수하는 스펀지가 안 된 거죠. 시간이 지나면 다른 사람 얘기가 내 인생으로 느껴질 때가 있어요."

정아는 덕환의 얼굴이 뚫어져라 쳐다보았다.

"계룡산에서 도 닦다 나왔어요?"

덕환은 대꾸하지 않고 조리실로 들어가며 말했다.

"난 그저 빵 굽는 사람입니다."

얽히고설킨 인연

"그거랑 경우가 다르지. 하여튼 만나지 마. 깊어지기 전에 끝내."

"이런 느낌 처음이야. 떨리는 거."

"당연히 떨리겠지. 아무나 레이디 보이를 만나는 게 아니니까."

"그게 아니라 심장이 뛰어. 라라 생각하면, 살아 있는 거 같다니까."

"라라? 이름도 딱 그 스타일이네. 하여튼 안 돼."

♥

인국은 문 앞에 놓여 있던 호접란 근조 화분이 캐리어와 상관이 없다는 게 밝혀지자 긴장감이 풀리고, 마음도 조금 놓였다. 황 사장한테 삼백만 원이나 깎은 강팀장의 공을 갚고, 스트레스도 풀 겸 노래방을 갔다. 강팀장은 마이크를 잡고 박상철의 '무조건'을 열창했다. 쌓인 게 많았는지 피를 토하듯 불러댔다. 노래를 마치자 인국에게 마이크를 넘겼다.

"시원하게 한 곡 뽑아봐요. 스트레스 쫙 풀리게."

"편편황조 자웅 짝짝꿍도 모르냐?"

"그게 뭔데요?"

"도우미가 있어야 흥이 나지."

"아직 출근하지 않았다고 해서 카운터에 다 얘기해놨죠."

"우리가 너무 일찍 왔나?"

"일찍 온 거죠. 아직 일곱 시도 안 됐으니까."

"지 멋대로 출근하고, 책임감도 없고, 최고의 직장이네."

강팀장이 한 곡 더 하려고 마이크를 잡았을 때, 문이 열리고 도우미가 들어왔다. 들어오자마자 고개를 숙여 인사를 했다. 인국과 강팀장은 동시에 눈이 휘둥그레졌다. 선글라스 사모님, 아니 황사장 마누라였다. 그녀도 인국을 알아보고 당황하는 기색이 역력했다. 안절부절못하고 얼굴에서 핏기가 가셨다. 인국은 강팀장과 재빠르게 시선을 한 번 맞추고 나서 조폭 보스처럼 음침한 목소리로 말했다.

"결국 외나무다리에서 만났네."

그녀가 기어들어가는 소리로 말했다.

"세상 참 좁네요."

"좁은 게 아니라 정보력을 동원해서 찾아낸 거지."

"날 찾아 뭐 하려구요?"

강팀장이 목소리를 높였다.

"세상 그렇게 살면 안 되죠. 사기나 치고."

"무슨 사기를 쳤다고 그래요?"

"강팀장, 진정해. 차근차근 하자구."

사기라는 말에 그녀는 핏대를 올렸다.

"웃기는 사람들이네. 불륜 사진이나 찍어서 먹고사는 주제에."

인국은 이번에는 점잖은 어조로 말했다.

"사업자등록 해서 허가받아 세금도 내면서 하는 일입니다."

"정육점 간판 달아놓고, 너구리 고길 파는 거잖아요. 고라니도 팔지 모르겠다."

"이 아줌마 쎄네. 좋은 말로 하려고 했더니 안 되겠네."

"난 일당 받고 시키는 대로만 한 거니까 맘대로 해요."

"나이가 들면 모르는 걸 아는 척하는 거보다 다 알고도 모르는 척하는 게 훨씬 어려운 법인데."

"그게 뭐요?"

"노래방 도우미가 책임감 없이도 일하기엔 그만이지만 가족들이 알면 좀 그렇겠다."

그녀의 목소리가 약간 떨렸다.

"겁주는 거예요?"

"전문용어로 협박이라고 하죠."

그녀는 잠시 생각을 하더니 인국과 강팀장에게 손짓을 했다.

"따라 나와요. 딱 까놓고 얘기해봅시다."

그녀가 인국과 강팀장을 데리고 간 건 근처의 실내 포장마차였다. 그녀는 자리에 앉자마자 소주를 시켜 연거푸 들이켰다. 눈이 금세 벌겋게 됐는가 싶었는데 이내 눈물이 뚝뚝 떨어졌다. 인국은 그렇다고 울 거까지야 싶었는데 그녀의 입에서 파란만장한 인생극장이 펼쳐졌다. 남편이 암으로 죽은 뒤에 애들 셋 가르치면서 치매에 걸린 시어머니까지 수발하는 이야기로부터, 다단계와 보증을 잘못 서는 바람에 살던 집을 날리고 사기까지 당한 대목에 이르러선 인국의 가슴이 먹먹했다. 목소리를 높여 기세를 올리던 강팀장도 눈만 껌뻑껌뻑할 뿐이었다. 얼마나 눈물을 쏟았던지 그녀의 눈이 퉁퉁 부어오를 정도였다.

인국의 목소리가 어느새 동정의 어조로 바뀌었다.

"아이 아빠가 암으로 죽고 나서 다단계에 빠진 거네요."

강팀장도 추임새를 넣었다.

"다단계, 그거 무서운 건데."

그녀는 콧물까지 훌쩍거렸다. 눈물에 입체사운드까지 그야말로 두 사람은 금세 포디 영화에 빠져들었다.

"애 셋 학교 보내랴, 시어머니 병원비 대랴, 다단계고 뭐고 닥치는 대로 했어요. 그 일도 황사장이 노래방에 왔다가 내 딱한 사정을 듣고 일거리를 주겠다고 해서 나간 건데 처음부터 그런 줄 알았더라면 안 했죠. 그게 사람으로서 할 일이 아니죠. 황사장한테 딱 거절했어야 했는데 그놈의 돈 때문에 어쩔 수 없이. 큰 아이가 특목고엘 다니는데 기숙사비가 만만치 않거든요."

강팀장이 안쓰럽게 말했다.

"다단계는 돈벌이도 잘 안 될 텐데."

"주변 사람들이 다 피하더라구요."

"물건이 아니라 사람 파는 거니까 당연하죠."

인국은 부러운 듯 말했다.

"그래도 애들 잘 키웠네요. 특목고에 보내는 게 쉬운 일이 아닌데. 거기 다니면 대학도 좋은 데 갈 수 있잖아요."

"애들이 일찍 철들었어요."

"나도 자식을 키우지만 참 대단하네요."

윽박지르고, 깔보듯 낮춰 말하던 말투에는 어느새 높임어미가 깍듯하게 붙어있었다.

"한잔하시죠. 이것도 인연이라면 인연인데."

"정말 미안하고, 면목이 없네요."

인국은 입맛을 다셨다.

"황사장이 죽일 놈이네."

그녀가 인국에게 소주잔을 내밀었다.

"노래방 찾아오는 손님들한테 광고해드릴게요. 심부름센터."

인국은 손을 내저었다.

"뭐 그럴 거까지야."

술잔이 돌고 돌았다. 술기운이 오르자 말들이 많아지기 시작했다. 지역의료보험료가 너무 많이 나온다는 둥, 여의도 때문에 나라꼴이 이 모양이라는 둥, 동네 편의점이 너무 많다는 둥, 리플용 세제가 싼 게 아니라는 둥, 삼겹살만 지나치게 편식하는 소비구조가 우리나라에만 있는 거라는 둥, 빤스를 안 입은 여자가 길을 가는데 그 뒤로 백 명의 남자들이 줄을 서서 따라가는 걸 봤다는 둥, 지하철 환승로에서 어떤 노인네가 바지를 내리고 똥 누는 걸

봤는데 똥이 찐 호박고구마 같았다는 둥, 버스에서 한 시간 동안 찬송가를 부르는 할머니를 본 적이 있다는 둥, 요즘 젊은 연놈들은 너무 쉽게 모텔을 들락거린다는 둥, 되지도 않는 이야기를 무더기로 쏟아놓았다. 삼십 년 만에 만난 초등학교 동창모임 같았다.

그녀가 시계를 자꾸 들여다보자 인국은 자리에서 일어나 술값을 계산했다. 그녀는 허리를 꺾어 깍듯이 인사를 했다. 인국은 그녀에게 만 원짜리 지폐 한 장을 슬며시 건네주었다. 강팀장은 모른 척 고개를 돌렸다. 그녀가 자리를 뜨자마자 강팀장이 혀끝을 찼다.

"쯧, 혹시 딴생각하는 거 아니죠."

"뭔 딴생각."

"택시비까지 주고 그래요?"

"우리 때문에 일도 못했으니까 미안해서 그랬지."

"너무 물렁물렁한 거 아닌가요?"

"착하게 살자."

"그럼 하늘에서 돈뭉치라도 툭 던져줍니까?"

인국은 찔끔했다.

"요즘 누가 그렇게 주냐? 캐리어 담아서 보내주지."

"에이, 농담도. 어디 가서 맥주 한잔 더 하죠?"

"아냐, 집에 들어갈래. 자네도 들어가 쉬어."

"알겠습니다. 들어가십쇼."

강팀장은 비틀거리며 걷는 인국을 한참 동안 지켜보고 있었다.

* * *

정도와 라라가 한강의 산책로를 걷고 있었다. 63빌딩의 불빛이 강물에 어른거렸다. 야간 러닝을 하고 자전거를 타는 젊은이들로 도로가 좁을 정도였다. 잔디밭에는 돗자리를 펴고 데이트하는 커플이 많았다. 야간 낚시를 하는 아저씨들도 적지 않았다. 라라가 강물을 쳐다보며 정도에게 말했다.

"저 강물이 천 년 전에도 여길 지나간 거 알아요?"

"옛날부터 변함없이 흘렀겠죠."

"물이 세상을 돌고 돌아서 다시 그 자리까지 오는데 천 년 걸린대요. 지금 흘러가는 저 강물이 천 년 전에 흘렀던 거고, 천 년 뒤에도 똑같이 흐른다는 거죠."

"와아, 천 년이요?"

"천 년 뒤에도 우리처럼 누군가가 저 강물을 보겠죠?"

"갑자기 묘한 기분이 드는데요. 물이 살아 있는 것 같은."

"살아 있는 게 맞아요. 보통 때는 부드럽지만 화나면 정말 무섭죠. 홍수 때 휩쓸고 가는 걸 보면 막을 수 없잖아요."

"그러네요. 부드럽고 무섭고."

라라가 발걸음을 멈추었다. 그리고 정도를 쳐다보았다.

"날 아는 사람들은 내가 징그럽고 무섭대요."

정도는 그게 무슨 말인가 싶어서 라라를 쳐다보았다. 라라는 주차장 쪽으로 발길을 돌렸다.

"그만 가죠."

라라의 표정이 조금 굳어 있었다. 정도에 택시에 올라 시동을 걸었을 때, 라라가 나직이 말했다.

"나랑 정말 친구할 수 있겠어요?"

"친구잖아요."

"사실을 말해야 될 거 같아서요."

"무슨?"

라라가 잠시 정도를 뚫어져라 쳐다보았다. 차 안에 일시에 긴장감이 돌았다.

"나 성전환수술 했어요."

정도는 성전환수술이란 뜻을 몰라서가 아니라 이게 무슨 벼락 같은 소리인가 싶어 놀란 거 반, 질문 반으로 물었다.

"그게 무슨?"

"트랜스젠더요."

"아……."

그 순간 인국의 머릿속에 분홍색 핸드폰 케이스와 머리에 분홍색 리본을 달았던 고양이와 강아지의 사진이 떠올랐다. 분홍색 토끼 모자도 지나갔다. 유독 분홍색이 많았던 건 다 이유가 있었다. 말없이 눈만 껌뻑껌뻑하고 있는 정도에게 라라는 담담한 어조로 말했다.

"감당할 수 있겠어요?"

"솔직히 말해도 돼요?"

"워낙 많이 겪어서 이젠 단련이 됐어요. 어떤 말도 상관없어요."

"무척 놀랐어요."

"놀라지 않는 게 이상하죠."

"근데 참 힘들었겠단 생각이 들었어요."

"난 힘겹게 내 인생을 찾은 건데 세상은 나한테 손가락질해요."

"그렇지 않은 사람도 있잖아요."

"괴물처럼 생각하는 사람이 더 많아요. 잘 봐준다고 해도 해봤자 성적 호기심 정도죠. 노골적으로 묻는 사람들도 있어요. 진짜 여자랑 어떻게 다르냐? 관성 때문에 서서 오줌을 싸는 거 아니냐? 섹스 할 때 남자로 느끼냐, 여자로 느끼냐? 트랜스젠더는 남근공양을 한다는데 어떻게 하는 거냐? 막대기를 잘라내고 어떻게 그 걸 파냈느냐? 근데 잘라내고 파낸 게 아니라 난 처음부터 가지고 있던 걸 되찾은 거뿐이에요. 아주 소중한 내 몸의 틈새요. 조물주가 잘못 배달한 걸 바로잡은 거죠. 힘겹게 나를 찾고 실수를 바로 잡은 건데 왜 손가락질을 받아야 하는 거죠?"

"유튜브에서 몇 번 보긴 했어요."

"요즘은 많죠. 방송 타서 유명한 사람도 있고."

"앞으로 뭘 하고 싶은데요?"

라라는 태국에 가서 수술을 하고 돌아와 당장 먹고살 방안이 막막해 이태원의 트랜스젠더 바에 나갔다. 바에 나가면 널린 게 남자였다. 섹스가 노동이고, 몸뚱이가 자본이 되는 세상. 섹스로 하루를 시작하고, 그게 일상의 전부였다. 어떤 때는 상대 남자가 침대나 화장실에서 섹스라는 이름으로 폭력을 휘두르기도 했다. 그에겐 오직 쾌감이 전부였다. 레이디 보이가 로망인 남자들이 적지 않았다. 그 욕망 하나에 모든 걸 걸기도 한다. 배설 이외에는 그 어떤 다른 계산은 하지 않는다는 점에서 순수하기까지 하다. 무지의 순수. 혹은 순수의 무지. 문제는 그게 일방적이어서 폭력이 된다. 욕망이 폭력이 되는 건 현실이었다. 특히 트랜스젠더라는 게 색다른 욕망을 자극하고, 제어되지 않은 욕망은 폭력으로 이어졌다. 이건 통계도, 직관도 아닌 수컷의 파괴적 본능에 따른 연역적 결론이다.

라라가 만난 사람 중에서 그런 연역적 결론을 뒤집을 수 있는 남자는 거의 없었다. 방송국 피디, 대학교수, 패션모델, 젊은 재벌, 이름 있는 배우까지도 똑같았다. 섹스 욕망은 원죄이고, 원죄는 돈으로 면제를 받았다. 책임져야 할 현실은 물론 사랑도 없고, 즐기기만 하는 게 라라가 만난 남자들이었다. 회의 반, 타협 반으로 바에 나오던 중 동료 한 명이 욕실에서 목을 맸다. 목을 매기 전 자신의 속마음을 털어놓았지만 라라는 그런 징후를 눈치채지 못했다.

– 벌이 1kg의 꿀을 얻으려면 오백만 송이의 꽃이 필요하고, 누에는 일곱 번의 잠을 설쳐야 비단실을 뽑아내는 거잖아. 행복이란 게 시간의 고통으로 이루어지는 열매인데 난 너무 쉽게 얻으

려고 한 것 같아. 아무것도 하지 않고 다리를 벌려서 편안하게 살아가는 건 나 자신한테도 참 역겹고 불쾌한 일이야. 너무 쉽게 인생을 사는 거잖아. 이 짓을 하려고 내가 젠더를 바꾼 게 아닌데.

라라는 그녀가 자신을 찾고 나서 그 결론으로 목을 맸다는 게 충격이었다. 자신도 그녀와 똑같은 길을 걸어가고 있는 게 아닌가 하는 생각이 번쩍 들었다. 고민 끝에 남자의 심볼인 막대기를 잘라낸 게 자신의 정체성을 찾으려는 몸부림이었는데 고작 다른 막대기를 꽂게 하려고 한 건가 하는 생각이 들자 도저히 견딜 수가 없었다. 라라는 뒤도 돌아보지 않고 트랜스젠더 바에서 도망쳤다. 스스로 노동을 해서 생활을 한다는 게 힘은 들었지만 적어도 고통은 없었다. 정도를 만난 건 우연이고, 행운이었다. 그는 적어도 생각하지 않는 딜도를 달고 있는 남자는 아니었다. 라라는 정도의 말과 눈빛에서 그걸 읽었다.

라라가 정도를 바라보며 말했다.

"어렵게 날 찾았으니까 내가 변하지 않았으면 좋겠어요."

"아, 푸른 하늘."

"알바도 계속해야죠. 요새 웹 디자인을 배우고 있어요. 뭔가 기술 하나쯤은 있어야 할 거 같아서. 나중에 일인 출판을 하는 것도 괜찮을 것 같고."

"카페 같은 거 하면 잘할 거 같은데."

"나한테 그런 돈이 어디 있어요?"

"목표가 있으면 그게 추진력이 된다고 하잖아요. 돈은 벌면 되고."

"어림없어요."

정도는 라라에게 손을 내밀었다. 라라가 정도의 손을 꼭 잡았다.

* * *

정도가 현관문을 열고 거실로 들어서자 정아가 안방에서 나왔다. 철제금고를 확인하고 나온 모양이었다. 집 안에는 둘뿐이었다. 정도의 어두운 표정을 본 정아가 대뜸 물었다.

"돈 문제는 아닌 거 같고 그 여자 문제구나."

눈치는 정말 귀신이었다. 정도는 말없이 정아를 쳐다보았다. 그리고 라라의 정체를 사실대로 말했다. 정아도 놀란 표정이었다.

"어머, 세상에. 그게 정말이야?"

"나도 오늘 알았어."

"아예 수술을 했단 말이지?"

"그렇다니까. 진짜 여자야."

"원래 남자였잖아."

"호적도 정정했대."

정아는 단도직입적으로 말했다.

"오빠, 만나지 마. 감당 못해. 아니 위험해."

"이미 잘 만나고 있는데 뭐. 마음도 잘 통하고."

"뭐야? 오빠 성적 취향이 그런 거였어?"

"야, 너무 나갔다. 그냥 사람이 좋아서 만난 거야. 너도 아버지한테 그랬잖아. 나이가 많은 사람을 좋아하는 게 아니라 좋은 사람을 만나고 보니까 나이가 많았을 뿐이라고."

"그거랑 경우가 다르지. 하여튼 만나지 마. 깊어지기 전에 끝내."

"이런 느낌 처음이야. 떨리는 거."

"당연히 떨리겠지. 아무나 레이디 보이를 만나는 게 아니니까."

"그게 아니라 심장이 뛰어. 라라 생각하면, 살아 있는 거 같다니까."

"라라? 이름도 딱 그 스타일이네. 하여튼 안 돼."

그때 마침 인국이 현관문을 열고 들어왔다. 정아의 말을 들었는지 대뜸 따지듯 물었다.

"뭐가 안 돼? 나한테 열쇠 주는 게 안 된다는 거냐?"

정아가 정도에게 더 이상 말하지 말라는 듯이 눈짓을 했다. 그리고 능청맞게 인국에게 말했다.

"당연하지."

"참 가혹하다. 뉘 집 자식들은 어려운 환경 속에서도 공부 잘해서 특목고를 갔다는데."

"그건 또 뭔 소리야?"

인국은 더 이상 대꾸하지 않고 방으로 들어가며 혼잣소리로 말했다.

"그런 게 있다. 자식들 때문에 쓸쓸해."

정아도 뒤지지 않았다.

"우린 누구 때문에 속이 다 썩었어. 그걸 모르고."

정도는 그만하라고 정아를 툭 쳤다.

* * *

채리는 가방을 메고 혼자 걸어가고 있었다. 학원을 가지 않고 노래방을 갈까 PC방을 갈까 고민하는 중이었다. 결정을 하지 못하고 길에서 서성거릴 때 한눈에 봐도 운동으로 다져진 근육질의 남학생 둘이 채리를 가로막았다. 한 명은 청바지를 입었고, 다른 한 명은 트레이닝복이었다. 청바지가 말했다.

"왜 이렇게 보기 힘드냐?"

채리는 그들의 눈치를 살폈다.

"바빴어."

"바쁘셔도 할 건 해야지."

"그 정도 했으면 됐잖아. 빌린 거도 다 줬는데."

말없이 옆에 있던 트레이닝복이 때릴 듯이 손을 올렸다.

"이게 어디서 말대꾸야."

"내 입으로 말하는데 보태준 거 있어?"

청바지가 비꼬는 어조로 말했다.

"마이 컸네. 근데 아직 이자가 남았어."

"이자가 얼만데?"

"그건 니가 어떻게 하느냐에 달렸지."

"너희 개양아치야."

트레이닝복의 손이 채리의 뺨을 후려갈겼다 싶었는데 갑자기 정각이 끼어들어 그 손을 잡았다. 정각이 온몸으로 막아섰다. 청바지와 트레이닝복은 어이없는 표정이었다. 빵셔틀이나 할 비실한 체형이었으니 무시하는 게 당연했다. 트레이닝복이 주먹으로 정각의 어깨를 툭 쳤다. 그냥 툭 쳤을 뿐인데 정각이 휘청거렸다.

"이 새낀 뭐야?"

"채리 친구예요."

"아, 흑기사? 이것들이 놀구 있네."

정각은 고개를 바짝 세우고 목소리를 높였다.

"경찰에 신고할 거야."

트레이닝복은 주먹으로 정각을 계속 툭툭 쳤다. 갈비뼈가 부러지는 것 같았다. 정각은 이를 악물었다.

"신고해, 신고해봐. 우리 외삼촌이 강남경찰서 강력계 반장이다. 이 븅신아."

청바지도 가만있지 않았다.

"이런 새낀 좀 맞아야 돼."

정각은 정신없이 두들겨 맞았다. 손으로 막아보았지만 주먹은

쉴 새 없이 날아들었다. 툭툭 치는 잽이 아니라 스트레이트 연타에 어퍼컷까지 융단 폭격이었다. 바닥에 쓰러지자 이번엔 격투기처럼 발길질이 이어졌다. 불곰 똘마니한테 얻어맞으며 터득한 인체공학적인 자기방어 자세도 전혀 소용없었다. 차원이 다른 주먹이었고, 발길질이었다. 채리가 소리를 질렀다.

"그만해. 그만하라니까. 얘, 내 친구 아냐. 그냥 아는 애야."

"그냥 아는 새끼들이 더 나빠. 죽여버려야 돼."

더 정교한 주먹과 섬세한 발길질이 2회전의 막을 올렸다. 땅에 쓰러진 정각을 한참 동안 짓밟더니 침까지 뱉었다. 정각은 무당개구리처럼 온몸을 오그렸다. 그 방법밖에 없었다. 지나던 아주머니가 정각이 맞는 것을 보고 소리를 쳤다.

"저놈의 자식들이 사람을 패 죽이네."

청바지와 트레이닝복이 슬슬 눈치를 살피며 사라졌다. 그들이 보이지 않게 되자 정각은 공원 벤치에 앉아 흐르는 코피를 손으로 쓱 문질렀다. 채리가 손수건을 건넸다.

"닦아."

"됐어. 에이 씨."

"웃겨."

"뭐가?"

"넌 걔네들한테 상대가 안 돼."

"나도 한 방 먹였어."

"코피 터졌잖아. 그럼 게임 끝난 거야."

"난 싸울 때 코피 터지면서 싸우는 게 특기야."

"놀구 있네."

"아주머니 아니었으면 걔네들 앰뷸런스에 실려 갔을 거야."

"입만 살아서."

"주먹도 살아 있거든."

"너 이런다고 내가 봐줄 거라고 착각하지 마."

"알아. 이제 아흔 번 남았어."

"뭐가?"

"그런 게 있어."

정각은 가방을 메고 일어섰다. 식구 누구한테도 얻어터진 얼굴을 보이고 싶지 않아 도둑처럼 살금살금 방으로 기어들어갔다. 그러나 정도는 이미 방에 있었다. 입술이 터지고 피멍이 든 얼굴을 본 정도는 흥분을 감추지 못했다. 허공에 주먹을 휘두르며 목소리를 높였다.

"애네들, 핵주먹 맛을 보여줘야지 안 되겠다."

"그런 거 아니라니까."

"뭐가 아냐? 얼굴이 깨졌는데. 코피까지 나고."

"그래도 후련해. 비겁하진 않았으니까."

"그러다 가는 수가 있어. 피할 건 피해야지."

"피한다고 해결되는 게 아니잖아. 부딪쳐야 할 땐 깨져도 부딪쳐야지."

정각은 채리가 건네준 손수건을 차곡차곡 접은 뒤 냄새를 맡아보았다. 로즈마리 향이 온몸으로 퍼져갔다. 아픔이 한 번에 싹 가라앉았다.

내 것인 듯 내 것이 아닌

"난 못 기다려. 내 건 내가 알아서 쓸 거야."

정도가 묵직한 어조로 말했다.

"저건 내가 주워온 거야. 그거 잊지 마."

맞는 말이었다. 정아가 투덜거렸다.

"에이 씨, 그러다가 한 푼도 못 쓰고 뺏길지도 모르잖아."

♥

정아는 마음이 조급해지기 시작했다. 철제금고 안의 돈은 언제 어떻게 될지 알 수 없는 노릇이었다. 오빠는 믿을 수 있지만 문제적 인물인 그 작자가 항시 호시탐탐 노리고 있기에 어떡하든 먼저 손을 쓰는 게 현명한 일이었다. 열쇠를 주지 않았다고 그냥 있을 위인이 아니었다. 거실에서 왔다 갔다 하면서 손톱을 물어뜯던 정아는 결심이 선 듯 안방으로 들어갔다. 망설이지 않고 금고의 비밀번호를 눌렀다. 열쇠를 꽂고 문을 잡아당기자 돈다발이 훤하게 빛났다. 정아는 두 뭉치를 꺼내 가방에 넣고 금고문을 닫았다.

가방을 메고 병원을 찾아간 정아는 은숙한테 자신의 마음을 털어놓고 도움을 요청했다.

"엄마, 이해해줄 거지? 나 진짜, 꼭 하고 싶단 말이야. 그 가게 자리가 정말 좋거든. 도와줄 사람도 있어. 빵 만드는 기술이 좋아. 이 돈 엄마가 보내준 거니까 내가 이렇게 부탁하는 거야. 나, 정말 잘 할 수 있어. 내가 잘되면 우리 집도 옛날처럼 행복하게 살 수 있잖아. 병원도 더 좋은 곳으로 옮겨줄게."

금고에서 돈을 꺼낼 때까지만 해도 마음이 불안했는데 속을 털어놓고 나니까 목표가 더 뚜렷해졌다. 나아갈 방향도 분명해졌다. 기회는 타이밍을 잘 맞춰야 하는 거다. 물이 들어올 때 노를 젓고, 때를 놓치면 홍시가 아니라 썩은 감이 되는 거다.

정아는 북촌의 리모델링한 가게 이외에도 공인중개사를 통해 몇 군데를 더 알아보았다. 기존의 가게를 둘러보기도 했고, 신축 중인 상가건물을 살펴보기도 했다. 마음에 드는 건 터무니없이 비쌌고, 싼 건 마음에 들지 않았다. 역시 마음을 끄는 건 북촌의 그 가게뿐이었다. 어영부영하다간 놓친 물고기가 될 거 같았다. 서둘러야 했다. 근데 혼자서는 쉽지 않았다. 우군을 만드는 게 우선이었다.

정아는 정도에게 도움을 청할 수밖에 없었다. 정도에게 빨리 만나자는 카톡 문자를 보냈다. 벤치에 앉아 이런저런 생각에 깊이 빠져있는데 언제 나타났는지 정도가 정아의 어깨를 툭 쳤다. 정아는 깜짝 놀라 소리를 질렀다.

"악!"

가방에 들어있는 돈 때문에 극히 민감해 있던 터라 툭 쳤는데도 가슴이 철렁했던 것이다. 정아는 거의 본능적으로 가방을 꼭 껴안았다.

"왜 그렇게 놀라? 죄진 거 있어?"

"나 한 번만 도와주면 안 돼?"

"뭘?"

"한 번만."

"내가 무슨 능력이 있어 널 도와줘?"

"딱 한 번이면 돼."

"뭔데 그래?"

정아가 자신이 안고 있는 가방을 툭툭 치면서 말했다.

"내가 한 뭉치 꺼냈어."

정도는 고개를 저었다.

"이건 아니지. 너까지 왜 그래?"

"몰라. 좋은 가게가 났단 말이야."

"넌 기술도 좀 그렇잖아."

"기술이야 가게 내고 배워도 돼. 도와줄 사람도 있거든."

"너까지 이러면 아버지도 막을 수 없어."

"그 인간한텐 권리 없어."

"일단 다시 갖다 놓고 생각해보자."

"싫어. 내 맘대로 할 거야. 반은 내 거잖아."

"그게 어떻게 네 거야?"

"우리 집에 있으니까 내 거지. 그리고 그냥 놔두면 그 작자가 주식에, 경마에 다 말아먹을 게 뻔해."

"미치겠다. 나도 모르겠다."

"그러니까 내가 알아서 할게."

"정아야."

정아는 정도의 손을 꼭 잡았다. 좀처럼 하지 않는 행동이었다. 정도는 손을 풀면서 말했다.

"아무리 생각해도 이건 아니다. 도로 갖다 놔."

정아는 시무룩한 표정을 지었다. 그래도 속으로는 이제 자신의 뜻을 확실하게 밝혔으니까 반쯤은 된 일이라고 생각했다. 정아는 정도와 헤어진 뒤 오피스텔 앞에서 덕환이 퇴근하기를 기다렸다. 덕환이 나타나자 오늘은 기어이 자신의 계획에 그를 동참시키고 말겠다는 각오를 다졌다.

정아는 엘리베이터 앞에서 잡고 있던 덕환을 손을 놓았다. 그리고 엘리베이터를 타지 않고 머뭇거렸다.

"왜요?"

"들어가면 나 감당 못할 거예요."

"그건 또 무슨?"

"알 수가 없어. 가식인지 진짜 경지에 이른 건지."

"쉽게 얘기해요. 빙빙 돌리지 말고."

"문 다 열어놓고, 손까지 내밀어 동업하자는데 망설이고 있잖아요."

덕환은 정색을 했다.

"독립하는 거, 욕심입니다."

"평생 남 밑에서 있을 거예요?"

"힘들어요, 독립하는 거."

"힘들어도 얻는 게 많잖아요."

"정말 뭘 믿고 그래요?"

"부처님, 하나님, 박혁거세요. 그리고 덕환 씨도 있고."

"아직은 아닙니다."

"뭐가 그렇게 복잡해요?"

"솔직히 말해볼까요?"

정아는 덕환을 빤히 쳐다보았다.

"내 기술로는 어림없어요. 오픈하자마자 문 닫을 거예요."

정아가 삐쳐서 획 돌아섰다. 그야말로 황소고집이었다. 덕환은 정아를 붙잡지 않았다. 정아는 집으로 돌아와 금고를 열고 가방에서 꺼낸 돈 뭉치를 안에다 획 집어던졌다. 돈 뭉치가 안으로 들어갔다가 다시 밖으로 튕겨져 나왔다. 정아는 그 돈을 다시 집어서 금고 안에 곱게 얹어놓았다. 모든 게 자신의 뜻대로 되지 않아 화가 났다. 돈이 있는데도 일이 되지 않는 게 더 짜증이 났다.

정아가 안방에서 나가자마자 인국이 퇴근해 들어왔다. 인국은 방에 들어오자마자 이내 금고의 번호를 누른 뒤 여러 개의 열쇠를 번갈아가며 열쇠 구멍에 넣어보았다. 맞는 게 하나도 없었다. 이번에는 클립을 꺼내 열쇠 형태를 만들었다. 그리고 그것을 구멍으로 넣어보았지만 소용없었다. 인국은 신경질적으로 열쇠 구멍에 넣은 클립을 마구 돌렸다. 그래도 꿈쩍하지 않았다. 입에서 욕이 튀어나왔다.

"에이, 씨발."

그때 정도가 안방으로 들어와 인국을 딱한 눈빛으로 쳐다보았다.

"아버지, 제발."

인국은 능청맞게 말했다.

"혹시 열리나 싶어서 보안차원에서 해본 거야."

정도는 야멸치게 말했다.

"아무래도 결단을 내려야지 안 되겠어요. 이게 우리 가족 다 죽이겠어요."

"돈이 있는데 왜 죽냐?"

"차라리 없는 게 나아요."

"알았으니까 너야말로 딴생각하지 마."

정도는 두 손으로 머리를 감싸쥐었다.

"정말 왜들 이래요. 미치겠네."

낮에는 정아가 한바탕 소동을 일으키더니 이번에는 아버지 차례였다. 하긴 인국은 하루도 그냥 넘어가질 않았다. 더 이상 그냥 두면 무슨 일이 일어날 게 뻔했다.

정도가 인국에게 진지하게 물었다.

"아버진 저 돈 가지고 뭘 하려고 그래요?"

"딴거 있냐? 저 돈으로 더 많이 벌어야지."

"뭘 해서 벌어요? 계획은 있구요?"

계획이 있냐는 말에 인국은 할 말이 없었다. 그러고 보니 계획이나 목표 같은 건 없었다. 경마와 주식은 계획이 아니라 습관이고, 중독이었다. 그건 개나 소나 다 하는 거였다. 생각하지 않고 가만히 있어도 되는 일이었다. 세 종류의 사람이 있다. 슈퍼스타와 보통 사람, 그리고 개과에 속하는 인간. 모든 사람은 슈퍼스타가 되기를 꿈꾼다. 슈퍼스타가 되면 자신이 원하는 건 뭐든지 할 수 있다. 하지만 슈퍼스타가 되는 건 어려운 일이고, 아주 극소수만이 이룰 수 있다. 세상의 대부분은 보통 사람이다. 보통 인간이 개과의 인간으로 떨어지는 건 너무 쉽다. 가만히 있어도 개가 된다.

돈이 있을 때 인국처럼 목표가 없는 사람은 위험할 수밖에 없다. 목표가 없기 때문에 돈이 다 바닥나고, 몸이 망가져도 그걸 제어하는 건 불가능하다. 그러니까 무슨 짓이든 하는 것이다. 인생을 돈에 쏟아붓는다. 그냥 습관인 거다. 습관 자체가 존재이유다. 아내의 패물을 몰래 팔아서 돈을 챙기기도 하고, 자식이 모아놓은 세뱃돈을 슬쩍하기도 한다. 더 망가지게 되면 자식 명의로 보험을 들어놓고 자신을 수혜자로 올려놓기도 한다. 돈에 중독이 되면 아주 시시하게 자신을 파멸시킨다.

정아처럼 목표가 뚜렷해도 위험하기는 마찬가지다. 목표를 이루기 위해서 독기를 품고 달려들기 때문이다. 목표 제일주의는 가족

관계마저 파탄으로 몰고 가기 쉽다. 달빛이 있어도 촛불에 미친 부나비는 불로 뛰어들고, 먹고 마실 게 많아도 쥐 고기에 맛들인 올빼미는 오직 쥐를 사냥할 뿐이다. 목표는 집착이고, 집착은 중독이 되며, 중독은 파멸에 이르게 된다. 목표가 과정이어야지 그게 유일무이한 목적이 되면 인생은 한순간에 망가진다. 목표를 자기인생 안에 두어야지 자기인생을 목표에 가두게 되면 성공하더라도 파멸하는 역설을 맞게 된다.

오직 돈에 초점을 맞추면 목표가 있든 없든 위험하기는 마찬가지다. 인국은 인국대로, 정아는 정아대로 위험하긴 똑같다.

정도는 병원으로 은숙을 찾아갔다. 마음속에 있는 말을 다 털어놓을 수 있는 건 은숙뿐이었다. 정도는 은숙의 손을 꼭 잡았다. 이미 죽음의 세계로 반쯤 들여놓은 육신은 그래도 따뜻했다. 은숙은 여전히 반응이 없었다.

"엄마, 집에 있는 거 우리가 써도 되나? 정아가 자꾸 보채. 나도 도와주고 싶지만 어떻게 해야 할지 모르겠어. 베이커리를 하고 싶다고 하니까 그걸 말릴 수도 없잖아. 거기다 아버진 아버지대로 서운해서 투정을 부리니까 미치겠어. 엄마도 잘 알잖아. 아버지가 뭘 하는지. 그러니까 빨리 일어나 집으로 돌아와. 엄마가 없으니까 점점 기울어지잖아. 이러다간 다 산산조각 날지도 몰라."

병원에서 면회를 마친 정도는 라라를 만나 늘 가던 한강 공원으로 나갔다. 편의점 테이블에 앉아 있는데 주차장에서 자전거를 타는 사람한테 시선이 갔다. 박노인이었다. 전에는 비틀거리다 넘어지고는 했지만 능숙하게 자전거를 타고 있었다. 뒤에 할머니까지 태우고 있었다. 가서 인사를 할까 싶었지만 마음이 내키지 않았다. 왠지 그냥 멀찍이서 보고 있는 게 더 나을 것 같았다. 가슴이 짠해왔다.

라라가 정도에게 캔 음료를 내밀며 말했다.

"여기 말고 딴 데서 만나면 안 돼요? 우리가 한강관리소 직원도 아니고."

"영화 보러 갈까요?"

"그런 노말한 건 싫어요."

"술 마실까요?"

"저번에 나한테 했던 개인기 좀 해봐요. 멱살, 또 뭐였드라. 아, 첫눈. 하하하. 되게 웃겼어요."

그때 여자와 함께 옆을 지나가던 남자가 발걸음을 멈추고 정도에게 다가왔다. 그가 대뜸 물었다.

"박정도 맞지?"

정도는 얼떨결에 말을 받았다.

"어, 넌 창민이?"

"맞아, 나 조창민이야."

그는 연신 번갈아가며 정도와 라라를 쳐다보았다. 그의 여친은 조금 불편한지 남친의 팔을 슬며시 잡아당겼다. 남친은 그녀의 팔을 내쳤다. 그가 악수를 하고 정도의 손을 과장되게 흔들며 말했다.

"정말 오랜만이다. 이게 몇 년 만이니?"

"오 년 전인가 동창회 때 봤잖아."

정도에게 말을 건네고 있지만 그의 시선은 라라한테 꽂혀 있었다.

"맞아. 지금도 슈퍼에서 일하니?"

"삼년 전에 그만뒀어. 넌 증권회사 계속 다니고?"

"응. 여의도 돈맛을 못 끊고 있다. 연봉도 좋고. 근데 옆의 분은?"

정도가 뭐라고 말하기도 전에 라라가 나섰다.

"정도 씨 애인이에요."

"아, 그렇구나. 미인이시네요."

그의 옆에 있던 여친의 입술이 서너 발 삐져나왔다. 그래도 그는 떠날 생각이 없는지 계속 말을 걸었다.

"정말 예쁘세요."

"정도 씨한텐 한참 부족하죠."

"와아, 대박. 너 요새 무슨 일 하는데 그래?"

라라가 대신 말했다.

"택시요. 증권회사보단 정직하게 땀 흘려 일하는 노동자죠."

"택시 운전하는구나."

"주식, 그거 돈 놓고 돈 먹기 하는 거 아닌가요?"

"그게 자본주의죠. 돈에는 선악이 없어요. 그냥 돈인 거죠."

"선도 악도 아니라는 건 궤변이죠. 정말 그렇다면 우리가 애써 지켜야 할 게 뭐가 있겠어요? 증권맨이 그렇게 생각하고 있으니까 개미 투자자들 거덜 내는 금융사고도 툭하면 나는 거죠."

"주식에 관심이 있긴 하군요."

"아뇨. 누가 망하든 죽든 매매수수료나 챙기고, 남의 돈 가지고 장난하는 거 구역질 나요."

더 이상 참지 못하겠다는 듯 그의 여친이 팔을 잡아끌었다. 못내 아쉬운 듯 그의 눈빛은 여전히 라라한테 꽂혀 있었다. 끌려가면서까지 손을 흔들었다.

"또 보자. 꼭."

정도는 기분이 야릇했다. 뿌듯하고, 통쾌하고, 후련했다. 어깨를 으쓱해야 할 것 같기도 하고, 무엇보다 라라한테 고마운 마음이 들었다. 택시운전사가 창피한 건 아니지만 내세울 것도 아닌데 먼저 나서서 체면을 세워준 게 정말 고마웠다. 라라가 능청맞게 말했다.

"소금을 뿌렸어야 했는데."

"왜 그렇게 과민 반응을 한 거예요?"

"우리 아버지 주식하다가 망했어요. 집도 다 팔고."

정도는 그 심정 다 안다는 듯이 고개를 끄덕였다.

"그리고 눈빛 봤죠? 옆에 여친 두고서도 침 흘리는 거."

"내가 지바고가 된 건가요?"

"한 번 띄워주니까 그걸 가지고 오버하네."

"애인은 힘든 거겠죠?"

"애인보다 그냥 이름 불러줘요. 그걸로도 충분히 의미 있는 사람이 되니까."

좀 전에 좋았던 그 기분은 어느새 싹 가시었다. 애인으로 가는 길은 험난할 게 분명했다. 젠더가 바뀐 사람이 애인이란 걸 알면 정도한테도 시선이 쏟아질 게 뻔했다. 그런 시선을 다 극복한다고 해도 그게 정말 행복을 가져다줄지 모를 일이고. 정도의 머리가 복잡해지기 시작했다. 그런 마음을 눈치챘는지 라라가 정도의 손을 잡았다.

"걱정을 미리 가불하지 마요. 지금 있는 거로 좋으면 됐죠."

라라의 눈에 푸른 하늘이 가득했다.

* * *

정도가 밤늦게 골목으로 들어섰을 때 빵 봉지를 들고 저만큼 앞서 가는 정아의 모습이 눈에 들어왔다. 소리를 내서 부를까 싶었지만 거리를 둔 채 그냥 천천히 걸었다. 그때 정아와 일정한 거리를 유지하며 뒤를 미행하는 남자가 언뜻 보였다. 기웃거리며 정아의 동태를 살피는 게 확실했다. 동네 주민이 아닌 낯선 사람이었고, 정아의 뒤를 밟아온 게 분명했다. 정아의 발걸음에 속도에 따라서 그도 똑같이 움직였다. 정도는 주위를 살피며 그가 눈치채지 않도록 뒤를 쫓았다.

연립주택 주차장에 들어섰을 때 그가 정아의 앞을 가로막았다. 정아는 깜짝 놀라 그대로 얼어붙었다. 그가 머리를 숙여 정아한테 인사를 했다.

"안녕하세요? 접니다."

그는 다름 아닌 땜빵 알바로 만났던 바이크 청년이었다. 정아는 주위가 어두워 처음에는 그를 금방 알아보지 못했다. 돈을 찾으러 온 조폭인 줄 알고, 온몸을 부들부들 떨었다.

"누구세요?"

"저번에 소개팅 했던 수영강삽니다."

정아의 입에서 한숨이 쏟아졌다.

"아, 오토바이. 근데 어떻게?"

"자꾸 이쪽으로 발길이 오더라구요."

정아는 그가 조폭이 아닌 게 확실하자 화가 나서 목소리를 높였다.

"가게서부터 미행한 거죠? 저번에도,"

"참을 수가 없었어요."

"뭐가요?"

"보고 싶어서요. 그리고 오해도 풀어 드리려구요."

"오해 같은 거 없으니까 가요."

"오토바이를 버리라고 하면 버릴 수도 있습니다."

정아는 그를 윽박질렀다.

"당장 꺼져!"

"정아 씨, 제 마음을 좀 알아주세요."

정도가 슬며시 두 사람 사이에 끼어들었다. 그가 돈을 찾으러 온 조폭이 아니란 걸 이미 알고 있었기에 너스레를 떨었다.

"동네 시끄럽게 뭐 하는 거야?"

정아가 말했다.

"전에 소개팅했던 사람인데 날 미행한 거 있지."

"미행이 아니라 사랑하는 마음입니다."

정도는 바이크 청년 어깨에 손을 얹고 낮은 어조로 차분하게 말했다.

"형씨, 내 동생 결혼식 날짜 잡아놓은 사람이야. 괜히 헛물켜지 말고, 딴 데 가서 알아봐."

"정말입니까?"

정아가 말했다.

"내가 그랬잖아요. 좋은 사람 만나라고."

바이크 청년이 털썩 자리에 주저앉았다.

"에이, 씨. 망했네."

그는 이내 자리에서 일어나 정아에게 명함을 꺼내 건네주었다.

"나중에 수영 배울 일 있으면 연락 줘요. 싸게 해드릴게요."

이제 캐리어와 관련된 걱정거리는 다 해결된 셈이었다. GPS는 그 폐농가의 마루 밑에 있을 것이고, 검정 양복을 입고 있었던 사내들의 정체와 정아를 미행하던 녀석의 신분도 명확히 밝혀졌다. 오랜만에 202호 거실에 웃음이 가득했다. 자초지종을 들은 인국도 기분이 좋아 보였다. 골치 아프게 했던 우환이 다 사라졌으니 한마디 안 할 수 없었다. 가훈을 걸 때처럼 선언문을 선포하듯이 소리를 질렀다.

"이제 모든 게 해결됐으니 불행 끝 행복 시작!"

정도가 물었다.

"뭐가 해결돼요?"

"저 돈이 숙성됐으니까 꺼내 써도 되겠다 이 말이야."

"무슨 얘기예요?"

"조폭도 경찰도 아무런 연락이 없잖아. 저 돈 이제 우리 거야."

정아가 걱정스럽게 말했다.

"정말 써도 되나?"

정도는 정색했다.

"아직은 안 돼."

정아가 불만스럽게 물었다.

"왜?"

"유효기간이 아직 풀리지 않았어."

"그런 게 어딨어?"

"뭐든지 확실한 게 좋잖아. 그래야 너도 저걸로 안전하게 베이커리를 열 수 있고."

베이커리라는 말에 정아는 더 이상 토를 달지 않았다. 인국은 기분이 좋은지 만면에 웃음이 사라지지 않았다.

"오늘 이대로 보내긴 좀 그렇다. 샴페인 한잔하자."

정아가 퉁명스럽게 말했다.

"샴페인이 어딨어?"

"편의점 가서 사 오면 되지."

"나 시키지 마."

정아는 지난번 편의점에 심부름을 시키고 인국과 정도가 자신을 따돌렸던 일을 떠올렸다. 자신이 결정 멤버가 아니라 거기서 소외됐다는 게 생각할수록 화가 났다. 정도가 나섰다. 편의점으로 가 샴페인을 고른 뒤 계산대에서 카드 결제를 했다. 기분이 정말 괜찮았다. 라라도 그렇고 금고의 돈도 순항 중이었다. 아직 그 돈의 정체를 정확히 알 수는 없지만 적어도 걱정거리였던 사내들의 정체가 다 밝혀져 마음이 가벼웠다.

정도가 집으로 들어갈 때 경찰 두 명이 이인일조로 순찰을 도는 게 눈에 띄었다. 갑자기 신경이 예민해졌다. 발걸음을 걸으면서도 경찰에게 자꾸 시선이 갔다. 현관문을 열고 집 안으로 들어서도 귀를 세워 밖의 움직임을 확인했다. 인국은 정도의 행동이 이상했는지 금세 불안한 표정으로 물었다.

"밖엔 별일 없지? 낯선 사람이 있다든가."

"네, 조용해요."

"그럼 샴페인 터트리자."

정도는 샴페인을 흔들었다가 뚜껑을 톡 땄다. 펑 소리와 함께 거품이 뿜어져 나왔다. 아무 소리 없이 있던 방 안에 있던 정각이 문을 열고 내다보다가 이내 문을 닫았다. 자신이랑 상관없다는 표정이었다.

인국은 너스레를 떨었다.

"우리 멋지게 살아보자."

정아가 브레이크를 걸었다.

"안 돼. 못 줘."

"나 개과천선했다."

"그래도 안 돼. 돈만 봤다 하면 거기로 가잖아."

"오늘은 무슨 소릴 해도 넘어가준다. 기분 좋다."

정도가 술잔에 샴페인을 따르고, 세 사람은 잔을 들어 부딪쳤다. 인국이 외쳤다.

"잘 먹고 잘 살자!"

바로 그때 초인종이 울렸다. 정아와 인국이 현관문을 향해 동시에 물었다.

"누구세요?"

"누구요?"

"경찰입니다. 문 좀 열어요."

경찰이라는 말에 거실 분위기가 갑자기 싹 가라앉았다. 세 사람의 신경이 일제히 바늘처럼 곤두섰다. 도대체 이게 무슨 일인가. 결국 GPS의 흔적을 추적해 경찰이 출동한 건가. 안방의 금고가 아니라 다른 곳에 감췄어야 했는데. 베이커리고 뭐고 다 날아갔다. 점유이탈물 횡령죄로 콩밥 먹게 됐네. 먹고 싶었던 한우하고 회나 실컷 사 먹는 건데. 별의별 망상들이 세 사람의 머릿속에서 부글거렸다. 정아는 자리에 털썩 주저앉았다. 이번에는 초인종이 아니라 문을 두드렸다.

"경찰입니다. 빨리 문 좀 열어요."

세 사람의 얼굴에서 핏기가 싹 가셨다. 사색이 된 채 움직이지 못했다. 정도가 정신을 가다듬고 천천히 현관문으로 다가갔다. 문을 열어주지 않고 계속 버틸 수는 없었다. 그러다간 특공대들이 옥상에서 밧줄을 타고 내려와 창을 깨뜨리고 들이닥칠지도 모를 일이었다. 몇 발자국 옮기는 걸음이 천근만근이었다. 정도는 간신히 문을 열었다. 문 앞에는 정복차림의 경찰 두 명이 서 있었다.

정아는 두 손을 비비며 안달을 떨었다.

"어떡하지?"

인국은 가늘게 긴 한숨을 내쉬었다.

"뭘 어떡해? 다 끝난 거지. 끝났어. 열쇠를 그렇게 달라고 했건만."

"그래도 어떻게 해봐."

"재네들이 다 알고 왔는데 뭘 어떡해."

"빨리 딴 데다 감추면 안 되나?"

"다 끝난 거라니까."

정도가 현관문을 열자 두 명의 경찰이 동시에 경례를 했다. 정도는 엉거주춤 고개를 숙여 경례를 받았다. 경찰은 정도에게 심각한 표정으로 몇 가지 질문을 했다. 인국과 정아는 경찰이 정도에게 어떤 걸 묻는지 알 수 없기에 그야말로 피가 마를 지경이었다. 경찰은 집 안으로 들어오지 않고 별다른 조처 없이 바로 돌아갔다. 정도의 등줄기에서 식은땀이 흘러내렸다. 얼굴까지 창백했다. 정아가 떨리는 소리로 물었다.

"경찰이 뭐래?"

인국도 가만있지 않았다.

"저거 때문이지?"

정도는 한숨을 푹 내쉬었다.

"큰일이네요."

정아는 잔뜩 긴장한 낯빛으로 물었다.

"뭐가 큰일이야?"

인국은 울먹거렸다.

"뭐긴 뭐야. 이제 다 끝난 거라니까. 체포조랑 감식반이 한꺼번에 들이닥치겠네."

정아가 다시 보챘다.

"돈 내놓으라는 거야?"

정도는 한숨을 다시 내쉬며 느긋하게 말했다.

"위층의 돌아가신 할머니, 자연사가 아니래요."

정아와 인국이 동시에 물었다.

"그게 무슨 소리야?"

"돈 때문에 온 게 아냐?"

정도는 곧바로 말을 이었다.

"할머니가 자식들한테 학대받아서 사망한 것 같다고 혹시 때리는 걸 봤거나 이상한 소릴 들은 적이 없냐고 묻더라구요."

정아의 얼굴에 금세 핏기가 돌았다.

"그러니까 돈 때문에 온 게 아니잖아."

인국은 확인하듯이 물었다.

"위층 노인네 죽은 거 때문에 온 거란 말이지?"

정도는 고개를 끄떡이며 말했다.

"네. 맞아요. 돈이랑 상관없어요."

정아는 안방으로 불쑥 들어가며 말했다.

"이거 당장 정리해야지 안 되겠다."

인국도 추임새를 넣었다.

"그래, 결단을 내려야지 안 되겠다."

정도는 정아와 인국을 막고 나섰다.

"딱 일주일만 더. 딱 일주일. 그래도 별일 없으면 그때 처리하자."

인국은 흔쾌히 받아들였다.

"그래, 그러자. 여태 기다렸는데 일주일 정도야 뭐."

정아는 불만이었다.

"난 못 기다려. 내 건 내가 알아서 쓸 거야."

정도가 묵직한 어조로 말했다.

"저건 내가 주워온 거야. 그거 잊지 마."

맞는 말이었다. 정아가 투덜거렸다.

"에이 씨, 그러다가 한 푼도 못 쓰고 뺏길지도 모르잖아."

얼굴에 핏빛이 싹 가시고 창백했던 얼굴들이 즐거운 홍안으로 금세 돌아왔다. 한밤에 벌어진 해프닝은 그렇게 끝났다. 돈은 무사했고, 가족들은 아득하게 추락하다가 에어매트 위에 떨어져 상처 하나 없이 쌩쌩하게 살아난 거나 마찬가지였다.

달콤한 시간들

"그 사람 보려고."

"누구?"

"누구긴 누구야? 니가 좋다는 그 사람이지."

"미쳤어. 그 사람이 누군 줄 알고."

"모르니까 나도 좀 알자는 거지. 만나봐야 알거 아냐."

"지금은 안돼. 나중에."

♥

정도는 진공청소기를 사기 위해 용산 전자랜드로 향했다. 라라도 아이쇼핑을 하겠다고 따라나섰다. 평일이라서인지 아니면 불경기 때문인지 거리는 한산했다. 상가 안쪽도 마찬가지였다. 정도와 라라가 가전제품을 파는 대형판매점으로 들어섰을 때, 갑자기 팡파르가 울리고 폭죽이 터졌다. 라라는 깜짝 놀라 눈이 휘둥그레졌다. 한 직원이 라라에게 다가와 꽃다발까지 안겨줬다. 순식간에 일어난 일이었다.

"축하합니다. 진심으로 축하합니다."

라라는 영문을 몰라 어안이 벙벙했다.

"저희 매장 오픈한 이후 백만 번째 손님입니다. 백만 번째 축하 선물로 가전제품을 드리겠습니다."

라라는 그제야 매장에서 벌인 이벤트에 자신이 행운의 주인공이 됐다는 걸 알고 껑충껑충 뛰었다. 옆에 있던 정도의 얼굴에도 웃음꽃이 활짝 폈다.

"저희가 상품을 드리는데 전기밥솥, 공기청정기, 노트북 중에서 하나를 고르면 됩니다."

라라가 물었다.

"그러면 공짜로 주는 건가요?"

"네, 축하 선물로 그냥 드리는 겁니다."

라라는 주저하지 않고 말했다.

"노트북요. 노트북으로 할게요."

"네, 알겠습니다. 노트북을 바로 드리겠습니다."

직원은 미리 예쁘게 포장한 노트북을 건네주었다. 라라는 좋아서 어쩔 줄 몰랐다. 그렇게 갖고 싶던 노트북을 얻었으니 그보다 더 큰 행운은 없었다. 노트북을 가지고 매장을 나서는데 직원이 정도에게 윙크를 했다. 정도도 눈짓으로 인사를 했다. 깜짝 이벤트는 정도의 부탁으로 라라 모르게 연출된 것이었다. 라라가 노트북을 갖고 싶어 한다는 걸 알고 있었기에 직접 사서 줄 수도 있었지만 혹시 그로 인해 자존심이 상할까 싶어 꾸민 계획이었다. 이미 정도가 노트북 가격을 지불했으니 공짜는 아니었다.

- 그러니까 서프라이즈를 하려는 거죠?

- 네, 가능한가요?

- 어려운 일도 아닌데요 뭐.

- 고맙습니다.

- 대신 나중에 결혼할 때 가전제품도 저희 매장에서 구입해야 합니다. 가격 잘 맞춰드릴게요.

- 결혼요? 아, 네. 알았습니다.

정도와 라라는 늦은 점심을 먹기 위해 칼국수 집을 찾았다. 식당 안에는 손님이 거의 없었다. 여주인은 짜증이 나는지 카운터에 앉아 있는 그의 남편에게 투덜거렸다.

"요즘 손님이 왜 이렇게 없지?"

"사람들은 도대체 뭘 먹고 사는 걸까?"

"다들 돈가스를 먹으러 갔나?"

그렇게 노닥거릴 때 정도와 라라가 들어섰으니 주인 내외의 얼굴에 화색이 금방 돌았다. 라라도 노트북 때문에 입가에 웃음이 떠나지 않았다. 식당에서 자리를 잡고서도 기쁨을 감추지 못했다.

"이런 행운이 나한테도 찾아오네."

"좋은 꿈꿨나 봐요."

"노트북이 꼭 필요했거든요. 참, 청소기 안 샀잖아요."

"디자인이 마음에 드는 게 없더라구요. 나중에 사죠 뭐."

라라는 주문한 칼국수가 나오자 젓가락질을 하면서도 노트북에서 잠시도 시선을 떼지 않았다. 그런 라라를 보며 정도는 뿌듯했다. 노트북 하나로 세상을 얻은 것 같은 기쁨을 안겨준 자신이 대견했다.

정도는 국물을 들이켜며 말했다.

"국물이 참 구수하네요."

"맛있죠?"

"우리 엄마가 해준 거랑 비슷해요."

"칼국수는 엄마 음식이에요."

"맞아요. 근데 몇 년 동안 먹어본 적이 없네요."

"왜요?"

정도는 병원에 입원해 있는 어머니의 이야기를 꺼냈다. 이야기를 들은 라라가 정도에게 생각지도 않은 부탁을 했다. 병원에 함께 면회를 가고 싶다는 거였다. 정도는 거절한 명분도 그럴 이유도 없었다. 두 사람은 곧장 병원으로 향했다. 병실에 들어서자마자 라라는 은숙에게 고개를 숙여 인사를 했다.

"엄마, 내 친구 라라. 보고 싶다고 해서 같이 왔어."

"얼른 힘내서 일어나세요."

"며칠 전에 정아가 카레를 했는데 엄마가 해주는 거 먹고 싶어."

라라는 은숙에게 입을 가까이 대고 작은 소리로 말했다.

"칼국수도 좀 해주시구요."

정도는 하소연하듯이 말했다.

"빨리 집에 와서 우리 집 좀 붙잡아줘. 엄마가 없으니까 더 흔들려. 무너질지도 몰라."

라라는 무슨 말인가 싶어 정도를 쳐다보았다.

"우리 집이 좀 그래요. 기울어지고 흔들리고 정신없거든요."

서울로 돌아오는 택시 안에서도 이야기는 계속 이어졌다.

"어머니가 오랫동안 누워 있어서 가족들이 참 힘들겠어요."

"솔직히 말해도 돼요?"

"뭔데요?"

"어떤 땐 살아계신 것 같다가도 어떤 땐 그냥 멍해요."

"돌아가신 것도 아니고 살아계신 것도 아니고, 그런 거요?"

"비슷해요. 그리고 나한테 화가 나요. 아무것도 할 수 없으니까."

"어떻게 할 수 있는 게 없잖아요."

"자꾸 현실 핑계를 대니까 문제죠. 처음엔 일주일에 한 번씩 면회를 했는데 작년엔 서너 번밖에 하질 않았어요. 사는 게 바쁘다고 핑계를 댄 거죠. 그게 미안하고, 부끄럽고, 화가 나요. 근데 또 바쁘다는 걸로 핑계 삼고, 그걸 당연하게 여기거든요."

"낡은 벽지처럼 익숙해지는 거만큼 슬픈 일도 없어요."

"그걸 모르고 살았으니까 나쁜 아들인 거죠."

"나도 비슷해요. 젠더 수술을 한다고 했을 때, 우리 아버지 거품 물고 뒤로 넘어갔어요. 집에 발도 들여놓지 못하게 했구요."

"힘들었겠네요."

"각오는 했는데, 막상 닥치고 보니까 더 힘들더라구요. 다른 사람 시선은 그냥 넘길 수 있는데 가족들이 괴물 보듯 하니까 어떻게 할 방법이 없었어요. 나를 찾은 대가로 가족들한텐 버려진 거죠."

"지금도 그럼?"

"엄마는 가끔 봐요. 보면 울기만 해요."

"그래도 멋있는 이름을 지어줬잖아요."

"내가 이야기한 걸 곧이곧대로 다 믿은 거예요?"

"그럼, 라라는?"

"그렇게라도 스토리를 만들면 좀 위안이 될 거 같았거든요. 그리고 진짜 시인이 되고 싶었어요."

"뭐가 됐든 자신을 찾았으니까 그것만으로도 대단한 거죠."

"난 늘 친구 없이 지냈어요. 혼자 지내는 게 편했거든요. 누구랑 함께 있으면 구속받는 거 같아서. 도시에서는 어울리려고 하지 않아도 자연스럽게 누가 와서 어울리게 되잖아요. 싫든 좋든 누구랑 함께해야 하는 그런 관계가 싫었거든요. 근데 젠더 수술을 한 뒤에는 생각이 바뀌었어요. 나를 찾았으니까 이젠 사람을 만나도 될 것 같았거든요. 그렇다고 나 자신이 행복하다는 걸 증명하려고 아무나 만날 수는 없죠."

라라는 정도의 어깨에 슬며시 머리를 기댔다.

* * *

정아는 북촌의 그 베이커리를 도저히 포기할 수 없었다. 그 여주인과 통화를 한 뒤로 더 그런 마음이 들었다. 이번 기회를 놓치면 영원히 후회할 것 같았다. 정아는 데이트를 핑계 삼아 덕환과 함께 북촌으로 갔다. 덕환도 그 베이커리를 다시 보면 생각이 달라질 거라고 생각했다. 오산이었다. 혼자만의 부푼 꿈이었다. 북촌 입구에 들어서자마자 덕환은 걸음을 멈추고 정아를 쏘아보았다. 그리고 아무 말도 없이 발길을 돌렸다. 정아는 덕환의 팔을 붙잡았다. 덕환은 얼굴을 찡그리며 정아의 팔을 거칠게 내쳤다. 처음 보는 화난 표정이었고, 행동이었다.

"꼭 이렇게 해야 됩니까?"

"다른 사람한테 나가면 아깝잖아요."

"그 정도 얘기했으면 알아들었을 거라고 생각했는데."

"나도 내 스스로 노력해서 뭔가 이루고 싶다구요."

"아직은 아니라고 몇 번이나 말했잖아요. 자기만족이나 자기과시로 열면 백 퍼센트 망해요."

"과시하는 거 아니에요. 조금만 도와주면 잘할 수 있어요."

"나 지금 빵 만드는 거, 그렇게 열정적이지도 않고, 섬세하지도 않아요. 보기엔 그럴듯하지만 아직 멀었어요."

"날 위해서 해주면 안 돼요?"

"실망시키고 싶지 않지만 이건 아니죠."

"지금 충분히 실망시키고 있어요."

"적당히 하면서 이룰 수 있다고 생각하는 거, 다른 사람한텐 불쾌해요. 기만하는 거고."

"내가 지금 적당히 한다는 거예요?"

"솔직히 말하면 그것도 안 돼요. 한참 멀었죠."

정아는 그 말을 듣는 순간 화가 났다. 거지처럼 구걸하는 것도 아니고 함께 동업을 하자는 건데 이런 수모를 당하는 게 어이없었다. 더구나 돈을 대라는 것도 아닌데. 정아가 정색하며 말했다.

"내가 싫은 거죠?"

"한마디만 더 할게요. 빵 굽는 사람 몸에서는 빵 냄새가 나야 해요. 근데 정아 씨한텐 빵 냄새가 아니라 자꾸 돈 냄새가 나요."

노골적으로 무시하는 덕환의 말에 정아의 심리적 마지노선이 무너지고 말았다. 더 이상 참을 수 없었다. 정아는 이마에 흘러내린 앞머리를 손으로 가지런히 정리했다. 뒷머리도 다시 묶었다. 화가 극도로 날 때 하는 행동이었다. 폭발 직전이란 신호였다.

"알았어요. 그럼 돈 냄새 나는 사람하곤 이 정도에서 끝내죠."

"정아 씨."

정아는 화가 잔뜩 나서 돌아섰다. 덕환은 정아를 잡지 못한 채 나무토막처럼 그 자리에 서있었다. 정아는 집으로 돌아와 이불을 뒤집어쓰고 서럽게 울었다.

"빵 냄새가 아니라 돈 냄새가 난다고?"

처음으로 받은 모욕이라 참기 어려웠다. 화장실에 들어가 거울을 보면서 눈물을 찍어냈다.

"내가 그렇게 욕심꾸러기니?"

식탁에 앉아 김밥을 먹다가는 꺽꺽 소리를 내며 울었다.

"나쁜 자식, 바보, 등신, 머저리, 멍청이."

입으로 씹고 있던 김밥의 밥알이 튀어 식탁 위로 떨어졌다. 세상에 다른 사람은 몰라도 자신의 편이 돼줄 것 같았던 그로부터 야멸친 거절을 당한 정아는 두 번 다시 보고 싶지 않았다. 거절이 아니라 노골적인 무시였다. 빵 굽는 기술이 아니라 인격을 난도질당한 것이었다. 그렇게 자신을 무시한 사람은 어디에도 없었다.

'빵 냄새가 아니라 돈 냄새?'

생각할수록 화가 더 치밀었다. 정아는 은숙이 입원해 있는 병원으로 달려갔다. 속마음을 터놓고 얘기할 수 있는 사람은 엄마뿐이었다. 병실에 들어서자마자 정아는 은숙의 손을 잡고 눈물을 펑펑 쏟았다. 그리고 은숙에게 쌓여 있던 말들을 쏟아놓기 시작했다.

"엄마, 오늘은 너무 슬프네. 내가 욕심이 많은 건가? 좋은 사람 만났다고 생각했는데 나랑 안 맞는 거 같아. 돈 냄새 난다고 날 무시했거든."

은숙은 아무런 반응을 보이지 않았다. 그래도 상관없었다.

"기회란 게 아무 때고 오는 게 아니잖아. 물 들어올 때 노를 저으라는 말, 엄마도 알지? 그 가게가 정말 괜찮거든. 장사는 가게가 어디에 있느냐가 구십 프로야. 산꼭대기에 있다고 생각해봐. 아니, 우리 동네 골목 같은 데 있다면 쳐다보지도 않았어. 거기 북촌이야. 새로 뜨는 핫 플레이스거든. 관광객도 많고 외국인들도 많아.

그 사람 기술이면 우리 한국적인 맛을 담은 빵을 얼마든지 만들 수 있거든. 근데 바보가 그걸 몰라. 나 같은 복덩이를 몰라준다구. 등신인 거지? 나 아무 남자한테나 속 주는 여자 아냐. 엄마도 알잖아. 남자 보는 거 하나는 야무진 거. 이 사람 고집이 너무 세. 그게 흠이야. 근데 기술은 정말 좋아."

그때 간병사가 들어와 정아한테 목례를 했다. 병상의 시트를 갈고, 환자복과 기저귀를 새로 입히기 위해 들어온 것이었다. 정아는 병상에서 몇 걸음 물러나 그녀가 하는 일을 바라보았다. 간병사는 능숙하게 은숙을 일으키고 새 시트로 갈았다. 정아가 도울까 싶어서 나섰지만 간병사는 그냥 있으라고 손을 저었다. 시트를 가는 손길이 꼼꼼했다. 완벽한 기술이었다. 환자복을 벗기고 기저귀를 갈 때 인변이 묻어 있는 게 언뜻 보였다. 엄마가 똥을 싼 건 처음 보는 일이었다. 정아는 고개를 돌려 못 본 척했지만 엄마가 간신히 배설해놓은 걸 보자 가슴이 먹먹했다. 수치심이 들기도 했다. 정아의 수치심이 아니라 엄마의 수치심일지도 몰랐다. 집 안이나 자신을 가꾸는 데 늘 깔끔했고 정갈한 엄마였다. 식탁보에 튄 김치국물이나 화장실 바닥의 물때 같은 걸 절대 그냥 두지 않았다. 보자마자 싹싹 지우거나 새것으로 갈아놓았다. 그런 엄마가 자신이 싼 배설물을 남의 손에 맡겼으니 정신이 있었다면 죽고 싶었을 거란 생각이 들었다. 엄마는 여전히 아무런 반응이 없었다.

간병사가 체위를 바꿔가며 기저귀를 채우고, 환자복을 입혀도 그냥 허수아비처럼 가만히 있었다. 정아의 눈에서 눈물이 왈칵 쏟아졌다. 병상에 사 년 가까이 누워 있는 엄마가 처음에는 그냥 잠을 자고 있다고 생각했다가 점점 거의 죽은 사람으로 착각하고 있던 자신이 부끄러웠다. 엄마는 이미 죽음의 세계에 한쪽 발을 들여놓았다는 진단은 살아 있는 자들의 이기적인 생각이었다. 별로 먹은 음식도 없는 은숙이 노란 똥을 찔끔 싼 건 제정신을 찾아 일상으로 돌아오려고 혼신을 다해 발버둥치는 것이었다. 움직임도 없고, 소리도 나지 않는다고 그걸 전혀 모르고 있었다. 얼마 전 보상을 받고 존엄사를 하려 했던 거나 베이커리를 내는데 주위에서 도와주지 않는다고 엄마한테 투정을 부렸던 자신이 혀를 깨물어 죽고 싶을 정도로 미웠다. 엄마의 삶에 자신의 인생을 얹어 얼마나 편의적으로 살았는지, 이기적으로 살면서도 다른 사람의 이기적인 건 결코 용납하지 못했던 부끄러움에 얼굴이 화끈거렸다. 간병사는 엄마의 기저귀를 가는 게 보기 민망해서 딸의 표정이 그런 거라 지레짐작하고 너스레를 떨었다.

"똥도 예쁘게 쌌네."

정아는 도저히 병실에 그냥 있을 수 없었다. 엄마한테 잘못했던 것들이 일시에 떠올랐다. 낙원연립으로 이사 왔을 때 그게 불만스러워 일주일이나 밥을 먹지 않고 불만을 시위했던 거, 청바지 안 사준다고 이틀씩이나 투정을 부렸던 거, 신형 핸드폰으로 바꿔주지 않는다고 헌 핸드폰을 일부러 화장실 변기에 빠뜨렸던 거, 적금 들어갈 돈을 지갑에서 몰래 빼내 친구랑 동해바다로 여행 갔던 거, 아버지한테 묶여 바보처럼 산다고 악다구니를 했던 거, 자신의 노력 부족은 모른 체하고 대치동 학원에 안 보내줘 좋은 대학 못 갔다고 핑계 댔던 거, 봉제를 15년이나 한 손을 친구 엄마랑 비교해 손 관리 하나 제대로 못한다고 핀잔을 줬던 것까지 하나하나 머릿속에 생생하게 떠올랐다.

'사람 노릇도 못하면서 다른 사람은 참 잘도 판단하고 살아왔구나' 하는 생각에 고개를 들 수 없었다. 자신한테 문제가 있는 게 아니라 남들이 방해하고 몰라줘서 요 모양 요 꼴이 됐다고 다른 사람만 탓한 게 자신의 인생 전부였단 생각마저 들었다. 쥐구멍에라도 들어가고 싶은 심정이었다. 엄마가 벌떡 일어나 회초리로 자신의 등짝을 후려친 것 같았다. 병실에 더는 있을 수 없었다. 엄마 얼굴을 더 쳐다볼 수 없었다.

정아는 병원에서 나와 정신을 놓고 힘없이 걷고 있었다. 어디로 가는지도 몰랐다. 횡단보도를 막 건널 때 속도를 줄이지 못한 중국집 배달 오토바이가 정아를 들이받았다. 오토바이에 부딪친 정아는 바닥에 힘없이 쓰러졌다. 하지만 이내 툭툭 털고 일어섰다. 사람들이 몰려들었지만 정아는 괜찮다고 손을 저었다. 어쩔 줄 모르는 배달원에게도 그냥 가라고 말했다.

"난 괜찮은데 배달통이 찌그러졌네."

그냥 가라는 말에 배달원은 오토바이를 일으켜 시동을 걸고 유령처럼 사라졌다. 금방 가라앉을 것 같았던 팔의 통증은 점점 더 심해졌다. 동네 병원에 갔더니 골절이 돼 깁스를 해야 한다는 진단이 나왔다. 깁스를 하고 집으로 돌아온 정아가 가게에 나가겠다고 하자 인국은 혀끝을 찼다.

"그런 몸으로 가게 나가면 일이 되겠냐?"

예전 같으면 더 독한 말투로 맞받았을 테지만 웬일인지 정아의 목소리는 누진했다.

"카운터라도 지켜야지."

"정아야."

"왜?"

"베이커리, 꼭 열어야 하겠니?"

"그게 내 꿈, 아니 자존심인데 어떻게 포기해?"

"베이커리를 무슨 자존심으로 여냐?"

"몰라."

"모르는데 어떻게 장사를 해. 장사라는 건 말이야, 백 퍼센트 된다고 해도 망하기 쉬워. 근데 네가 꼭 한다면 나도 찬성이다. 그러니까 깊이 생각하고 결정해."

"밀어준다는 거야?"

"당연하지. 그걸 말이라고 해."

내내 찡그렸던 정아의 얼굴이 조금 펴졌다. 정아는 오후 늦게 베이커리로 출근을 했다. 정아가 베이커리에 들어서자 이미 전화를 연락을 받아 알고 있음에도 불구하고 덕환은 놀라는 표정을 감추지 못했다. 울었는지 눈이 충혈되어 있었다.

"놀랄 거 없어요. 완전히 부러진 건 아니니까."

"전화 받고 얼마나 놀랐다구요. 심하게 말한 거 미안해요."

"그런 표정 짓지 마요. 나도 우는 척해야 하잖아요."

그가 눈을 쓱쓱 비볐다.

"눈에 뭐가 들어가서."

"바뀌지 않은 거죠?"

"뭐가요?"

"기술이 좋아도 서두르면 손도 다치고 마음도 상한다는 거요."

"때가 되면 먼저 말할게요."

"기다려라, 기다려라, 어떻게 된 게 그저 기다리라는 거뿐이야. 기다리다가 꼬부랑할망구 되겠다."

"안 보이나 보죠?"

"난 그 가게밖에 안 보여요."

"천천히 오는 게 보이는데."

"뭐가 보인다는 거예요?"

"희망이요."

정아는 어이없다는 듯 쳐다본다. 그때 여배우가 문을 열고 들어섰다. 정아가 먼저 웃으면서 인사를 했다.

"안녕하세요? 엊그제 방송 봤는데, 참 연기 잘 하시더라. 정말 좋았어요. 앞으로 영화나 정통극에서도 볼 수 있는 거죠?"

여배우는 그냥 고개를 끄덕였다. 기분이 좋은지 얼굴에 웃음을 지어 보였다.

* * *

인국은 정아를 만나기 전에 먼저 신축 상가 분양사무실을 찾았다. 중개인이 반갑게 맞았다.

"연락이 없으셔서 생각이 없는 줄 알았습니다."

"분양도 한다고 했죠?"

"당연하죠."

"분양은 얼마나 합니까?"

"칠 억쯤 됩니다."

"칠 억이라."

"이거 사놓기만 하면 그냥 돈 버는 겁니다. 요즘 경기가 없어서 가격이 좀 떨어졌지만 오르는 거 금방이거든요."

인국이 바로 연락을 하겠다고 하자 중개인은 가능한 한 빨리 연락을 달라고 하면서 이런 기회 놓치면 후회한다는 말을 빠뜨리지 않았다. 인국은 정아에게 전화를 걸고 커피숍으로 가기 위해 택시를 세웠다. 인국은 정아가 커피숍에 들어서자 손짓을 했다. 정아는 짜증을 냈다. 낮에 고분했던 어조는 어느새 옛날의 금잔디였다. 금세 투정을 부리는 목소리가 튀어나왔다.

"여긴 웬일이야?"

"팔은 괜찮고?"

"마음이 더 쓰려."

"왜?"

"그런 게 있어. 근데 무슨 일이냐니까?"

"그 사람 보려고."

"누구?"

"누구긴 누구야? 니가 좋다는 그 사람이지."

"미쳤어. 그 사람이 누군 줄 알고."

"모르니까 나도 좀 알자는 거지. 만나봐야 알 거 아냐."

"지금은 안 돼. 나중에."

그때 덕환이 커피숍의 문을 열고 들어와 인국에게로 다가왔다. 고개를 숙여 깍듯이 인사를 했다.

"안녕하세요?"

정아의 눈이 휘둥그레졌다. 인국은 정아 모르게 덕환과 만나기로 약속을 하고 나온 것이다. 이미 통화를 해서 그런지 덕환이 낯설게 느껴지지 않았다. 하긴 전에 편의점 앞에서 이미 얼굴도 한 번 봤던 터라 그렇게 느껴졌는지도 몰랐다. 가까이서 보니 인상이 나쁘진 않았다. 고집이 있는 얼굴이지만 눈매는 섬세했고, 하관이 빠지지 않은 게 덕이 있어 보였다. 인국은 단도직입적으로 말문을 열었다.

"두 사람, 마음이 맞으면 독립을 해도 좋지 않을까 싶은데. 적당한 상가도 봐 뒀거든."

정아는 깜짝 놀랐다.

"아버지!"

정아의 입에서 처음으로 아버지란 말이 툭 튀어나왔다. 가게를 봐뒀다는 말보다 자신도 모르게 튀어나온 아버지란 소리에 더 놀랐다. 다시 주워 담을 수도 없었다.

"신축 건물인데 목도 괜찮아. 상가 뒤쪽에 아파트도 들어서고."

덕환은 바로 정중하게 사양했다.

"정말 생각지도 않은 호의를 베풀어주셔서 고맙습니다만 그건 이미 정리됐습니다. 좀 더 시간을 두고 하기로."

정아는 툴툴거렸다.

"고집, 고집, 똥고집."

인국이 정아에게 물었다.

"시간을 두고 하기로 했다는 게 무슨 소리냐?"

"평강공주가 아무리 잘하면 뭐 해. 바보 멍충이가 따라오질 않는데."

"그건 또 뭔 소리야?"

덕환은 자리에서 엉거주춤 일어나 다시 감사의 인사를 했다.

"아버님, 하여튼 고맙습니다."

인국이 손을 저었다.

"아버님 소리는 아직 이르고 정아가 꼭 하고 싶어 하니까 비즈니스 관계를 맺어보자는 거지. 아버님이 아니고 비즈니스 말이야. 기술이 있으면 거기에 자본이 붙는 건 당연하지 않나?"

"아, 비즈니스요, 그것도 고맙습니다."

오랜만에 낙원연립 202호에 거실 테이블 위에 과일이 놓였다. 먹음직한 포도와 복숭아가 접시에 담겨 있었다. 덕환이 사서 건네준 과일이었다. 포도알을 입에 넣으며 화기애애한 대화가 오갔다. 근래에 들어 처음 있는 일이었다.

인국이 말했다.

"내가 보기에 그 사람 괜찮더라. 가게 내준다고 하면 웬만한 사람은 넙죽 받아먹을 텐데 극구 사양하는 걸 보니 인간이 됐더라."

정아가 말을 바로 받았다.

"내가 그랬잖아. 괜찮은 사람이라고. 근데 가게 내준다는 거 진짜야?"

"저기 있는 거 반이면 충분하지 않겠냐?"

"그럼 그렇지. 돈이 어딨어서 가겔 내주겠어."

"그 돈이 그 돈이지."

정도가 슬며시 나섰다.

"그건 아니죠. 아버지 마음대로 쓸 수 있는 게 아니죠."

"야, 정도껏 하자."

"맞아요. 내 이름 정도."

"어떻게 이 집에선 가장의 말에 영이 서질 않아."

정아는 포도 한 알을 입에 넣으며 비죽거렸다.

"지금까지 어떻게 했는지 본인이 생각해봐."

"그거 다 지나간 과거라니까."

"사람은 안 변해. 언제 터질지 모르는 폭탄인데 어떻게 믿어."

인국은 정도를 보며 말했다.

"나한테 금고 열쇠 언제 줄 거냐?"

"그 열쇠, 아버지한텐 독이에요. 그게 손에 있어 봐요. 별의별 유혹이 다 생길 텐데 그걸 어떻게 견뎌내시려고."

"나 욕심 다 내려놨어."

정아도 가만있지 않았다.

"그런 말 들으면 온몸에 두드러기가 나."

"정말 슬프다."

"나도 슬퍼. 그걸 이제 알았다는 게."

정도가 정색을 하며 인국에게 물었다.

"아버진 저 돈으로 뭘 하려는 건지 솔직하게 말해봐요. 뭘 할 건데요?"

"저 돈으로 돈을 더 벌어오는 거지."

정아가 또 비죽거렸다.

"어이구. 경마랑 주식해서?"

정도가 다시 진지한 목소리로 물었다.

"아버지. 경마든 주식이든 또 뭘 하든 돈을 벌면 그거로 뭘 하려구요? 뭘 하려고 그렇게 돈에 목을 매나요? 목표나 계획이 있으면 한번 말해보세요."

인국은 제대로 말을 하지 못하고 우물쭈물했다. 생각해보니 돈을 벌어야 한다는 생각은 늘 있었지만 구체적인 계획과 목표를 세운 건 한 번도 없었다. 돈을 벌어서 정도를 뒤늦게 법학대학원을 보내 변호사를 시키고, 정아를 의학전문대학원에 보내 의사를 만들 것도 아니었다. 그렇다고 정각을 명문학원에 보내고, 전담 입시 코디네이터까지 붙여 특목고에 보낼 계획을 세운 것도 아니었다. 자신이 요리학원을 다녀 자격증 따서 식당을 개업하거나 바리스타가 돼 커피숍을 오픈하겠다는 것도 아니었다. 명퇴자나 실직자를 공사현장과 연결해 일손을 공급하는 인력사무실을 열 것도 아니었다. 목표도 없고, 계획도 세우지 않은 채 그냥 돈을 움켜쥐려고만 했던 것이다.

정도의 질문에 인국은 딱히 할 말이 없었다. 곰곰이 생각해보니 자신은 그야말로 모래에 함정을 파고 먹이가 떨어지기만을 기다리는 개미귀신처럼 돈이 어디선가 뚝 떨어지기를 오매불망 바라는 인생 같았다. 아니, 개미귀신은 먹이를 부지런히 먹고 변신을 해서 창공으로 날아가는 명주잠자리가 된다. 뿐만 아니라 명주잠자리가 돼 짝짓기를 하고 다시 후세를 남겨 하늘을 비행하는 역사가 이어지도록 하는 것이다. 한데 자신은 정신없이 돈만 밝혔지 그걸 창의적이고 생산적으로 써본 적이 거의 없었다. 돈을 벌면 아이들에게 맛난 걸 사주고 좋은 옷을 입혀줘야지 했던 것도 따지고 보면 핑계였다. 돈이 없어도 아이들은 먹을 건 먹게 돼 있고, 입을 건 입게 돼 있다. 굶어죽거나 맨 몸뚱이로 사는 아이는 없었다. 맹목적으로 돈에 집착한 욕망과 어리석음을 아이들에게 전가시킨 거나 다름없었다.

인국이 자신의 질문에 별다른 말을 하지 않자 정도는 목이 메는 소리로 말했다.

"난 내 꼬락서니가 가끔 짜증나긴 했지만 진짜로 슬프진 않아요. 애쓰고 노력해본 적이 없으니까. 한 번도 진정으로 살아보지 않았으니까 좌절도 없었고, 슬픔이란 게 뭔지 모를 수밖에 없죠. 어떤 땐 그냥 나를 갖다 버려도 상관없을 거 같았어요. 뭘 이루지 못해서가 아니라 어떤 노력도 하지 않은 쓰레기였잖아요. 그걸 깨닫고 나니까 이젠 뭔가 할 수 있지 않을까 싶기도 해요. 지금 하는 택시운전도 나쁘진 않고요."

정아의 눈이 휘둥그레졌다.

"오빠 이상해. 무서워."

인국도 처음 듣는 정도의 말에 이게 무슨 울산바위 무너지는 소린가 싶어 할 열린 입을 닫지 못한 채 멍하니 있었다.

정아가 중얼거렸다.

"이상한 사람 만나더니 이상해진 게 확실해."

과일 접시에 가던 손길도 어느새 멈춰 있었다. 텔레비전을 켜지 않고 이야기를 나누고 있었다는 것도 놀라운 일이었다. 천장의 형광등이 깜빡거렸다. 한쪽 끝이 꺼멓게 죽어 빛이 할딱거리고 있었다. 깜빡거리는 형광등이 더 이상 할 말이 없는 자신을 구해주는 신호라는 듯이 인국이 말했다.

"저놈의 형광등 좀 바꿔라. 눈이 멀겠다."

정아도 분위기가 어색했는지 한마디 거들었다.

"뉴스 좀 봐야겠다."

* * *

정각은 채리와 함께 롯데리아에서 햄버거를 먹고 있었다. 채리 옆에 늘 호위무사처럼 붙어 다니던 거구의 똘마니는 보이지 않았다. 그러고 보니 골목에서 청바지랑 트레이닝복과 한 판 붙을 때도 없었다. 정각은 채리와 둘만 있는 게 싫지 않았다.

채리는 정각에게 여전히 냉소적이었다.

"넌 옛날부터 비겁했어."

"알아. 비겁한 거."

"아니, 니가 비겁하다고 한 거보다 훨씬 더 비겁해."

"나도 다 기억하고 있어."

"니가 가지고 있는 건 왜곡된 기억이고, 그냥 네 생각인 거뿐이야. 그때 당한 수모 백 번 말해도 넌 몰라."

"백 번도 더 갚을게."

"앞으로 이십 년은 더 그럴 거야."

"대학생이 돼도?"

"니가 결혼해서 애 낳으면 애들한테도 그래야지."

"너무하다. 애들은 좀 봐줘라."

"봐달라고?"

"좀 봐줘라."

채리가 자리에서 일어나며 말했다.

"생각해볼게. 그 대신 영화 티켓은 니가 끊어. 햄버건 내가 샀으니까."

여진히 말에 가시가 있었지만 전에는 꿈에도 생각지 못한 변화였다. 영화를 보고 나온 정각의 얼굴은 환했다. 그런데 채리의 표정은 어두웠다. 정각도 그걸 눈치채고 이내 표정관리를 했다. 남자가 사랑을 시작하려면 여자에 대한 정확한 독해나 정보의 축적보다 변화의 순간을 제대로 보는 게 중요하다. 그건 배워서 되는 게 아니다. 본능적인 감각인 거다. 둔한 사람은 그래서 사랑을 하지 못하는 거다. 사랑을 한다 해도 얼마 가지 못해 파탄이 나게 돼 있다.

지하철 입구에서 채리가 걸음을 멈췄다. 그리고 주머니에서 꼬깃꼬깃한 돈을 꺼내 불쑥 정각에게 내밀었다. 정각이 깜짝 놀라 물었다.

"이게 뭔데?"

"네 돈."

"내 돈?"

"빼앗았던 거 돌려주는 거야."

"너 오늘 이상해. 햄버거도 사주고. 영화도 보고."

"그래, 나 이상해. 속상하기도 하고."

"왜 그러는데?"

"우리 집 내일 부산으로 이사 가. 아버지가 회사 옮겼어."

"그렇구나."

"속 시원하지?"

"아냐, 그런 거 아냐."

"싸우면서 정든다고 하던데, 그런 거 같기도 하고. 하여튼 너한텐 그래."

정각은 갑작스런 상황에 목이 메었다. 무슨 말을 해야 좋을지 몰랐다.

"케이티엑스 타면 금방 오니까 보고 싶으면 만나지 뭐."

"웃겨. 누가 보고 싶대?"

"그렇다는 거지 뭐."

"카톡 할게."

"그래, 카톡 하자."

"나 간다."

"응. 잘 가."

정각은 지하철 개찰구로 들어가는 채리의 뒷모습을 한참 바라보았다. 채리가 시야에서 완전히 사라진 뒤에도 그 자리에 소금기둥처럼 서 있었다. 정각의 입에서 욕이 튀어나왔다.

"나쁜 계집애. 꼭 그렇게 날 울리고 가야 되겠니?"

용꿈 위에 개꿈

"다 돌려드릴 테니까 제발 우리 애들은 풀어주세요."

"풀어달라?"

"살려주세요. 입도 뻥끗하지 않고 조용히 있을 겁니다."

"우리가 개고생한 건 뭘로 보상할 건데?"

"돈 다 돌려드린다니까요. 지폐 한 장도 건드리지 않았습니다."

♥

결국 우려했던 일이 터지고 말았다. 상대가 완전히 내 사람이라고 긴장감을 풀어놓았을 때 연인관계는 파탄 나고, 그분은 부처님 가운데 토막이라고 맹신할 때 배신당하기 쉽다. 시끄럽던 집안이 이상할 정도로 조용하면 어딘가에서 우환덩어리가 덮칠 준비를 끝내고 호흡조절을 하고 있다고 보면 딱 맞다. 인국이 움트는 희망의 싹에 찬물이 아니라 펄펄 끓는 물을 퍼부은 거였다. 금고 열쇠를 손에 넣게 된 것이다.

정도가 오랜만에 일찍 퇴근해 다리를 뻗고 쉬고 있는데 정아가 방으로 들어오더니 책상에 앉아 다리를 꼬았다.

"정각이가 늦네."

"곧 오겠지 뭐."

"아직도 그 사람 만나나?"

정도는 일부러 모른 척했다.

"누구?"

"젠더 바꾼 사람."

"아, 라라. 가끔 만나."

"만나면 뭐 해?"

"밥도 먹고, 차도 마시고, 얘기도 하고, 뭐 그래."

"만나지 말라니까."

"나도 처음에는 좀 그랬는데 만나보니까 그냥 똑같은 사람이야. 별다른 거 없어."

"어떻게 별다른 게 없어. 주민번호 일이 이로 바뀐 건데."

"그냥 편하게 만나는 거야."

"계산하지 않고 편하게 사람 만나는 거, 그게 더 무서워. 어떻게 될지 모르잖아."

"최악의 상황을 예상해서 그걸 나한테 강요하지 마. 내가 겪을 일이라면 강요하지 않아도 겪을 거니까."

"난 그저 평범한 사람이 가족이었으면 좋겠어. 그거뿐이야."

"그 사람 평범한 사람이야. 알바 하고, 학원 다니고, 일자리 구하고. 우리하고 똑같아."

"걱정되니까 그렇지."

"난 말이야, 내 삶 속에도 내가 없었어. 그냥, 하루하루 순간순간 살았는데 라라를 만나면 소리가 들려."

"뭔 소리?"

"구질구질하게 살지 말고, 인생 허비하지 마라."

"봐, 벌써 이상하게 변했네."

"변하는 게 아니라 나를 조금씩 찾는 거지. 니가 그랬지? 성적 욕구 해소하려고 여자 만나지 마라. 나중에 비참해진다."

"아, 그건."

"난 아직까지 여자를 안은 게 아니었어. 자학한 거지, 근데 라라를 만나면서 배려라는 걸 알았어. 그게 상대를 지켜주기도 하지만 인간으로서 나 자신한테 예의를 갖춘다는 뜻이거든. 열정보다는 신뢰가 사랑을 더 오래 지속시키잖아."

"솔직히 호기심 아냐?"

"호기심은 도박적인 기대잖아. 좋아하다가도 패가 아니다 싶으면 내던지는 거. 그거 아냐. 흠이 있으면 흠이 있는 대로, 부족한 건 부족한 대로 다 안고 가고 싶어. 비겁하게 타협하는 만남은 더 이상 안 할 거야."

"착한 사람이었으면 좋겠다."

"착해. 아니, 그 이상이야."

"그렇다면 다행인데, 그래도 다 믿지 마. 진짜 여자인지 모르지만 여자는 여우야."

"내가 여우 잡는 사냥꾼이 돼야겠네."

"오빠 변한 게 확실해. 아, 모르겠다."

정아는 나가려고 하다가 돌아서서 목소리를 낮춰 물었다.

"금고 열쇠 저 인간한테 들어가지 않게 잘 감춰두고 있지?"

정도는 자리에서 일어나 책상에 있는 은숙의 사진 액자를 뒤집어서 들어 보였다. 금고 열쇠를 액자 뒤에 테이프로 붙여놓았다.

"여기 있는 거 죽었다 깨도 못 찾아."

"좀 그렇다."

"등잔 밑이 어둡잖아."

"하긴."

정아와 정도가 나누는 말과 행동은 모두 녹화되고 있었다. 인국이 작은 소형카메라를 책꽂이 틈에 몰래 설치해놓았던 것이다. 누구도 그걸 눈치채지 못했다. 이제 철제금고 안의 돈다발은 인국의 주머니에 들어 있는 거나 마찬가지였다. 돈의 행방이 어디로 어떻게 갈지는 뻔했다.

* * *

강팀장이 헐레벌떡 호프 가게로 들어왔다. 급히 나오라는 인국의 전화 호출때문이었다. 강팀장의 얼굴에 짜증이 묻어났다.

"할 애기가 있으면 내일 사무실에서 하면 될 걸, 쉬는 사람 불러내고 그래요."

"나하고 일하기 싫으냐? 불평이 그렇게 많아."

"일하기 싫은 게 아니라."

"아, 됐고, 내가 왜 긴급호출을 했냐 하면."

"뭐 건수 하나 물었어요?"

"불륜 사진 찍는 거, 진저리가 나. 너 저번에 공격적인 마케팅 한번 해보자고 했잖아. 에스앤에스, 인터넷 이런 거 이용하면 돈이 된다며?"

"돈 되죠. 젊은 애들 고민 해결해주는 플랫폼을 만들면 돈 버는 거 시간문제죠. 인터넷에서 오퍼 받고, 오프라인에서 우리가 발로 뛰면 지금보다야 훨씬 낫죠. 문제는."

"뭔데?"

"돈이 없다는 거죠. 빈손으로 시작할 순 없잖아요."

"자금 걱정은 말고, 구체적으로 기획안 만들어봐."

"최소한 억은 있어야 하는데."

"내가 누구냐. 박혁거세 후손, 박대표야."

인국의 호기는 한 시간 가까이 이어졌다. 그럴 만했다. 이제 금고 열쇠는 자신의 손안에 있는 거나 마찬가지였다. 몰래카메라를 설치한 게 조금 꺼림칙했지만 목표를 이루기 위해선 어차피 한 번은 치러야 할 일이었다. 정도로부터 계획과 목표도 없이 돈을 벌면 뭘 하냐는 핀잔을 들은 뒤 목표를 세웠고, 계획도 짰다. 돈을 벌어 건물주가 되는 게 목표였다. 자고 나면 뚝딱 들어서는 건물처럼 즉흥적으로 세운 목표라고 그걸 폄하할 근거는 없었다. 인국은 강팀장한테 몇 번이고 거듭해서 멋진 계획안을 만들어보라고 말했다.

호프집을 나와 강팀장과 헤어지고 난 뒤 인국은 노래를 흥얼거리며 걷고 있었다. 노래방 앞을 지나고 있는 중이었다. 잠시 걸음을 멈추고 노래방 간판을 쳐다보았다. 아니, 노래방이 세든 5층 건물이었다. 이제 일만 잘되면 저런 건물을 갖는 건 시간문제였다. 조물주 위에 존재한다는 건물주가 되는 건 꿈이 아니라 현실이었다. 금고 열쇠가 있으니 새로운 사업을 하는 데 자금 걱정은 없었다.

그런 즐거운 상상에 빠져 있을 때 파란만장한 인생 이야기로 마음을 흔들어놓았던 황사장 마누라, 아니 노래방 도우미가 인국에게 인사를 했다.

"어머 대표님 아니세요?"

"이제 출근하는 건가요?"

"아뇨, 머리가 너무 아파서 진통제를 사려고 나왔어요."

"애들은 잘 있죠?"

그녀는 인국의 팔을 잡아끌었다.

"들어가서 차 한잔 마시고 가요."

"집에 가봐야 하는데."

"꿀단지 묻어놨어요? 맨날 가는 집인데 뭘 그렇게 서둘러요."

"꿀단지 있는 걸 어떻게 알았어요?"

"대표님한테 꿀 냄새가 나거든요."

인국은 엉겁결에 노래방으로 들어가고 말았다. 여주인은 인국을 훑어보았다. 그녀가 인국을 껴안고 들어가면서 주문을 했다.

"언니, 6호실로 맥주 세 병하고 소주 하나. 마른안주도."

주문한 맥주와 소주가 들어오자 능숙하게 소맥을 만들었다. 그녀는 옆에 가까이 붙어서 인국에게 술잔을 건네주었다.

"노래 한 곡 할래요?"

인국은 손을 저었다. 그녀가 인국에게 술잔을 들이댔다.

"시원하게 한잔해요."

"여기서 술을 마셔도 되나?"

"술 마시지 맹물 마셔요?"

"하하하, 그렇지. 노래랑 술이랑 궁합이 맞으니까."

"처음부터 알아봤는데 대표님은 정말 매력 있어요. 내 남편이면 삼백육십오일 떠받들고 살았을 거예요."

"내가 좀 그런 게 있죠."

그녀는 애교를 부려가며 안주까지 먹여주었다. 짙은 화장으로도 눈가의 쪼글쪼글한 잔주름을 다 감추진 못했어도 여성 특유의 페로몬이 인국의 후각을 자극했다. 그녀는 슬쩍슬쩍 가슴을 들이밀었다.

"시원하게 한잔 들이켜세요."

인국이 잔을 비우면 할미가 손주에게 먹이듯 연신 안주를 입에 넣어주었다. 인국은 제비새끼처럼 넙죽넙죽 잘도 받아먹었다. 여주인이 노크를 하고, 문을 열었다. 새 안주를 들이밀었다. 인국은 필요 없다고 도로 가져가라는 손짓을 했다. 그녀가 인국의 가슴을 툭 쳤다.

"오빠, 한치 먹고 싶어서 주문했어. 괜찮지?"

인국에 대한 호칭은 어느새 오빠로 바뀌어 있었다. 여주인은 도우미에게 잠깐 보자는 손짓을 했다. 아무래도 미심쩍다는 듯 그녀에게 물었다.

"혹시 개털인 거 아냐?"

"아냐, 내가 잘 알아. 돈 좀 있는 사람이거든."

"하여튼 책임져. 네 앞으로 달아놓을 거니까."

"염려 마."

한 시간도 채 지나지 않아 인국은 소파 위로 픽 쓰러졌다. 주량이 적다 보니 혼합주에 몸이 무너지는 건 당연했다. 노래는 한 곡도 부르지 않았다. 너무 취해 부를 수도 없었다. 인국이 거의 인사불성이 되자 그녀가 흔들어 깨웠다.

"오빠, 이제 계산하고 집에 가야지."

인국이 몸을 일으키면서 게슴츠레 눈을 떴다.

"가야지. 여기 얼마야?"

"구만오천 원. 팁 주면 더 좋고."

"구만오천 원이라, 알았어."

인국이 지갑에서 카드를 꺼내주자 그녀가 밖으로 나갔다가 이내 다시 들어왔다.

"이 카드 한도 초과래. 현금 없어?"

인국은 지갑을 꺼냈다. 달랑 오천 원짜리 한 장뿐이었다. 그녀가 보채기 시작했다.

"오빠, 빨리 해결해줘. 나 딴 방 들어가봐야 하는데."

인국이 다시 소파 위로 픽 쓰러지자 그녀는 다시 일으켜 세웠다. 혼자 소리로 중얼거렸다.

"에이 씨발, 시간 없다니까."

인국은 그 소리에 정신이 번쩍 들었다. 그녀가 인상을 잔뜩 쓰고 있었다. 지갑은 비었고, 카드는 결제가 되지 않는다고 도망칠 수도 없는 노릇이었다. 인국은 핸드폰을 꺼내 전화를 걸었다.

졸지에 두 번째 호출을 받은 강팀장은 입술이 댓 발 삐져나왔다. 기껏 불러놓고 카드 결제를 부탁한다고 하니 화가 나는 건 당연했다.

"대표님, 진짜 호구 잡히셨네. 조심하라고 했잖아요."

"불쌍해서 봐준 거야."

"뭔 노래를 불렀길래 구만오천 원씩이나 나와요?"

"한치회 노랠 불렀다. 한치회."

"내가 카드 긁은 건 내일 사무실에서 주세요."

"알았어. 근데 이건 너랑 나랑만 아는 비밀이다."

"쪽팔린 건 아시나 보네."

"인생 불쌍해서 봐준 거라니까. 혼자 애들 키우는 데 얼마나 힘들겠냐."

"그거 다 쇼인 거 몰라요?"

"쇼하는 인생은 또 얼마나 불쌍하냐."

"나도 불쌍하니까 옆에 있는 사람이나 잘 챙겨줘요."

"우리 폼 나게 새로운 사업 해보자."

"들어가세요. 걸어갈 수 있는 거죠."

"이거 말이야. 우리 애들 알면 절대 안 되는 거 알지?"

"알았어요. 내일 사무실에서 봐요."

* * *

병원으로부터 은숙이 사망했다는 연락이 온 건 새벽이었다. 가족들이 병원으로 달려갔지만 이미 숨을 거둔 뒤였다. 누구도 임종을 지키지 못했다. 간병사도 지저귀를 갈기 위해 들어갔다가 숨이 끊어진 걸 알았다. 사람의 숨이 끊어질 때는 어떤 징후를 보이기 마련인데 은숙은 그런 게 전혀 없었다. 바람에 촛불이 훅 꺼지듯, 마른 국수가닥이 뚝 끊어지듯 숨을 거둔 것이다. 병원에 들어설 때까지도 인국은 숙취가 채 가라앉지 않아 머리가 띵했다. 입에서는 술 냄새를 폴폴 풍겼다. 정아는 그런 인국이 미웠지만 모른 척했다. 정도도 불만이긴 마찬가지였지만 입을 꾹 닫고 있었다. 어머니가 죽은 마당에 아버지를 탓하는 게 부질없는 노릇이었다.

장례 절차는 상조회사가 일사천리로 진행했다. 식물인간이 된 채 누워 있었지만 그래도 교감이 완전히 끊어진 건 아니었는데 막상 숨을 거두고 보니 허망했다. 숨이 끊어진 뒤에 남은 건 속물적인 장례절차뿐이었다. 제단을 꾸미는 데 비용이 얼마이며, 수의와 관은 얼마짜리로 할 건지, 영정사진은 어떻게 하고, 식사는 일인당 얼마짜리로 할 건지, 그야말로 망자가 청구한 생의 마지막 계산서를 산자들이 받아든 게 다였다.

조문객은 많지 않았다. 툭하면 혈통을 자랑했지만 일가친척은 거의 찾아오지 않았다. 하긴 인국이 집안 경조사에 거의 왕래를 하지 않았으니 당연했다. 경조사는 품앗이다. 사람은 죽고 나서야 일가에 뿌린 낱알들이 어떤 건지 알 수 있다. 쭉정이를 뿌려놓고 알곡 결실을 기대하는 건 치사한 일이었다.

장례식장은 썰렁했다. 인국과 관련된 조문객들은 손가락으로 꼽을 정도였다. 정도나 정아도 마찬가지였다. 베이커리를 닫고 장례를 치르는 내내 궂은 일을 맡아서 한 건 덕환이었다. 성실한 사람이란 게 어떤 건지를 보여주는 단면이기도 했다. 라라도 말없이 잔일을 도왔다. 은숙이 다녔던 봉제공장의 아줌마들은 이틀씩 연이어 와서 두 시간씩 은숙과의 인연을 이야기로 풀어놓았다. 불량이 나서 사흘 동안 일한 게 헛수고가 된 거 하며, 장마 때 지하공장에 물이 차 원단을 망친 일에, 일거리가 없어 속을 태우던 거에, 하청을 맡긴 원청업자가 돈을 떼먹고 도망가 경찰서를 들락거렸던 일에,

오바로크를 칠 때는 가난도 함께 드르륵 박았으면 좋겠다고 푸념했던 거에, 강원도 찰옥수수를 쪄서 배 터지게 실컷 먹고 옥수수 똥만 싸대던 일에 이르기까지 이야기는 끊일 줄 몰랐다. 헌 누더기 같은 얘기들이었는데도 찰진 윤기가 흘렀다. 그야말로 수다는 망자를 보내는 산화공덕(散花功德)이었다. 듣는 내내 마음이 짠했다. 가족들에게는 눈물 나도록 고마운 일이었다.

전혀 생각지도 못했던 조진 이모가 어떻게 알았는지 조문을 왔다. 누구도 반가워하지 않았다. 인국은 인상을 쓸 정도였다. 그런데도 조진 이모는 영정 앞에 엎드려 눈물을 펑펑 쏟으며 서럽게 곡을 했다. 은숙과는 생모가 다른 자매였지만 반쪽 핏줄이라도 물보다 진한 건 맞는 듯싶었다. 어쩌면 은숙의 다리 장애에 대한 원인 제공자로서의 속죄인지도 몰랐다.

정도는 장례를 치르는 내내 눈물이 거의 나오지 않았다. 그건 정아도 마찬가지였다. 이미 사 년 동안 눈물이 다 바닥을 드러냈는지 아무리 짜내려고 해도 한 방울도 나오지 않았다. 요즘 장례식장에서는 우는 사람이 거의 없다고 하지만 정도는 민망했다. 너무 속만 썩고 고생만 했던 터라 어쩌면 이승을 떠나는 게 좋은 일이라고 여겼기 때문일까? 존엄사를 하면 안 된다고 강하게 막지 못했던 자신의 비겁함에 대한 자책도 눈물샘을 터뜨리지는 못했다. 정각이도 처음에는 조금 눈물을 흘리는가 싶더니 이내 해맑은 표정이었다. 옆에서 보기에 무안할 정도였다. 조문객이 없을 때는 영정 앞에서 노래를 부르고 춤도 추었다. 정도가 눈짓으로 말렸지만 멈추지 않았다. 어린 마음에 그게 엄마를 위해 자신이 할 수 있는 일이라고 생각한 모양이다.

오케이보험사의 한부장도 조문을 왔다. 조문이 아니라 축하사절로 온 게 아닌가 싶었다. 삼 억이 굳었으니 그럴 만도 했다. 고인을 보내는 슬픔보다 제때 타이밍을 맞춰준 것에 대한 경이로움과 감사의 표정을 짓는다고 해서 누구도 힐난할 수 없었다.

혜정은 끝내 모습을 드러내지 않았다. 하긴 연락을 하지 않았으니 당연한 일이었다. 아니 한부장이 온 걸 보면 분명 알았을 터인데 알고도 오지 않았을 가능성이 더 컸다. 자신의 치부로 인한 부끄러움 때문에 영정을 볼 면목이 없었던 건지도.

문제는 인국이었다. 삼일 내내 서럽게 울었다. 한 끼도 먹지 않고 꺼억꺼억 울기만 했다. 시신을 염할 때도 바닥에 털썩 주저앉았고, 관이 화로에 들어갈 땐 실신까지 했다. 정말 이상한 일이었다.

정도도 그렇고 정아도 그런 인국의 행동이 이해되지 않았다. 쇼를 하는 것 같아 민망했다. 아내의 죽음을 남편이 슬퍼하는 건 자연스런 일이지만 인국의 울음은 그게 아닐 거라는 의심을 받기 충분했다. 삼 억을 놓친 아쉬움 때문이 아닌가 하는 혐의를 피하긴 어려웠다. 정각이 강력하게 말리지 않았다면 존엄사를 받아들였기 십상이었다. 그걸 다 알고 있는 정도와 정아는 이해할 수 없었다. 인국은 서럽게 울다 지치면 멍하니 넋을 놓고 있다가 이내 다시 닭똥 같은 눈물을 뚝뚝 흘리며 피를 토하듯 통곡했다.

"내가 죽일 놈이여. 죽일 놈."

울면서 가슴을 치며 내가 죽일 놈이란 소리를 반복해서 해댔다. 정도는 궁금했다. 아버지는 어떤 생각을 하고 있는 걸까? 엄마가 사경을 헤매고 있을 때 노래방에서 한치회를 먹으며 도우미랑 띵까띵까 놀았던 것에 대한 자책일까? 보험사에서 준다는 돈 삼 억 때문에 존엄사를 시키려 했던 것에 대해 속죄라도 하는 걸까? 평생 함께 살았지만 내내 밖으로만 나돌았던 자신의 행동을 질책하는 걸까? 생활비 한 번 제대로 주지 않고 죽도록 고생만 시킨 것에 대한 회한 때문일까? 아파트를 팔아먹고 거기다 지금 살고 있는 연립주택까지 담보를 잡히고 대출받은 돈으로 주식과 경마에 쏟아부은 걸 뼈저리게 후회하는 걸까? 경마장에 한 번 갈 돈이면 엄마가 그렇게 좋아하던 홍어를 열 마리는 너끈히 살 수 있었는데, 그걸 실컷 먹이지 못한 걸 아쉬워하는 걸까? 봄이면 산수유 축제에 가보고 싶다는 말을 입에 달고 살았지만 산수유 축제는커녕 여의도 벚꽃 구경도 시켜주지 못한 걸 한탄하는 걸까? 나훈아 디너쇼에 데려가주겠다고 번번이 약속해놓고 그걸 지키지 못한 걸 탄식하는 걸까? 참으로 알 수 없는 게 사람의 속이었다.

장례를 치르고 나서도 울음이 그치지 않았다. 그쯤 되면 삼 억 때문에 슬퍼하는 건 아닌 듯했다. 한평생 내내 뼈 빠지게 고생시킨 걸 후회하는 통곡의 사부곡(思婦曲) 같았다. 하지만 허망한 일이었다.

울고불고해본들 망자는 이미 삼도천(三途川)을 건넌 지 오래였다.

그렇게 장례식이 끝났고, 일상은 빠르게 제자리를 찾아갔다. 납골당에 유골함을 모시고 집으로 돌아와 유품을 정리하던 인국은 또 서럽게 울어댔다. 장례 때처럼 대성통곡은 아니었지만 꺼억꺼억 우는 소리가 더 서럽게 들렸다. 인국이 수장까지 찍어줬던 각서 몇 장이 그의 손에 들려있었다. 경마장을 다시는 가지 않겠다고 맹세한 각서였다. 인국이 경마장에서 꽁지돈을 쓰고, 돈을 갚지 못해 끌려간 적이 있었다. 구타와 협박이 이틀 내내 이어졌다. 결국 은숙에게 연락이 갔다. 그들은 돈을 당장 갚지 않으면 인국의 배를 째고, 장기를 꺼내 팔겠다고 최후통첩을 했다. 이 사태를 모른 척하고 그냥 뒀다가는 인국이 못쓸 인간이 될지도 모른단 생각이 들었다.

은숙은 동네방네, 일가친척, 학교동창, 직장동료에게 아쉬운 부탁을 할 수밖에 없었다. 힘들게 돈을 마련해 꽁지돈을 갚으러 가던 중 너무 급한 나머지 무단횡단을 하다가 교통사고를 당했다. 결국 그 사고로 인해 은숙은 식물인간이 되고 말았다. 인국이 원인 제공을 한 거나 마찬가지였다. 살아생전에는 짐짓 모른 척했지만 떠나보낸 뒤에서야 봇물 터지듯 서러움이 북받쳐 그렇게 울어댄 것이었다. 거기까지였다. 자신이 저지른 잘못을 뉘우치고 피를 토하고 울어본들 이제 망자는 기억으로 남아 있을 뿐이었다.

* * *

인국이 심부름센터에서 일을 마치고 늦게 집으로 돌아가는 길이었다. 낙원연립으로 들어가는 골목길은 늘 그렇듯이 오가는 사람이 거의 없었다. 이발소도 문방구도 불이 꺼져 있었다. 뻥튀기 가게의 셔터도 내려져 있었다. 인국의 손에는 검은 봉지가 들려 있었다. 지하철 입구에서 허리가 꼬부라진 할머니가 좌판을 벌여 놓고 파는 떨이 감자였다.

인국의 뒤쪽에서 갑자기 인기척이 느껴졌다. 돌아볼 새도 없이 스타렉스가 바로 옆에 서더니 문이 열렸다. 깍두기 머리에 우악스럽게 생긴 사내들 서너 명이 뛰쳐나와 인국을 강제로 태웠다. 태우자마자 얼굴에 포대를 씌웠다. 직감적으로 올 게 왔구나 하는 생각이 들었다. 도움을 요청하는 소리를 질러도 소용없을 게 뻔했다.

인국은 어디로 끌려왔는지 알 수 없었다. 지하실이어서 전혀 감을 잡을 수 없었다. 이미 그들에게 두들겨 맞아 온몸에 피멍이 들고, 피가 줄줄 흘렀다. 갈비뼈가 부러졌는지 엄청난 통증이 가슴을 짓눌렀다. 살려달라고 소리를 질러 봤자 매타작만 더해질 뿐이었다. 지하실 천장에 매달린 알전구는 촉수가 낮아 조금 어두웠다. 검은 정장에 깍두기 머리를 한 사내들이 인국을 선글라스의 중년 신사 앞에 무릎을 꿇게 했다. 그가 조직의 보스인 듯싶었다. 정도와 정아, 그리고 정각까지 밧줄에 묶여 허공에 대롱대롱

매달려 있었다. 테이프로 입을 막아 찍소리도 하지 못했다. 선글라스의 사내는 피우던 담배를 바닥에 떨구고 구둣발로 짓이겼다.

"남의 돈에 함부로 손대는 놈들은 따끔한 맛을 좀 봐야 돼."

영화 〈대부〉의 말론 브란도 같은 굵고 음침한 목소리였다. 혹시나 했지만 역시 캐리어에 들어 있는 돈과 연관된 조폭이었다. 이럴 때는 파리 새끼처럼 두 손 두 발 다 모아 비는 것 이외에 다른 방법은 없었다.

"돌려드리려고 했습니다. 누구 건지 몰라 보관하고 있었던 겁니다."

"마루 밑에 있는 걸 훔치고 보관이라니 네가 은행이냐? 지피에스가 없었으면 그냥 꿀꺽했잖아."

인국은 허공에 매달려 있는 애들을 쳐다보며 사정했다.

"다 돌려드릴 테니까 제발 우리 애들은 풀어주세요."

"풀어달라?"

"살려주세요. 입도 뻥끗하지 않고 조용히 있을 겁니다."

"우리가 개고생 한 건 뭘로 보상할 건데?"

"돈 다 돌려드린다니까요. 지폐 한 장도 건드리지 않았습니다."

"우리 거니까 돌려받는 건 당연하고, 정신적 피해보상은 어떻게 할래?"

"돈이 없는데."

"그럼 집이라도 팔아야지."

"그건 안 됩니다. 절대."

"안 된다?"

"네, 죽어도 안 됩니다. 그 집은 집사람이 힘들게 마련한 거라."

"그럼 할 수 없지. 누구 하나는 보내줘야겠네. 셋 중에 하날 선택해. 나머지 둘은 풀어주지."

"한 애는 어떻게 되는데요?"

"대가를 치러야지. 남의 돈에 함부로 손댔으니까 그 손모가지를 싹둑 잘라서."

인국은 자신의 손을 내밀었다.

"차라리 내 손을 잘라요."

자기희생이란 건 코딱지만큼도 없었던 인국이 일초의 망설임도 없이 두 손을 보스 앞에 들이댔다.

"자신을 희생하겠다? 그것도 괜찮네. 야, 작두 가져와."

보스의 말이 떨어지기 무섭게 조폭들은 작두를 대령했다.

"어른은 오른손, 애는 왼손, 하나씩 잘라버려!"

"아이는 봐준다고 했잖아요."

"마음이 변했어. 하나 가지곤 안 돼."

조폭은 인국을 작두 앞으로 끌고 갔다. 인국은 겁에 질려 손을 빼려고 안간힘을 썼지만 소용없었다. 허공에 묶여 있는 아이들의 표정은 사색이 되었다. 거칠게 몸을 흔들어 반항했지만 거미줄에 걸린 풍뎅이에 지나지 않았다. 조폭은 망설이지 않고 인국의 손을 작두 안으로 밀어 넣었다. 그리고 이내 시퍼런 작둣날에 인국의 손목이 댕강 잘렸다. 잘린 손목은 바닥에 툭 떨어져 펄떡거렸다. 신경이 죽지 않은 손목은 피를 질질 흘리며 꿈틀거렸다.

그때 핸드폰 울리는 소리가 들렸다. 인국은 자리에서 벌떡 일어났다. 섬뜩한 꿈이었다. 인국의 핸드폰이 계속 울렸다. 전화를 받자 연변 사투리가 섞인 남자의 목소리가 부아를 돋우었다.

"우리가 당신 딸 납치했다. 돈 보내지 않으면 당장 죽일 거다. 경찰에 신고하면 바로 죽여버린다. 그러니까 빨랑 돈 준비해둬라."

인국은 보이스 피싱이란 걸 금방 알아챘다. 혹시나 싶어 그에게 물었다.

"납치한 우리 딸 지금 어디 있어요?"

그가 잠시 기다리라고 했다. 이어 전화기 속에서 젊은 여자의 비명소리가 들려왔다.

"아버지, 저예요. 저 좀 빨리 살려주세요. 경찰에 신고하면 절대 안 돼요."

웅얼웅얼대는 소리였지만 얼핏 들어도 정아의 목소리가 아니었다. 그래도 혹시나 하는 마음에 전화기를 든 채 재빠르게 걸음을 옮겨 정아의 방문을 열었다. 정아는 더운지 이불을 다 걷어차고 속옷 바람으로 자고 있었다. 인국은 전화기에 욕을 퍼붓고 싶었지만 이내 생각을 바꿨다. 혹시 만에 하나라도 아이들한테 화가 미치지 않을까 싶어 말없이 전화를 끊었다. 인국은 정각의 방문을 열었다. 정도와 정각이 코를 새근거리며 자고 있었다. 아이들을 보자 왠지 가슴이 먹먹해지고, 눈물이 터져 나올 것 같았다.

장례를 치른 지 며칠 지나지 않은 터라 집 안 분위기는 여전히 무거웠다. 가족들이 식탁에 앉아 아침 식사를 하고 있었다. 식탁의 차림은 풍성했다. 밥과 시원한 오이냉국, 김치와 깍두기, 된장찌개와 멸치조림, 삼치구이와 계란찜이 가지런히 놓여 있었다. 정아는 날이 갈수록 맛깔나게 음식을 만들어냈다. 인국의 표정은 어두웠다. 정도가 물었다.

"무슨 걱정 있어요?"

"걱정은 무슨. 넌 어떠냐?"

"좋아요. 차 몰고 나가면 돈 주겠다고 손드는 사람들이 길바닥에 쫙 늘어서 있잖아요."

정아가 삼치구이를 발라 정각의 밥그릇에 올려주며 말했다.

"이상한 사람을 만나더니 정말 이상해졌어."

"이상한 게 아니라 제자릴 찾은 거지."

"변하지 마. 미친 거 같아."

"안 변해. 흐르는 구름이 아니라 파란 하늘로 남을 거야."

"진짜 미쳤어. 지금 하는 말, 외계인들이 쓰는 거야. 알아?"

인국이 숟가락을 놓으며 말했다.

"너희들한테 미안하다. 내 친구 자식들하고 비교해서 무시한 거 다 미안하다."

이건 또 무슨? 정아는 인국을 뚫어지게 쳐다보았다. 오빠가 이상해졌는가 싶었는데 이번에는 아버지였다. 정아의 입에서 아버지란 말이 툭 튀어나왔다. 두 번째였다.

"아버지까지 왜 그래?"

"난 너희들이 저 금고 믿지 말고 자기 일에 진짜 충실했으면 좋겠다. 형제간 우애도 잘 지키고."

정아는 자리에서 일어섰다.

"더 이상 못 들어주겠네."

인국은 가슴을 툭툭 치며 말했다.

"너희가 다 이 속에 들어 있단 것만 알아둬."

정도가 떨리는 목소리로 말했다.

"아버지."

"오이냉국이 이렇게 맛있으면 반칙이지. 밥을 더 먹게 되잖아."

가족? 혹은 가족!

"어떻게 된 거예요?"

정아의 입에서 욕설이 튀어나왔다.

"보면 몰라. 빈털터리잖아. 완전 개털된 거지. 씨발."

인국은 정아를 쳐다보며 목청을 높였다.

"꼭 그 따위로 말해야겠냐? 나 안 죽었다."

"난 아버지가 죽었으면 좋겠어. 정말이야."

♥

인국은 사무실에서 점심도 거른 채 두 시간 내내 한마디 말이 없었다. 사유에 깊이 빠진 듯 책상에 앉아 턱을 괴고 눈을 지그시 감고 있었다. 반가사유상의 모습인가 싶었는데 갑자기 눈을 부릅뜨고 사천왕상의 발밑에 깔려 있는 악귀의 표정을 짓기도 했다. 그러다 어느새 부처님 같은 온화한 눈웃음을 지었다. 머릿속이 뒤죽박죽인 게 분명했다. 사람의 눈빛은 생각이 많은 뇌가 바깥세상을 향해 더듬거리는 거라고 하지 않던가.

구청에 볼일이 있어 나갔던 강팀장은 아예 점심까지 먹었는지 이를 쑤시며 들어섰다.

"식사는 했구요?"

"생각으로 먹었어."

"다 먹고살자고 하는 건데 끼니는 건너뛰지 마세요. 그리고 전에 말했던 새로운 사업, 제가 생각해봤는데요."

"지금 그게 문제가 아냐."

강팀장은 고개를 끄덕이며 말했다.

"자금이 어디 쉽게 생기겠어요."

"돈은 있는데 그 돈이 문제야."

"그게 무슨 말이에요?"

"그런 게 있어."

"정말 병원 가봐야 하는 거 아녜요?"

"내가 환자냐? 병원을 가게."

"종잡을 수가 없어서요. 우는 건지 웃는 건지 편 건지 찡그린 건지."

"그게 인생인 걸 모르냐?"

강팀장은 고개를 갸웃했다. 인국이 자리에서 벌떡 일어섰다. 뭔가를 결심한 표정이었다.

"강팀장, 카니발 열쇠 좀 줘봐."

"왜요?"

"내가 좀 갈 데가 있어서 그래."

"같이 가요. 제가 운전할게요."

"아냐, 혼자 가야 돼. 이건."

"어딜요?"

"있다니까. 나중에 말해줄게,"

강팀장은 썩 내키지 않은 표정으로 열쇠를 건네주었다. 인국은 사무실에서 나와 총총걸음으로 마트를 갔다. 사과와 배, 백화수복과 포장된 황태포, 그리고 종이컵과 종이접시를 샀다.

* * *

인국은 낙원연립 202호의 도어락 번호를 조심스럽게 눌렀다. 후크가 풀렸다. 문을 열자 집 안은 조용했다. 아무도 없었다. 인국은 정도의 방으로 들어가 은숙의 사진액자 뒤에 테이프로 붙여놓은 금고 열쇠를 뗐다. 책꽂이 사이에 감춰둔 소형카메라의 진가가 나타난 순간이었다. 인국은 은숙의 사진을 들여다보며 혼자 중얼거렸다.

"내가 평생 말썽만 일으켰는데 이제 사람답게 살아보려고 하니까 이해해주구려. 우리 가족을 위해 내린 결정이니까 너무 뭐라고 하지 말우."

인국은 안방으로 들어가 철제금고의 번호를 누르고 열쇠를 맞춰 돌렸다. 그렇게 열고 싶었던 철제금고의 문이 활짝 열렸다. 돈은 여전히 차곡차곡 쌓여 있는 채로 안녕했다. 인국은 목장갑을 끼고 돈다발을 띠지를 하나하나 다 풀었다. 띠지를 꾸깃꾸깃 구겨 양변기에 넣고는 물을 내렸다. 혹시 변기가 막힐까 싶어 몇 번을 나누어 흘려보냈다. 띠지는 어느 은행지점에서 출금이 됐는지 돈의 행적을 밝히는 단서가 될 수 있었다. 그건 인국이 원하는 바가 아니었다. 금고에서 꺼낸 돈을 준비해 둔 주황색 보자기에 차곡차곡 쌓아 꼭꼭 묶었다. 돈다발을 다 묶자 큰 보자기로 두 꾸러미나 되었다. 인국은 두 개를 동시에 들 수 없어 한 보따리씩 들고 나와 카니발에 실었다. 주위를 살폈지만 낯선 사람은 없었다.

인국은 돈을 다 실은 뒤 시동을 걸었다. 내비게이션은 꺼져 있었지만 강북강변도로를 타는 건 어렵지 않았다. 한남대교를 건너 경부고속도로로 진입했다. 평일이라 고속도로는 한산했다. 집에서 나온 지 두 시간을 넘게 달렸을 때 목이 탔다.

인국은 고속도로 휴게소에 잠시 차를 세웠다. 푸드코트의 자판기에서 커피를 뽑아 마실 때 TV 뉴스가 나오고 있었다. 정선에서 발생한 조직폭력배 뉴스였다. 개천가의 가시박 덩굴 주위에 폴리스 라인이 쳐져 있고, 시신은 시트로 덮여 있었다. 정도가 화장실을 가기 위해 들어갔던 폐농가 옆으로 흐르던 개천이 분명했다. 앵커의 멘트가 이어졌다.

"오늘 새벽, 강원랜드가 있는 정선의 한 폐가 옆 개천에서 조직폭력배의 일원으로 보이는 부패한 시신 한 구가 발견됐습니다. 시신은 더운 날씨로 인해 부패가 심했지만 경찰은 그 시신이 지난 중순쯤에 마약공급권을 차지하기 위해 싸우다 사망한 일곱 명과 관련된 조직원으로 추정하고 있습니다. 시신이 발견된 장소로부터 멀지 않은 폐가에선 가방 하나가 발견됐습니다. 가방 속에는 신문과 잡지들이 가득 들어 있었는데 경찰은 가짜 마약을 받은 조직에서 가짜 돈 가방을 건넨 것으로 추정하고 있습니다. 경찰은 두 폭력조직의 싸움이 가짜 마약과 가짜 돈 가방을 건넨 것에서 비롯된 게 아닌가 보고 마무리 수사에 박차를 가하고 있습니다."

인국은 다시 카니발에 올랐다. 두 시간 가까이 운전해 도착한 곳은 경북 영천이었다. 고속도로 톨게이트를 빠져나와 인가가 뜸한 마을로 들어섰다. 띄엄띄엄 나타나는 집과 과수원을 일구는 손길은 허리가 바싹 구부러진 노인들뿐이었다. 아스팔트 이차선 도로를 달리다가 샛길로 빠져 한참을 더 갔다.

샛길은 경운기나 트랙터가 다닐 수 있도록 콘크리트로 포장돼 있었다. 거기서 조금 더 들어가자 망초, 명아주, 바랭이, 쇠비름, 수크령이 우거진 황톳길이 나왔다. 황톳길 끄트머리에 산소 두 묘가 있었다. 인국의 선친과 모친, 부모님의 묘였다. 아직 벌초를 하지 않아 잡초가 무성했다. 산소에 오면서 낫을 챙겨오지 않다니. 자책을 했다. 손으로 봉분 위에 난 망초 몇 대만 뽑았다. 인국은 상석 위에 종이접시를 펼치고 그 위에 사과와 배, 그리고 마른 황태를 올려놓았다. 어렸을 때 어른들로부터 귀가 따갑게 들었던 어동육서, 홍동백서, 좌포우혜, 조율이시, 반서갱동, 두동미서 같은 말이 저절로 떠올랐지만 준비한 제물은 보잘것없었다. 아니, 단출하긴 했지만 엄청난 게 있었다. 인국은 돈 보따리 두 개를 상석 옆에 나란히 놓았다. 십 억이 넘는 제물이었다. 마지막으로 담배에 불을 붙여 상석에 올려놓았다. 생전에 워낙 애연가였던 터라 그걸 빠뜨릴 수는 없었다. 얼마나 좋아했으면 지인 한 분께서 아버지 꽃상여 위에 담배 한 보루를 얹어놓을 정도였다. 그렇게 상을 차려놓고 절을 하려니까 눈이 시큰거렸다. 인국은 절을 다 마친 뒤, 상석 위에 놓았던 제물을 다시 박스에 담았다. 이제 마지막으로 해야 할 일만 남았을 뿐이다.

인국은 카니발에 올라 시동을 걸었다. 영천경찰서까지 가는 덴 그렇게 많은 시간이 걸리지 않았다. 카니발을 주차장에 세워놓고 보따리를 혼자 들 수 없어 민원실의 경찰에게 부탁했다. 젊은 경찰 두 명이 나와서 보따리 하나씩 들고 안으로 들어갔다. 경찰서의 분실물 담당자는 인국이 가져온 보따리를 바로 풀었다. 보따리를 풀어헤치는 순간, 경찰서 안이 크게 술렁거렸다. 탄성을 지르는 사람도 있었다. 모든 사람들의 시선이 일제히 보따리로 쏠렸다. 경찰서가 생긴 이래 처음 겪는 일이었다.

담당자는 인국에게 대뜸 돈을 어디서 습득했는지 물었다. 인국은 부모님 산소에 성묘를 하러 왔다가 상석 아래 있는 걸 발견했다고 말했다. 육하원칙에 입각해 또박또박 진술했다. 내가, 오늘 방금 전에, 부모님 산소에서, 돈 보따리 두 개를, 눈으로 보고 손으로 들어 올렸는데까지는 정확하게 말했지만 '왜'는 영 마땅치가 않아 '모르는' 것으로 대신했다. 그 돈이 '왜' 거기 있었는지는 자신도 모르는 일이라고 했다. '왜' 가져왔는지를 사실대로 말할 수는 없었다. 모르는 게 아니라 알면 곤란해지기 때문이었다. 담당자도 전혀 이해되지 않는다는 표정을 지었다.

인국은 돈을 처음 봤을 때 욕심이 나긴 했지만 묘에 누워 계신 부모님이 추상같이 꾸짖는 소리가 들려 경찰서에 곧바로 가지고 왔단 말을 몇 번이나 반복했다. 인국의 혈통은 경찰서에서 진가를 발휘했다. 인국이 자신의 본관이 박혁거세의 후예인 반남 박씨 판관공파라는 걸 밝히자 악수를 청하는 경찰도 있었다. 영천에 꽤 큰 종친회가 있었던 터라 반남 박씨 판관공파는 낯설지 않았다.

담당자도 인국을 대하는 태도가 금세 달라졌다. '왕족의 후손이 설마 거짓말을 하겠나' 하는 눈빛이었다. 담당자는 인국의 신상명세를 자세하게 기록했다. 주민등록까지 복사를 했다. 그것으로 끝이 아니었다. 인국을 경찰차에 태우고 다시 산소로 갔다.

인국은 현장에 도착해 상석 아래쪽을 손가락으로 정확히 가리켰다. 함께 간 경찰들은 의아한 눈빛을 띄었지만 CCTV가 없으니 확인할 길이 없었다. 하긴 돈을 최초로 본 목격자가 그 위치가 정확하다고 하는데 이의를 달고 말고 할 게 없었다. 범죄현장에 대한 탐문도 아니고, 사건 현장검증은 더더욱 아니었다. 거기다 돈을 싼 보자기 밑에 약간 풀물이 들어 있었고, 현장에 와보니 보따리가 있던 흔적도 역력했다. 무거운 보따리에 깔려 망초 대와 강아지풀이 꺾여 있었다. 멧돼지가 주둥이로 파헤쳐놓은 게 아니었다. 경찰은 산소 주위를 샅샅이 살폈다. 혹시 돈이 더 있는 건 아닐까 하는 눈빛이 역력했다.

인국의 유실물 습득 신고는 생각보다 시간이 꽤 오래 걸렸다. 워낙 거액의 습득물이기 때문이었다. 인국은 담당자가 써준 습득물 확인증을 챙긴 뒤 경찰들의 환송을 받으며 카니발에 올랐다. 카니발의 시동이 경쾌하게 걸렸다. 인국은 속이 후련했다. 그가 중얼거렸다.

"진인사대천명."

* * *

낙원연립 202호는 발칵 뒤집어졌다. 난리가 난 거다. 정도와 정아는 급히 집으로 들어왔다. 정아는 들어오자마자 안방으로 들어갔다. 너무 늦게 핸드폰으로 CCTV를 확인하고는 아차 싶었다. 화면이 보이지 않았던 것이다. 인국에게 전화를 걸었지만 전원이 꺼져 있었다. 그때부터 애가 탔다. 흉측한 예감이 일시에 몰려왔지만 그래도 혹시나 하는 일말의 기대를 끝까지 놓지 않았다. 아니나 다를까 철제금고가 활짝 열려있는 게 한눈에 들어왔다. 정아는 그 자리에 털썩 주저앉았다.

"악!"

비명을 질렀지만 이미 모든 게 끝난 뒤였다.

"내 이럴 줄 알았어."

정도는 문이 활짝 열린 채 텅텅 비어 있는 금고를 보고 고개를 절레절레 흔들었다. 정아는 얼굴이 사색이 된 채 부들부들 떨고 있었다. 정도가 다시 핸드폰을 꺼내 전화를 걸었지만 전원이 꺼져 있다는 말만 나왔다. 정도는 한숨을 쉬었고, 정아는 정신이 나간 듯 텅 빈 금고에 머리를 디밀어 확인에 확인을 거듭했다. 정각은 이미 포기한 듯 힘없이 말했다.

"하나도 없네. 모조리 다 가져갔어."

정아는 가슴을 쳤다.

"이 인간한테 전화해봐!"

"전화기 꺼져 있어."

"씨발, 요새 울고불고 가족이 어쩌고저쩌고 할 때부터 이상하더라니. 혼자 가지고 튄 거야."

"기다려보자. 돌아오겠지."

"돌아오면 뭐 해. 탈탈 다 털어먹고 빈손일 게 뻔한데."

"그럼 어떡해?"

"어떡하든지 찾아야지. 그냥 놔두면 다 날리는 거야. 빈털터리 되는 거라고. 그거 하나 믿고 살았는데 이게 뭐야."

그때 현관문 도어락의 키를 누르고 후크가 풀리는 소리가 났다. 인국이 들어섰다. 주눅이 들어 눈치를 살피며 들어올 만한데 당당한 모습이었다. 정도와 정아의 시선이 동시에 인국에게 꽂혔다. 정아는 참지를 못하고 달려들면서 소리를 버럭 질렀다.

"진짜 이럴 거야! 돈 어딨어?"

정도도 가만있지 않았다.

"아버지!"

인국은 아무 일도 아니라는 듯 냉장고를 열고 물병을 꺼내 벌컥벌컥 들이켰다. 화가 끝까지 뻗친 정아는 인국을 드세게 몰아세웠다.

"정말 인간도 아냐. 그게 어떤 돈인데."

정도가 물었다.

"어떻게 된 거예요?"

정아의 입에서 욕설이 튀어나왔다.

"보면 몰라. 빈털터리잖아. 완전 개털된 거지. 씨발."

인국은 정아를 쳐다보며 목청을 높였다.

"꼭 그 따위로 말해야겠냐? 나 안 죽었다."

"난 아버지가 죽었으면 좋겠어. 정말이야."

세 번째로 부른 아버지 호칭이었지만 가장 심한 악담이었다. 인국은 식탁에 앉았다. 그리고 할 일을 마쳐 피곤하다는 듯이 하품을 길게 했다.

"그 돈 경찰서에 갖다 줬다."

정도와 정아가 거의 동시에 물었다.

"그게 무슨 말이에요?"

"뭔 개소리야?"

인국은 마침표를 찍듯이 똑 부러지게 말했다.

"그 돈 경찰서로 가져가 습득물 신고했다고. 길에서 주운 거니까 당연히 신고해야 되는 거 아니겠냐?"

정도와 정아가 못 믿겠다는 눈빛을 보내자 인국은 주머니에서 경찰서에서 발부한 습득물 확인증을 꺼내놓았다. 정도와 정아는 더 이상 할 말이 없었다. 경찰서에서 발부한 습득물 확인증인 만큼 확실했다. 폐농가에서 가져온 돈다발의 종착지는 결국 경찰서였다. 정도는 맥없이 픽 웃었고, 정아는 거친 욕설을 쏟아냈다.

"아버진 개지랄 세계챔피언이고, 난 개털 거지됐네."

[에필로그]

일 년 뒤 정아와 덕환은 결국 독립을 했다.

가게는 이 년쯤 뒤에 열기로 하고 푸드 트럭으로 시작했다. 푸드 트럭을 준비하는 데 들어가는 돈은 모두 인국의 통장에서 나왔다. 푸드 트럭은 이 동네, 저 동네를 돌아다니며 샌드위치와 빵을 만들어 팔았다. 도넛을 팔기도 했다. 맛이 워낙 좋고 가격도 비싸지 않아 어떤 땐 오픈하자마자 모든 빵이 동나기도 했다. 밀가루와 적정 비율로 섞은 현미빵도 있었고, 아로니아와 복분자를 활용한 빵도 반응이 좋았다. 유자빵은 만드는 족족 즉시 매진이 됐다.

인국은 결국 심부름센터를 정리했다.

불륜 커플의 도촬과는 굿바이를 했다. 새 직업을 얻었다. 지하철 택배원이었다. 꽃다발이나 케이크, 시범제품이나 간단한 서류 같은 걸 배달했다. 수입이 많지는 않았지만 처음으로 땀을 흘려보는 일이었다. 지하철 속에서 수많은 사람들과 부딪치고 사는 게 나쁜 것만은 아니었다. 청바지 지퍼가 열린 줄도 모르고 공무원 수험서에 빠져 있는 젊은이를 보면 마음이 찡했다.

신도림역은 지하의 2호선에서 지상의 1호선으로 갈아탈 때 계단을 올라오면 전철이 막 도착하는 경우가 있는데, 그게 인천행인지 수원행인지 알 수 없어 주춤거리는 승객들이 적지 않았다. 그 계단 끝의 플랫폼에서 십자가에 큼직하게 한쪽에는 인천행, 다른 쪽에는 수원행이라고 써서 전철이 들어올 때마다 인천행 혹은 수원행이라고 외치는 전도사가 있다. 그를 볼 때면 도시의 천사를 만난 것 같아 기분이 괜찮았다. 주 예수를 믿으라고 외치는 것보다 훨씬 더 가슴에 와 닿았다. 신은 사람과 사람 사이, 골목의 틈새에 있는 게 분명했다.

환승하는 방법을 몰라 쩔쩔매는 할머니에게 길을 가르쳐주면 알사탕이나 옥수수를 주기도 했는데 그 맛이 썩 좋았다. 길을 더듬는 시각장애인의 팔을 잡아 도와주면 허리를 굽혀 감사표시를 했는데 생전처음 받아보는 인사였다. 얼굴이 화끈거리기도 했지만 그런 날에 먹는 점심은 꿀맛이었다.

정도는 개인택시 면허를 샀다.

개인택시를 뽑아 낙원연립에 주차했을 때 그는 주민들의 시선을 한 몸에 받았다. 올뉴 k7. 유일한 최신형이었다. 정도는 첫 영업을 끝내고 돌아와 주차를 한 뒤 그를 기다리고 있던 인국에게 물었다.

"궁금한 게 있어요."

"뭔데?"

"전인가요? 후인가요?"

"뭔 소리야?"

"경찰서를 찾아가서 신고한 게 부패한 시신하고, 가방을 찾았다는 뉴스를 보고 나서인지, 아니면 그전인지 그게 궁금했어요."

"그게 뭐가 중요해?"

"중요하죠. 그랬잖아요. 똥을 누고 밑을 닦지, 밑을 닦고 똥을 누냐고."

"신고했다는 게 중요한 거야."

"그것도 알고 있었죠? 육 개월이 지나도 돈 주인이 나타나지 않으면 습득물은 신고자 소유가 된다는 거."

"그런 거 몰랐어. 세금을 그렇게 많이 떼는 줄도 몰랐고."

"대단하세요."

"뭐가?"

"알리바이 만들려고 할아버지 할머니 산소까지 간 거 보면."

"대단한 건 너야."

"제가 뭘요?"

"처음에 돈 가방을 가져온 게 너잖아."

"그땐 뭐가 씌었던 거죠."

"그게 엄마 사랑이라며? 정말 무서운 사람."

"아버지, 제발 그만해요."

"그래도 무서운 건 무서운 거야."

박노인은 요즘도 자전거 뒤에 할머니를 태우고 한강의 자전거 도로를 왔다 갔다 하고 있다.

자전거 타는 실력이 거의 프로선수다. 한 달에 두어 번씩 낙원상가 빈대떡 집에서 혼자 술을 마시는 것도 여전하다. 건너편의 빈 술잔에 술을 따른 뒤 혼자서 중얼거리는 것도 변함이 없다.

"형님, 요즘 정치판 건달보다도 못합니다. 두한이 형님이 멋졌는데."

혜정은 삼겹살을 지금도 끊지 못하고 있다.

삼겹살만이 아니라 스니커즈 초콜릿에 아이스크림까지 손에서 놓을 때가 없다. 어쩌다 냉동실에 있던 삼겹살을 쓰레기통에 버렸다가는 녹기가 무섭게 다시 꺼내 불판에 올려놓는다. 한동안 집 안에 있던 초콜릿을 모두 버렸나 싶었는데 책꽂이 틈에서도 나왔고, 책상서랍 속에서도 쏟아져 나왔다. 어떤 때는 이불장 아래서도 튀어나왔다. 신발장 안에도 들어 있었다. 보물찾기 하듯이 찾기만 하면 어디서든 손에 잡혔다.

정각은 고등학교 진학을 앞두고 공부에 재미를 붙여가는 중이었다.

그렇다고 특목고에 목표를 두고 공부를 하는 건 아니었다. 그가 어느 날 학원수업을 마치고 집으로 가는데 해병대 마크가 찍힌 러닝셔츠를 걸친 이발사가 파리채를 들고서 손짓을 했다. 머리를 그냥 깎아주겠다는 것이었다. 정각은 내키지 않았지만 그의 손짓을 내칠 수가 없어서 이발소로 들어갔다. 거의 일 년 만이었다. 이번에는 젊은 이발사가 먼저 물었다.

"비티에스 정국이 스타일?"

"아뇨, 그냥 스포츠로 깎아주세요."

"스포츠머리로?"

"네, 머리에 신경 쓰고 싶지 않아서요."

그때 이발사의 파리채가 광속도로 허공에서 휙휙 둥그렇게 원형을 그렸다. 파리 네댓 마리가 우수수 떨어졌다. 새로 터득한 신기에 가까운 기술이었다. 이름을 붙이자면 태극 타법이 딱 제격이었다.

정각이 머리를 깎고 골목길을 걸어가는데 뻥튀기 가게에서 '뻥이요' 하는 외침과 함께 '뻥!' 소리가 들렸다. 구수한 냄새가 금세 퍼졌다. 골목은 스톱모션으로 1980년대에 멈춰 있었지만 사는 건 변함이 없었다. 아니, 새로운 가게 하나가 골목 입구에 들어섰다.

테이크아웃 커피 전문점이었다.

라라가 토끼 모자를 쓴 채 커피를 뽑아 손님에게 건네주었다. 그러니 보니 라라와 정각의 쌍꺼풀이 비슷했다. 채리의 똘마니가 했던 말이 틀린 건 아니었다.

정각이 202호로 들어가자 낙원연립의 골목으로 바삭바삭한 바람이 휙 불어왔다. 어제의 바람이 아니었다. 작년에 불었던 바람도 아니었다. 그렇다면 천 년 전에 불었던 바람이 낙원을 찾아 다시 찾아온 걸까?

-끝-

새우와 고래가 숨쉬는 바다

김상하 장편소설

울랄라 가족

지은이 | 김상하
펴낸이 | 황인원
펴낸곳 | 도서출판 창해

신고번호 | 제2019-000317호

초판 인쇄 | 2020년 04월 19일
초판 발행 | 2020년 04월 27일

우편번호 | 04037
주소 | 서울특별시 마포구 양화로 59, 601호(서교동)
전화 | (02)322-3333(代)
팩시밀리 | (02)333-5678
E-mail | changhaebook@daum.net / dachawon@daum.net

ISBN 978-89-7919-184-4 (03810)

값 · 15,000원

이 도서의 국립중앙도서관 출판예정도서목록(CIP)은
서지정보유통지원시스템 홈페이지(http://seoji.nl.go.kr)와
국가자료종합목록 구축시스템(http://kolis-net.nl.go.kr)에서 이용하실 수 있습니다.
(CIP제어번호 : **CIP2020014384**)

Publishing Club Dachawon(多次元)
창해·다차원북스·나마스테